Sherry Thomas

Sherry Thomas est arrivée sur le territoire américain à l'âge de treize ans. Un an plus tard, grâce aux rudiments d'anglais acquis et à l'aide de son précieux dictionnaire anglais-chinois, elle dévorait des romances historiques. Titulaire d'un diplôme en économie de l'université de Louisiane, ainsi que d'un master en comptabilité de l'université d'Austin, elle a reçu de nombreux prix littéraires.

Conspiration
à Belgravia

SHERRY THOMAS

LADY SHERLOCK – 2

Conspiration à Belgravia

Traduit de l'anglais (États-Unis)
par Maud Godoc

POUR elle

Si vous souhaitez être informée en avant-première
de nos parutions et tout savoir sur vos auteures préférées,
retrouvez-nous ici :

www.jailu.com

Abonnez-vous à notre newsletter
et rejoignez-nous sur Facebook !

Titre original
CONSPIRACY IN BELGRAVIA

Éditeur original
Berkley, an imprint of Penguin Random House LLC

© Sherry Thomas, 2017

© Éditions J'ai lu, 2021

À Kerry,
une championne avec cette série.

Prologue

Dieu merci, enfin un meurtre banal !
L'inspecteur Treadles ne prononça pas ces mots à voix haute – c'eût été manquer de respect à la victime. Mais cette pensée lui trottait dans la tête tandis que, flanqué du sergent MacDonald, il se rendait à l'adresse où le corps avait été retrouvé.

Après les perversions éprouvantes de l'affaire Sackville, un crime ordinaire serait apaisant et revigorant. Il lui tardait de rassembler les indices. D'interroger les témoins. De ficeler un rapport solide qui permettrait au ministère public d'engager des poursuites.

Quelle satisfaction ce serait de gérer chaque aspect de l'enquête par lui-même, sans avoir besoin d'une quelconque aide extérieure.

Le quartier n'avait rien de folichon, avec ses rues sans caractère et ses maisons d'une irréprochable monotonie. L'inspecteur Treadles commençait à apprécier cette affaire de plus en plus, même si, dans un coin de son cerveau, une petite voix lui murmurait qu'il n'était bon qu'aux enquêtes bassement ordinaires, celles qui n'exigeaient qu'un laborieux et ennuyeux travail de routine.

Il chassa ces pensées avec détermination. Elles étaient réservées aux petites heures moroses du matin. En cet instant, son temps et son esprit étaient tout entiers voués à Scotland Yard. Et il entendait bien prouver à ses supérieurs qu'avec ou sans Sherlock Holmes, il était un enquêteur capable et efficace, un atout pour n'importe quel service de police.

— C'est la maison suivante, annonça le sergent MacDonald.

La rue dans laquelle ils se trouvaient aurait pu appartenir à n'importe quel faubourg de la périphérie de Londres : chaussée en macadam, alignements de maisons de deux ou trois étages, un marchand de journaux à un bout et un pub à l'autre. Un agent en tenue montait la garde devant la porte d'entrée. Sur leur passage, quelques rideaux s'agitèrent aux fenêtres des maisons voisines.

Un cab passa à leur hauteur et s'arrêta un peu plus loin. Un homme en descendit.

— Ne serait-ce pas..., murmura le sergent MacDonald.

C'était bien lui. Lord Ingram, l'estimé ami de l'inspecteur Treadles – un peu moins estimé ces derniers temps, peut-être, du fait qu'il fréquentait « Sherlock Holmes ».

Près de la portière, lord Ingram tendit la main à une dame qu'il aida à descendre. Non, pas une dame, se corrigea Treadles. Une femme déchue, que ses frasques passées ou présentes ne semblaient pas indisposer le moins du monde.

Le couple l'aperçut et, après un échange de regards, se dirigea vers lui.

— Inspecteur, sergent, quelle surprise, dit lord Ingram. Un problème dans le quartier ?

L'inspecteur nota que ses salutations étaient moins chaleureuses qu'à l'accoutumée. Avait-il remarqué la crispation de ses mâchoires et en avait-il déduit son malaise en présence de Mlle Charlotte Holmes ? Comme lord Ingram était l'ami de l'un et de l'autre, il était naturel qu'il se sente gêné. Mais Treadles ne pouvait réprimer un sentiment d'affront, né de la conviction profonde que lord Ingram lui préférerait toujours Mlle Holmes.

— Je ne suis pas autorisé à discuter des affaires de police, je le crains, répondit-il, détestant la raideur sévère qui perçait dans sa voix.

Un homme grand, au visage rougeaud, émergea de la maison.

— Ah, inspecteur Treadles, vous êtes là. Le corps est à l'intérieur. Ce n'est pas beau à voir.

— Je ne veux pas vous retenir, dit lord Ingram, qui salua le policier d'un signe de tête. Inspecteur, sergent, je vous souhaite une bonne journée.

Mlle Holmes et lui remontèrent dans le cab, qui démarra aussitôt. L'inspecteur les regarda s'éloigner. Comment pouvaient-ils être au courant du crime alors que lui-même n'en avait été informé qu'à peine une heure plus tôt ? Il n'en avait pas la moindre idée, mais subodorait que leur implication dans l'affaire n'en était qu'à son commencement.

Et cette idée ne lui plaisait guère.

1

Dimanche
Six jours plus tôt

Voici le portrait d'un homme remarquable nommé
Sherlock Holmes.

Non, non... l'entrée en matière était bien trop
quelconque. Mlle Olivia Holmes barra la ligne.

Laissez-moi vous raconter une histoire de malheur
et de vengeance.

Mieux. Enfin, peut-être. Au moins un brin plus
intrigant.

Cette histoire, qui remonte à des décennies, trouve
son origine dans un déchaînement de violence et de
trahison. Laissez votre esprit franchir le tumulte
de l'océan Atlantique jusqu'aux vastes étendues du
Nouveau Monde. Passez les villes de la côte Est, les
fermes et les ranchs des régions du centre plus tran-
quilles. Vous voici parvenus à la frontière. Les terri-
toires au-delà sont rudes et la survie, incertaine. Mais
vous êtes désormais trop loin pour faire machine

arrière. Vous n'avez d'autre choix que d'avancer à vos risques et périls.

Livia tapota le bout de son stylo contre sa lèvre inférieure. Cette introduction était plutôt honorable, elle devait l'avouer. Le décor était bien planté. Le style, dynamique. Et quand elle lisait l'ensemble à voix haute, elle notait une cadence agréable dans les syllabes.

Se pouvait-il qu'elle soit réellement douée pour l'écriture d'un récit captivant, inspiré par les hauts faits de sa sœur Charlotte ?

La veille, celle-ci avait assuré la trouver à la hauteur de la tâche. Livia n'en avait pas fermé l'œil de la nuit. Tandis qu'elle contemplait le plafond dans l'obscurité, l'histoire avait jailli par flashs dans son esprit : une oasis herbeuse entourée de montagnes dans un paysage aride et hostile, un convoi de chariots chargés de familles lasses mais pleines d'espoir en route pour la Californie, l'idée d'un massacre germant chez une horde de miliciens de l'Utah qui craignaient les persécutions et détestaient les étrangers.

Elle imaginait déjà son histoire publiée en feuilleton dans une publication à grand tirage. Comme ce serait gratifiant, quand, délaissée comme toujours dans un coin de salon lors d'une énième soirée mondaine barbante, elle entendrait les autres invités discuter de son récit avec une admiration étonnée !

Quelle douce satisfaction elle ressentirait...

Elle avala une bouchée de bacon et consulta le guide de voyage qu'elle avait emprunté à la bibliothèque itinérante. Il était impératif de fournir une description correcte de l'Utah. Toute inexactitude dans la chronique de Sherlock Holmes pourrait ternir la réputation du grand détective aux yeux des lecteurs, et il n'était pas question de le desservir.

Mais comment brosser un tableau précis quand le guide ne livrait que des informations parcellaires ? Il lui faudrait demeurer vague sur le lieu exact de l'action – en bricolant d'une manière ou d'une autre un ou deux paragraphes descriptifs – avant de s'attaquer aux personnages.

Sauf qu'elle ignorait encore à quoi ceux-ci ressembleraient. La victime serait une fille, aucun doute là-dessus. Mais quid du vengeur qui s'en prendrait aux coupables des décennies plus tard ? Cette personne serait-elle une femme ou un homme ? Et ces fameux coupables, de quoi auraient-ils l'air ?

Dans l'affaire du massacre de Mountain Meadows, auquel M. Mark Twain avait consacré un récit qui lui avait donné l'idée de cette histoire, neuf hommes avaient été inculpés, mais un seul jugé devant un tribunal. Naturellement, ceux qui avaient échappé à la justice constituaient des cibles de choix pour un vengeur vigilant. Mais huit, c'était trop – elle n'en garderait que deux ou trois. Devait-elle pour autant réduire aussi l'ampleur du massacre en fonction du nombre d'agresseurs ?

D'après les comptes rendus de l'époque, seuls les enfants de moins de sept ans avaient été épargnés, et ensuite adoptés par des familles vivant à proximité. Si son vengeur était un de ces enfants, voilà qui ajouterait une tout autre dimension à la complexité de l'intrigue. Un enfant plus âgé, un adolescent peut-être, avait-il pu s'échapper du campement en cachette durant la nuit ?

« Quel casse-tête », se dit Livia en se massant les tempes. Elle comprenait pourquoi elle ne progressait jamais au-delà de quelques pages dans ses tentatives d'écriture : il y avait bien trop de décisions à prendre.

Souvent, elle se plaignait que sa vie soit étriquée, qu'elle n'ait pas l'entière liberté de faire ses propres choix. Mais la page presque blanche devant elle venait la contredire. Dans la famille, c'était Charlotte qui décidait tout par elle-même. Elle, Livia, voulait juste que le monde lui soit servi sur un plateau, présenté en petites bouchées délicatement assaisonnées à sa convenance.

Une bonne entra dans la salle à manger où Livia prenait son petit déjeuner. Avec un sursaut, elle referma son carnet d'un coup sec, mais la domestique se contenta de poser un exemplaire repassé du journal sur la table avant de se retirer en silence.

Livia jura entre ses dents. Pourquoi avait-elle toujours les nerfs à vif ? Ne pouvait-elle donc pas se montrer sereine et digne ?

Elle prit le journal et se plongea directement dans la rubrique des petites annonces en dernière page. Elle adorait en particulier les messages codés qu'échangeaient les amants n'osant pas communiquer ouvertement.

Les codes employés se limitaient pour la plupart à une simple substitution de lettres, bien souvent un décalage de l'alphabet d'une place dans un sens ou dans l'autre. Certains auteurs aspiraient néanmoins à un peu plus de sophistication. Celui d'une série d'annonces publiées depuis quelques jours, par exemple, faisait l'effort supplémentaire de remplacer les lettres déjà substituées par des chiffres en fonction du rang des lettres dans l'alphabet.

Bon nombre de ces annonces étaient plutôt déprimantes : souvent de vaines tentatives pour ranimer la flamme d'une passion éteinte ou en passe de l'être. C'était tout au moins ainsi que Livia les interprétait. Pour autant, leurs auteurs ne se décourageaient pas. Sans doute ne recevraient-ils jamais la réponse tant espérée, mais elle ne pouvait s'empêcher de vérifier chaque matin si les messages à sens unique continuaient.

Elle survola ensuite rapidement la rubrique des faits divers et s'apprêtait à refermer le journal quand son regard fut attiré par un titre en milieu de page.

Le nom de guerre de sa sœur.

Des bruits inquiétants dans le grenier ? Faites appel à Sherlock Holmes.

En juin de cette année, le décès de l'honorable Harrington Sackville a mis en lumière un certain Sherlock Holmes, consultant autoproclamé de la Police métropolitaine. Depuis, M. Holmes propose ses services au grand public. D'où cette question qui tombe sous le sens : quels brillants exploits accomplit-il pour l'homme de la rue – ou pour madame dans son salon ?

M. S. s'est montré ravi que M. Holmes l'ait aidé à déchiffrer les indices fournis par sa fiancée concernant son cadeau d'anniversaire. Mme O. était folle de joie que M. Holmes ait retrouvé une bague égarée. Trois sœurs âgées, que de mystérieux bruits dans leur grenier inquiétaient, remercient chaudement le génial détective de les avoir tranquillisées : il ne s'agissait pas d'esprits frappeurs communiquant en morse, mais d'insectes xylophages occupés à leurs activités quotidiennes !

Interrogé sur la nature banalement domestique des activités de M. Holmes, un officiel de Scotland Yard affirme que « la façon dont Sherlock Holmes choisit de passer son temps n'est pas la préoccupation de la Police métropolitaine ». La même source s'est refusée à tout commentaire au sujet d'une nouvelle collaboration avec M. Holmes à l'avenir, se contentant de signaler qu'aucune affaire en cours ne nécessitait ses conseils.

Après une entrée en scène fracassante, la prometteuse carrière du sagace Sherlock Holmes a-t-elle déjà sombré dans l'ennuyeuse résolution d'énigmes ménagères, passant d'une série de meurtres retentissants à l'étude du cycle de vie de la petite vrillette ?

Seul l'avenir nous le dira.

— Quel monceau d'inepties ! s'indigna Pénélope Redmayne, qui avait lu l'article à voix haute.

— Entièrement d'accord, acquiesça Mme John Watson, la maîtresse des lieux.

Leurs regards se tournèrent vers la troisième personne assise à table, une jeune femme de vingt-cinq ans vêtue d'une robe en soie rose ornée d'un col froncé en broderie anglaise parfaitement amidonné qui mettait en valeur ses boucles blondes, ses grands yeux bleus et sa bouche pulpeuse. La même broderie anglaise, disposée en trois volants, décorait ses manchettes, frôlant la nappe tandis qu'elle beurrait un muffin encore tiède, tâche à laquelle elle s'appliquait avec une infinie concentration. Comme l'avait remarqué Mme Watson dès leur première rencontre, Mlle Charlotte Holmes prenait la nourriture très au sérieux. En fait, ses courbes joliment généreuses auraient même pu laisser supposer que c'était sa seule préoccupation.

Mlle Holmes mordit dans son muffin avec un bonheur évident. Mais lorsqu'elle prit la parole, son commentaire prouva qu'elle n'avait pas perdu une miette de la conversation.

— Cet article tombe à point – nous n'aurons pas besoin de payer une annonce dans le journal cette quinzaine, dit-elle d'une voix froide et posée. Et avec ses piques prétendument humoristiques, ce journaliste défend en réalité nos intérêts. Les énigmes ménagères, comme il le dit si bien, constituent notre fonds de commerce. Bon nombre de clients potentiels se seront abstenus jusqu'ici de faire appel à Sherlock Holmes, persuadés que ses activités se limitaient à conseiller Scotland Yard dans des affaires de meurtres. Désormais, ils hésiteront moins à recourir à ses services.

Elle baissa les yeux sur son muffin, semblant s'interroger sur l'opportunité d'une couche de beurre supplémentaire. L'expression « Menton Maximum Tolérable » vint à l'esprit de Mme Watson. Elle l'avait entendue lors de sa première conversation avec Mlle Holmes dans un salon de thé. Selon les confidences de celle-ci, c'était l'étalon en fonction duquel elle laissait libre cours à son appétit ou se voyait contrainte de le contrôler.

Visiblement à regret, Mlle Holmes reposa son couteau.

— Et puis l'élucidation des énigmes ménagères est une activité que je tiens en haute estime : elle paie bien et ne met personne en danger.

— Bravo ! approuva gaiement Pénélope.

Mme Watson pinça les lèvres.

— Il n'empêche que je n'apprécie pas le ton narquois de cet article.

— Heureusement, ce journaliste ignore le véritable sexe de Sherlock Holmes, bougonna Pénélope avec une tape rageuse sur la page incriminée. Déjà, il l'accuse de brader son génie en rassurant des petites vieilles. Imaginez un peu s'il apprenait que Sherlock Holmes est en réalité une femme. Là, ce serait la négation pure et simple dudit génie !

Mlle Holmes dégustait son muffin par minuscules bouchées. Chez une autre, cette attitude aurait pu être interprétée comme une minauderie. En l'occurrence, Mme Watson soupçonnait Mlle Holmes de faire durer le plaisir, car elle ne s'en autoriserait pas un second.

— De ce côté-là, je ne risque rien, dit Mlle Holmes. Même si j'élucidais des énigmes en temps réel au milieu de Trafalgar Square, la plupart des gens seraient persuadés qu'on me fournit les réponses par un moyen secret – ce « on » étant bien entendu de sexe masculin.

— Ne souhaitez-vous pas que vos talents soient reconnus à leur juste valeur ? s'étonna Pénélope.

Mlle Holmes picora un autre morceau de muffin.

— Mon unique objectif a toujours été de me rendre utile dans la mesure de mes moyens en échange d'une honnête rétribution.

Voilà qui aurait pu être interprété comme le signe d'une louable maturité pour quelqu'un dont l'existence avait connu récemment d'incroyables bouleversements. Mais Mlle Holmes n'était pas encline aux variations d'émotions que la plupart des gens considéraient comme normales ou tempéraient par habitude.

En fait, Mme Watson avait parfois l'impression que Mlle Holmes, face à une situation donnée, parcourait du regard un catalogue de réactions, à l'image d'une couturière qui prendrait les mensurations d'un client et choisirait ensuite parmi ses rouleaux de tissu.

Ce n'était pas du calcul, non, plutôt... L'analogie la plus proche qui vint à l'esprit de Mme Watson était celle d'une étrangère qui aurait appris l'anglais sur le tard. À force de persévérance et de beaucoup d'entraînement, elle avait acquis une maîtrise passable de la syntaxe, de la grammaire et du vocabulaire, mais converser demeurerait toujours problématique pour elle, avec toutes ces tournures et bizarreries qui attendaient au tournant toute personne dont l'anglais n'était pas la langue maternelle.

— Dites-moi, mademoiselle Holmes, dit Pénélope en se penchant vers la jeune femme avec empressement, si votre fonds de commerce prospère, accepteriez-vous de me mettre à contribution cet été ? Je serais ravie d'accueillir la clientèle dans l'appartement d'Upper Baker Street et de servir le thé. J'ai moi aussi beaucoup d'estime pour les énigmes ménagères et autres bizarreries quotidiennes.

Mme Watson en resta interdite. Elle aurait préféré que sa nièce aborde d'abord le sujet avec elle, au lieu de poser directement la question à Mlle Holmes, d'autant plus que l'activité de Sherlock Holmes ne se résumait pas à rassurer d'inoffensives vieilles dames, comme le prouvait cette affaire récente avec Mme Marbleton.

— Et, bien entendu, ma véritable ambition est d'endosser le rôle de la sœur de Sherlock, poursuivit Pénélope. Je ne suis peut-être jamais montée sur les planches en professionnelle, mais ma tante a assisté aux représentations que j'ai mises en scène pour elle dans mon enfance, et elle peut témoigner que j'y interprétais une Juliette plutôt convaincante – et en lady Macbeth, je n'étais pas mal non plus.

Mlle Holmes glissa un regard en coin à Mme Watson.

— C'est votre tante qui se charge de la répartition des tâches. Si jamais nous avons besoin d'une assistante, elle ne manquera pas de vous en informer.

— Aïe, me voilà percée à jour. J'espérais contourner les interdits de ma tante, dit Pénélope avec un sourire effronté à l'adresse de Mme Watson. Maintenant, autant tenter d'aplanir l'Everest avec une petite cuillère. Heureusement, j'ai un tempérament fait pour accomplir les travaux d'Hercule. Bon, je ferais mieux d'aller me changer, ajouta-t-elle en se levant sans attendre la réaction de sa tante. Mieux vaut ne pas traîner si nous voulons faire notre promenade avant qu'il se remette à pleuvoir.

Lorsqu'elle eut quitté la table, Mlle Holmes continua son grignotage méticuleux tandis que Mme Watson faisait durer sa tasse de thé, mal à l'aise. Un mot de lord Ingram arrivé ce matin l'informait que Mlle Holmes avait percé à jour leur mise en scène. Celle-ci savait désormais que sa rencontre avec Mme Watson ne devait rien au hasard : cette dernière avait été chargée par lord Ingram de lui venir en aide.

Mlle Holmes n'avait fait aucun commentaire – lord Ingram s'y attendait.

Je ne crois pas qu'elle nous en tienne rigueur – certainement pas à vous, avait-il écrit. *Mais j'ai perçu sa déception : elle aurait préféré ne devoir son salut qu'à elle-même, non à quelqu'un qu'elle connaissait avant sa disgrâce.*

Mme Watson ne sentait chez la jeune femme ni colère ni déception, et cela la préoccupait. Elle la tenait en haute estime et ne voulait surtout pas se l'aliéner, même involontairement.

Mais comment aborder le sujet ? Comment assurer Mlle Holmes de la sincérité de son affection sans donner l'impression d'en faire trop ?

Mlle Holmes avait terminé son muffin et le reste de son assiette.

— Si vous voulez bien m'excuser, madame, dit-elle avec son calme coutumier, je monte me changer, moi aussi.

— Avez-vous lu l'article sur Sherlock Holmes dans le journal ? demanda Alice Treadles à son époux tandis qu'elle lui nouait sa cravate.

Il l'avait lu.

— Non, il a dû m'échapper. Que raconte-t-il ?

Alice fit une petite moue.

— Rien de bien passionnant, en réalité. Le ton est quelque peu condescendant au sujet de ses clients – monsieur et madame Tout-le-monde – et de leurs petits soucis insignifiants. Ne devrait-il pas être évident que le grand public ne baigne pas jusqu'au cou dans les crimes à sensation ?

Après une petite tape satisfaite au nœud achevé, elle leva vers lui ses yeux noisette aux reflets verts.

— Et un officiel de Scotland Yard y fait une déclaration plutôt sèche. On imaginerait davantage de reconnaissance de la part de la police.

La déclaration plutôt sèche, c'était *lui* qui en était l'auteur. La remarque de sa femme n'en était que plus blessante.

— Quel genre de commentaire espériez-vous donc, à part une évidence laconique ?

Donnait-il l'impression d'être sur la défensive ?

Une lueur de curiosité s'alluma dans le regard de son épouse. Teintée de surprise et – était-ce possible ? – d'une infime pointe de suspicion.

— Je crois que je vais écrire à Mlle Holmes pour lui faire savoir que je trouve cet article inepte du début à la fin.

Non, pas question.

Les mots ne franchirent pas les lèvres de l'inspecteur.

« À la fin de notre entrevue, j'ai su que plus jamais je ne la prendrais à la légère », avait-il confié à Alice peu après sa première rencontre avec Mlle Holmes. Mais il ne lui avait jamais avoué la vérité – qu'il n'y

23

avait jamais eu de Sherlock Holmes, seulement une jeune femme dotée d'un esprit hors du commun.

Une jeune femme désormais *persona non grata* dans le grand monde.

Mais pourquoi dévoiler la vérité à Alice ? Pourquoi ne pas lui laisser le plaisir de croire à l'illusion du grand détective qui, de son lit de malade, faisait l'éclatante démonstration de ses prouesses de déduction, tendrement entouré d'un gynécée aux petits soins ?

Elle prit son visage entre ses mains.

— Un problème ?

À peine quelques semaines plus tôt, il se croyait le plus chanceux des hommes. Il avait la faveur de ses supérieurs, le respect de ses subordonnés et l'amour de la plus parfaite des femmes sur cette terre. Sans parler d'une ligne de communication directe avec Sherlock Holmes, une bénédiction pour sa carrière.

Certes, le Ciel ne lui avait pas accordé le bonheur d'avoir des enfants. Néanmoins, il était empli d'une immense gratitude pour tout ce qui lui avait été offert. Puis Sherlock Holmes s'était révélé être une femme aux mœurs légères, sans une once de repentir, et Alice lui avait confié rêver de diriger les usines Cousins, grande entreprise industrielle fondée par son père, l'œuvre d'une vie.

Treadles était tombé des nues. Son épouse était une femme intelligente et éduquée, aux dons d'organisatrice indéniables. Mais ambitieuse ? Ambitieuse bien au-delà de sa condition ?

Évidemment, il n'y avait aucun risque que ce rêve devienne un jour réalité. Son père n'avait jamais envisagé de lui confier ses affaires, et depuis son décès, c'était le frère d'Alice qui tenait les rênes de l'entreprise.

Cependant, cette révélation l'avait ébranlé. Choc, angoisse, peine, il était passé par tous les stades. *Pourquoi convoiter ces chimères que je suis incapable de vous offrir ? Pourquoi cette envie de pouvoir et d'accomplissements si peu féminins ? Se peut-il que vous ne soyez pas, vous non plus, la personne que j'imaginais ? La femme que j'aimais et respectais ?*

— Bien sûr que non, répondit-il, une fraction de seconde trop tard. Pourquoi cette question ?

Alice se mordit la lèvre inférieure, comme si elle hésitait à avouer ce qu'elle avait sur le cœur.

— Ces derniers temps, vous êtes un peu distrait, finit-elle par dire.

Elle l'observa encore une seconde, puis sourit et l'embrassa sur la joue.

— Une vraie journée de repos vous fera sans doute du bien.

Il n'était pas sûr qu'elle l'ait cru. Peut-être avait-elle plutôt choisi de renoncer pour l'instant.

Elle s'avança vers sa coiffeuse et coiffa son chapeau du dimanche, une construction sophistiquée à l'architecture aussi complexe qu'une cathédrale gothique.

— Oh, j'ai failli oublier. Un message d'Eleanor est arrivé pendant que vous étiez dans votre bain. Barnaby ne se sent pas bien. Elle demande si nous pouvons reporter le déjeuner d'aujourd'hui à la semaine prochaine.

Barnaby Cousins, actuel directeur des usines Cousins, et son épouse Eleanor comptaient parmi les personnes que Treadles appréciait le moins. Et le sentiment était mutuel. Quand M. Morton Cousins, son estimé beau-père, était encore de ce monde, toute la famille se réunissait chaque dimanche après la messe pour le déjeuner. Après son décès, les repas dominicaux s'étaient peu à peu espacés : une fois toutes les quinzaines, une fois par mois, puis aujourd'hui une fois tous les deux mois.

— Allons-nous les voir seulement tous les trimestres, dorénavant ?

Treadles n'y trouvait rien à redire, au contraire. Mais il le prenait comme une insulte.

Alice glissa une longue épingle à travers la couronne de son chapeau. Son regard croisa le sien dans le miroir.

— C'est ce que j'ai d'abord pensé, moi aussi. Mais, les fois précédentes, lorsqu'ils ont annulé, ils prétendaient toujours qu'Eleanor ne se sentait pas bien. C'est la première fois qu'il est question de Barnaby et, dans un coin de ma tête, je me demande s'il n'est pas réellement malade.

Treadles enfila son manteau.

— Vous ne comptez pas me traîner là-bas, j'espère ?

— Non, mais il se peut que je m'y rende ce soir. Vous pouvez vous installer confortablement et profiter de votre journée de repos, inspecteur, ajouta-t-elle avec un sourire charmeur.

Debout devant la fenêtre de sa chambre, Charlotte Holmes contemplait la végétation de Regent's Park, de l'autre côté de la rue. Une brume légère passait sur le lac, tout juste visible entre une colonnade de grands arbres au feuillage alourdi par la pluie.

Elle adorait les pluies torrentielles de l'hiver, mais appréciait presque autant une bonne ondée estivale – avec un toit digne de ce nom au-dessus de la tête et aucune angoisse de le perdre, cela va sans dire.

C'était la première fois qu'elle résidait dans un aussi bel endroit à Londres. Son père, sir Henry Holmes, possédait autrefois une maison dans la capitale, mais elle avait été vendue bien avant sa première saison. Tous les ans, sa mère, lady Holmes, déplorait cette situation qui les contraignait à louer un pied-à-terre.

Ces locations se situaient toujours dans des quartiers plus chics que celui de Mme Watson, mais n'en étaient que plus onéreuses – et jamais assez spacieuses au goût de lady Holmes. Un dîner de plus de seize convives était hors de question et un bal digne de ce nom relevait de l'utopie. Si l'on voulait danser, il fallait déménager les meubles du salon et prier très fort pour que les cavaliers assez intrépides pour oser valser n'assomment pas leurs partenaires contre les autres danseurs.

Ces demeures n'offraient ni jolies vues ni plomberie dernier cri. Et certainement pas l'électricité, avec laquelle Charlotte commençait peu à peu à se familiariser. Ses parents n'avaient jamais employé une cuisinière aussi raffinée que Mme Gascoigne, ni un majordome aussi compétent que M. Mears. Et jamais non plus elle n'avait eu sa propre chambre.

Charlotte avait le sentiment troublant de ne pas mériter pareille bonne fortune. Et elle avait toutes les peines du monde à accepter que lord Ingram en soit à l'origine alors qu'elle ne lui avait rien demandé, pas même dans ses moments de plus grand désespoir, parce qu'elle ne voulait pas lui être redevable.

Désormais, elle l'était. Pour toujours.

La pluie n'avait repris qu'après leur retour de promenade, durant laquelle Mlle Pénélope Redmayne, avec son entrain inébranlable, s'était attaquée à la résistance de sa tante, qui n'avait pas cédé d'un pouce. Quant à Charlotte, elle avait conservé une parfaite neutralité – sans le moindre effort, comme il convient de le souligner.

En cet instant, Mme Watson profitait d'un répit face aux assauts déterminés de sa nièce : les deux femmes étaient à l'église. Charlotte, elle, n'avait assisté à aucun office depuis qu'elle s'était enfuie de chez elle. Dieu ne verrait sans doute pas d'un mauvais œil qu'elle entre dans Sa maison. Après tout, Jésus fréquentait de son plein gré des femmes dont la réputation était loin d'être sans tache. Ses disciples, en revanche, tendaient à se montrer moins magnanimes.

De toute façon, elle avait un engagement antérieur, un rendez-vous dont elle n'avait pas informé Mme Watson.

Son parapluie à la main, elle se rendit au 18 Upper Baker Street. Propriété de Mme Watson, la maison était d'ordinaire louée. Mais, récemment, un appartement avait été aménagé en logement pour son Sherlock Holmes fictif, atteint d'une mystérieuse maladie qui l'obligeait à garder le lit. Injoignable par les moyens conventionnels, il confiait à sa sœur le rôle d'oracle que ses clients devaient consulter afin de récolter les précieux fruits de son extraordinaire perspicacité.

D'ordinaire, Charlotte jouait le rôle de la sœur, même si Mme Watson l'avait déjà endossé à une occasion.

Le salon du 18 Upper Baker Street était d'une bonne superficie, meublé de fauteuils confortables regroupés devant la cheminée. Une discrète odeur de whisky et de tabac suggérait une présence masculine, sans exagération néanmoins afin de ne pas tomber dans l'ambiance d'un pub. Il flottait aussi dans l'air un léger parfum de convalescence, un mélange de camphre et d'huile de lin. Le tout était sublimé par les senteurs du bouquet de fleurs fraîches qui trônait toujours sur le rebord du bow-window et

« Et voilà, c'est parti », se dit Charlotte. Cette fois, il allait lui proposer de faire d'elle sa maîtresse et de l'y installer.

— Je n'ai pas renoncé à cet espoir, confessa-t-il.

La tasse de Charlotte s'immobilisa à mi-chemin de ses lèvres. En fait, elle fut même obligée de la reposer. Avait-elle bien entendu ?

— Milord, je ne suis plus un parti envisageable. Comme vous venez de le dire, ma situation est pour le moins irrégulière.

— Certes, vous n'êtes plus la bienvenue en société, mais puisque vous êtes saine d'esprit, l'Église ne peut avoir aucune raison de vous considérer comme inéligible aux liens matrimoniaux.

Il n'était pas aisé de surprendre Charlotte, mais là, lord Bancroft n'était pas loin de la sidérer.

— C'est très aimable à vous. Je n'en reste pas moins un choix peu judicieux.

— Vous êtes un choix très judicieux pour moi. Je serais ravi de ne plus jamais être invité nulle part ; vous seriez une excuse parfaite. Je me réjouirais au plus haut point de ne plus jamais avoir à faire la conversation – et quelque chose me dit que ce sentiment est partagé. Et je serais souvent occupé loin du domicile conjugal. La plupart des épouses ne le souhaitent pas, mais pour vous ce serait un avantage supplémentaire, sans aucun doute.

Malgré ses défauts, c'était un homme intelligent et honnête.

— Je ne suis pas un homme fortuné, mais j'ai les moyens d'offrir une existence confortable à une épouse. En me disant oui, vous ne réhabiliterez pas complètement votre réputation, mais au moins vous serez de nouveau reçue par votre famille. Cela doit signifier quelque chose.

Charlotte estimait qu'une femme ne devait pas être reconnaissante quand on la demandait en mariage – les hommes ne s'engageaient pas par bonté d'âme. Malgré cela, en cet instant précis, elle se trouvait encline à considérer cette proposition d'un point de vue sentimental plutôt que rationnel.

D'un petit mouvement de tête, elle s'arracha à ces pensées.

— Je suis honorée de votre geste, monsieur. Mais vous exigeriez, je suppose, que je renonce à mon amitié avec Mme Watson, ainsi qu'à mes activités sous l'identité de Sherlock Holmes.

— Il ne sera pas nécessaire de couper les ponts avec Mme Watson. C'était une proche connaissance de notre père. Ash a d'excellentes relations avec elle et je l'ai moi-même croisée à l'occasion. Elle me fait l'effet d'une femme sensée, pas du genre à exploiter votre situation à son avantage. Je ne vois pas pourquoi vous ne devriez pas vous fréquenter à l'avenir, à condition de faire preuve de discrétion. Quant aux activités de Sherlock Holmes, à ce que j'ai compris, Mme Watson a investi dans l'entreprise. Si vous pensez qu'elle n'a pas reçu un retour sur investissement suffisant, je serai plus qu'heureux de la dédommager dans le cadre de notre contrat de mariage.

En d'autres termes, elle devrait dire adieu à Sherlock Holmes, détective privé.

— Je vous adresse mes plus chaleureux remerciements pour cet honneur, milord…

Il l'arrêta d'un index levé, devançant le « mais non, merci » qu'il avait deviné.

— Toutefois, puisque vous aimez résoudre des énigmes, c'est avec plaisir que je vous en fournirai. Après tout, j'en rencontre régulièrement.

Il ouvrit le porte-documents en cuir qu'il avait apporté et en sortit un fin dossier qu'il posa devant elle.

— Ce n'est qu'un petit échantillon des affaires qui atterrissent sur mon bureau. Je vous en prie, étudiez-les à votre convenance.

Sur ces mots, il se leva et s'en alla.

2

Charlotte et Livia Holmes avaient des concep-
tions de l'existence très différentes.

Livia voyait tout à travers un prisme de complications, réelles et imaginaires. Où s'asseoir à un
thé ? Devait-elle dire quelque chose à la maîtresse
de maison s'il manquait une fourchette à ses cou-
verts ? Son imagination aussi lugubre que débordante élaborait toujours des scénarios dans lesquels
elle commettait un faux pas fatal qui ruinait toutes
ses chances de mener une vie heureuse à l'abri des
soucis. Pour elle, le moindre choix était une souffrance, chaque semaine, sept jours synonymes de
bourbier et de sable mouvant.

De son côté, Charlotte recourait rarement à son
imagination – l'observation produisait de bien meilleurs résultats. Et si le monde se composait d'une
infinité de pièces mobiles, dans sa vie personnelle
elle ne voyait pas pourquoi les décisions n'auraient
pas dû être simples, d'autant que la plupart des
choix étaient binaires : plus de beurre sur le muffin ou non, fuir de la maison ou non, accepter une
demande en mariage ou non.

Pas nécessairement faciles, mais simples.

En ce qui concernait la proposition de lord
Bancroft, elle se sentait comme une étudiante en

mathématiques débutante confrontée pour la première fois à la géométrie non euclidienne.

Cette union serait une bénédiction pour sa famille, elle en avait conscience. Ses parents avaient beau être affligés de profondes tares – rien dans la vie ne parvenait jamais à les satisfaire –, son statut prolongé de paria aggravait certainement leur malheur. Ils s'accrochaient désespérément à leur supériorité de façade. Malgré toute la superficialité de cette attitude, à leurs yeux elle restait infiniment préférable au drame sans nom d'être percés à jour pour ce qu'ils étaient réellement : deux êtres qui avançaient en âge, sans accomplissement notable à leur actif, prisonniers d'une union dépourvue d'amour, aux finances désastreuses et sans un seul enfant sur lequel compter pour leur apporter un peu de réconfort ou un quelconque secours.

Henrietta, l'aînée des filles Holmes, avait commencé à prendre ses distances avec sa famille dès son retour de voyage de noces – peut-être même déjà avant. Bernardine, la cadette, n'avait jamais eu les capacités mentales qui lui auraient permis de se débrouiller seule. Livia méprisait ses deux parents. Et Charlotte, bien sûr, leur avait asséné le coup fatal : une disgrâce aussi retentissante que scandaleuse.

Si Charlotte recouvrait sa respectabilité, même partiellement, ses parents pourraient de nouveau marcher la tête haute – tout au moins sans mourir de honte.

Et il ne s'agissait pas seulement de ses parents. Le déshonneur de Charlotte nuisait aussi aux chances de Livia de faire un beau mariage. Celle-ci avait balayé l'idée sur le ton de la plaisanterie, affirmant que le plus gros obstacle qu'elle rencontrerait sur le chemin jusqu'à l'autel, c'était elle-même. Mais

Charlotte, elle, n'arrivait pas à faire preuve d'autant de légèreté.

De plus, si elle épousait lord Bancroft, elle pourrait envisager d'offrir un hébergement à Livia, qui n'aurait plus à supporter les brimades quotidiennes de leurs parents. À Bernardine aussi, si c'était possible – elle ne pouvait imaginer que l'atmosphère à la maison soit idéale pour le bien-être de sa sœur.

Par ailleurs, une union avec lord Bancroft ferait d'elle la belle-sœur de lord Ingram, une situation si complexe que même l'imagination débordante de Livia ne pourrait sans doute en dénouer les implications. Et puis, il avait exigé sans ambiguïté que Charlotte renonce à son entreprise naissante, or elle tenait aux revenus que cette activité lui procurait.

Charlotte mordit dans une nouvelle tranche de cake aux fruits confits – son appétit pour les consolations riches en calories avait tendance à croître face aux dilemmes insolubles.

À supposer qu'elle parvienne à persuader lord Bancroft de lui allouer une rente de cinq cents livres par an, elle disposerait alors d'un revenu indépendant qui suffirait à subvenir aux besoins de Livia et de Bernardine. Elle pourrait toujours voir Mme Watson. Et si, comme il l'avait laissé entendre, il se révélait effectivement une source d'affaires intrigantes et divertissantes...

Charlotte prit le dossier qu'il lui avait laissé.

Il contenait six enveloppes. Elle décacheta la première et en tira une feuille.

En 18--, M. W., un jeune veuf dont l'épouse était morte en couches, se rendit aux Indes pour occuper un poste de fonctionnaire à la présidence de Madras. Quelques semaines après son arrivée, il assista à un thé. Éprouvé par la chaleur, même si la saison des pluies avait commencé et que les températures fussent plus fraîches qu'à l'ordinaire, il s'assit à l'abri de la véranda et ferma les yeux pour une courte sieste.

Les invités prirent congé. Tandis que la famille s'habillait pour le dîner, une domestique informa la maîtresse de maison qu'un sahib se trouvait encore dans la véranda, assoupi. Cette dernière alla le réveiller. Quel ne fut pas son choc de le trouver mort.

M. W. n'avait aucun lien de pouvoir, de prestige, de fortune. Il ne détenait aucun poste dont la perte aurait conféré à quiconque un avantage notable. Et, dans sa vie privée, il était connu pour être timide et détester les ennuis – aucune tendance criminelle, ni badinage malavisé.

Comment et pourquoi est mort M. W. ?

Les Indes. La mousson. La réponse semblait presque trop évidente.

Charlotte replongea la main dans l'enveloppe. Elle en sortit une bande de papier plié sur laquelle était écrit « Indice » et une petite enveloppe qui portait le mot « Réponse ».

L'indice disait :

Le décès de M. W. a été déclaré accidentel.

Voilà qui réglait l'affaire. Elle ouvrit l'enveloppe « Réponse ».

Le médecin qui a examiné M. W. a trouvé des marques de piqûre sur le poignet de ce dernier. Le bongare, un serpent extrêmement venimeux commun en Inde, entre parfois dans les habitations pour rester au sec durant les mois de la mousson. M. W. n'était pas le premier – et il ne sera pas le dernier – à être mordu dans son sommeil et à ne jamais se réveiller.

Morsure de serpent, comme elle le pensait. Elle examina de plus près les papiers et les mots dactylographiés. L'affaire avait beau être ancienne, sa présentation sous forme d'énigme était récente. Et faite avec méticulosité.

Ce n'était pas l'œuvre de Bancroft, à l'évidence – il était trop occupé pour cela. Un sous-fifre, alors. Qui avait accès aux archives. Quelles avaient été les instructions de Bancroft ? « Jetez un coup d'œil aux archives et prenez les premiers cas qui se présenteront » ?

Elle avait conscience de se montrer injuste. Bancroft s'occupait de la vraie vie, et la vraie vie n'offrait qu'en de rares cas des énigmes particulièrement intrigantes. Et puis, la construction d'énigmes était tout un art. Un sous-fifre sans expérience préalable – et qui n'avait jamais rencontré Charlotte Holmes – pouvait très bien considérer l'affaire de M. W. telle qu'elle était présentée comme un mystère de premier choix.

Elle ouvrit la deuxième enveloppe.

Le dernier dimanche de janvier 18–, la famille S. n'a pas assisté à l'office. M. S. était ouvrier et son épouse, blanchisseuse à domicile. Ils étaient pauvres, mais pieux. Des voisins frappèrent à leur porte après la messe, craignant qu'ils ne soient tombés malades. Personne ne vint ouvrir.

Quand les voisins finirent par entrer dans la maison, ils découvrirent toute la famille – les parents et les trois enfants – sans vie dans leurs lits.

Quelle était la cause de leur mort ?

Où habitait la famille S. ? Si c'était en Angleterre, Charlotte aurait hésité un peu plus longtemps, mais s'ils vivaient sur le continent...

Là aussi, un indice était fourni :

La famille S. résidait à Minden, en Allemagne.

Une guinée qu'ils avaient succombé à un empoisonnement au monoxyde de carbone.

L'incident s'était produit dans la dernière maison d'une rangée de cottages mitoyens, situés juste au-dessus d'une mine désaffectée. Les cinq membres de la famille, ainsi que deux chats et un serin en cage, étaient morts dans la nuit. Dans la maison d'en face, en bout de rue également, les occupants furent également victimes de malaises. Leurs animaux de compagnie moururent cette nuit-là, mais eux finirent par se rétablir.

L'hypothèse retenue est qu'un gaz nocif remontant de la mine a filtré à travers le sol en terre battue des caves. Celles-ci étaient munies de portes qui s'ouvraient sur l'extérieur, mais dans le cas des deux maisons, elles étaient restées fermées les semaines précédentes, car c'était l'hiver et il fallait empêcher le froid d'entrer. Les voisins interrogés se sont rappelé que des membres des deux familles s'étaient plaints de maux de tête et de nausées depuis quelque temps. Dans cette affaire, le rôle du facteur chance a été retenu. Conditions similaires, dangers similaires. Une famille a succombé, l'autre a survécu.

Charlotte aurait plutôt parié sur une ventilation insuffisante du poêle – la composition du charbon sur le continent rendait plus probable l'émission de monoxyde de carbone lors de la combustion du fait d'un manque d'aération.

Bref... *un tantinet* plus intéressant, mais pas franchement stimulant.

Elle se força à reposer l'enveloppe suivante, qu'elle avait déjà à la main. Il n'y en avait que six. Inutile de tout finir d'un coup.

À la place, elle s'avança jusqu'au bow-window et prit le mince volume posé sur la banquette – *Un été dans les ruines romaines*, le récit par lord Ingram des journées qu'il avait passées, adolescent, à explorer les vestiges d'une villa romaine sur la propriété de son oncle. Il contenait une référence indirecte à leur premier baiser, mais ce n'était pas la seule allusion à la présence de Charlotte.

Il y avait aussi, par exemple, ce passage en particulier :

Un jour, je déterrai un objet en pierre de presque quatre-vingt-dix centimètres de diamètre et d'au moins vingt-cinq centimètres d'épaisseur, parfaitement circulaire à l'exception d'une protubérance qui ressemblait à une poignée, bien trop courte cependant pour remplir cet office.

Une fois débarrassé de la boue séchée qui encroûtait sa surface, l'objet révéla un sillon creusé sur toute sa circonférence, qui descendait tout droit au centre de la protubérance. Ce n'était donc pas une meule, comme je l'avais supposé au début.

*La fonction de cet artefact ne cessait de me rendre perplexe jusqu'à ce que quelqu'un de plus lettré que moi me montre un exemplaire de l'*Histoire ecclésiastique du peuple anglais *de Bède et me signale des références aux vignes dans les temps anciens : il s'agissait d'un pressoir à raisin, et la protubérance était le bec par lequel le jus s'écoulait dans un réceptacle.*

— Des vignes ? s'était-il étonné, sceptique. Ici ?

Elle lui avait montré le paragraphe précis où Bède le Vénérable décrivait les vignobles plantés en différents terroirs d'Angleterre.

— Qu'est-il donc advenu de tous ces vignobles ?

— Peut-être le climat ou le sol sont-ils devenus impropres à leur culture. Peut-être la peste a-t-elle décimé tous ceux qui savaient comment travailler les vignes. Ou peut-être les vins français étaient-ils tout simplement meilleurs et moins chers, d'où la décision logique d'arracher les ceps pour les remplacer par une culture plus rentable.

Il avait gardé le silence un moment.

— Mon parrain possède quelques vignobles dans le Bordelais. Je les ai visités. Difficile d'imaginer ce paysage ici.

— Êtes-vous entré dans des pâtisseries quand vous étiez en France ?

— Je ne crois pas. Je n'aime pas trop le sucré. Vous aimez les pâtisseries françaises ? avait-il demandé en l'observant du coin de l'œil.

— J'en aime les descriptions. Mais je n'ai jamais mangé de croissant, de mille-feuille ou de chou à la crème.

— Vous n'en auriez pas mangé davantage si j'avais visité toutes les pâtisseries de Paris.

— Au moins, vous auriez pu me décrire toutes ces merveilles.

— J'ai mangé des croissants. Ce n'est pas mauvais, mais je n'en ai pas gardé un souvenir impérissable.

Elle avait soupiré et était repartie avec son livre.

Or, deux jours plus tard, en entrant dans sa chambre, elle avait trouvé une boîte renfermant un assortiment de croissants, de mille-feuilles et de choux à la crème.

Ni l'un ni l'autre n'avait jamais fait de commentaire à ce sujet, mais le paragraphe suivant d'*Un été dans les ruines romaines* était rédigé ainsi :

Je n'avais jamais beaucoup pris la peine de me plonger dans les livres, préférant les sports et les aspects plus physiques des fouilles. Mais, à cet instant, je compris que l'ignorance me desservirait et que si je souhaitais progresser dans la voie de l'archéologie, il me fallait étudier l'histoire telle qu'elle était transmise sur les rayonnages des bibliothèques en complément de ces témoignages d'un passé parfois très lointain apportés par les objets que nous ont laissés nos ancêtres.

Charlotte referma doucement le livre.

Elle ne regrettait pas de ne pas l'avoir épousé, non. Après tout, elle n'était pas faite pour le mariage. Mais elle aurait préféré qu'il n'épouse pas quelqu'un d'autre.

Qu'il n'épouse pas Alexandra Greville.

On sonna à la porte, et Charlotte leva la tête. Mme Watson et Mlle Redmayne ne pouvaient pas déjà être revenues de l'église. Lord Bancroft n'avait rien oublié derrière lui. Quant à elle, elle n'avait aucun autre rendez-vous prévu pour la journée. Qui cela pouvait-il être ?

Un coursier se tenait sur le seuil, une enveloppe à la main. Il inclina la tête avec respect.

— Une lettre pour M. Sherlock Holmes.

— Je la lui remettrai.

Le coursier la salua en soulevant sa casquette et se retira.

L'enveloppe avait une texture et un poids familiers. Le papier de lin était à la fois craquant et résistant. Charlotte reconnut aussi la machine à écrire sur laquelle le nom et l'adresse avaient été tapés – les machines à écrire actuelles produisaient des lettres presque aussi identifiables que l'écriture manuscrite.

Lord Ingram. Ils s'étaient parlé en personne pas plus tard que la veille. Qu'est-ce qui avait pu le pousser à lui envoyer un courrier aussi rapidement ?

Cher monsieur Holmes,

J'ai conscience d'interrompre votre journée de convalescence et vous présente par avance mes excuses, mais j'ai désespérément besoin de votre aide.
Je vous prie de me recevoir cet après-midi à 16 heures.

Mme Finch

L'écriture du billet n'était pas celle de lord Ingram. Et pas davantage une de celles qu'il avait inventées – en calligraphe accompli, il avait appris à Charlotte tout ce qu'elle savait sur la création de faux manuscrits et la graphologie.

Un frisson lui chatouilla le dos. Il y avait quelqu'un d'autre dans le foyer de lord Ingram qui avait pu utiliser en toute légitimité la machine à écrire dans son bureau et les enveloppes commandées chez le meilleur papetier de Londres.

Son épouse.

— Papa, avez-vous déjà dansé toute la nuit ? demanda Lucinda, la fille de lord Ingram.

Celui-ci sourit, amusé par la question.

— Non, il m'est arrivé de danser la moitié de la nuit, mais jamais la nuit entière.

Ils se trouvaient dans la chambre d'enfants. De retour de l'église, ils s'apprêtaient à prendre le déjeuner dominical ensemble. Carlisle, le cadet, échafaudait des constructions avec ses cubes en bois. Lucinda aimait tout autant jouer avec les cubes que son petit frère, mais pour l'instant, elle n'avait pas fini de s'occuper de ses plantations.

De petits pots en terre cuite contenant une douzaine de graines différentes s'alignaient sur les rebords des trois fenêtres. Lucinda les observait depuis une semaine, mesurant leur taille, comptant le nombre de feuilles. Elle dessinait aussi les plantes dans un grand carnet pour mieux les identifier aux divers stades de leur développement.

Elle nota le nombre de feuilles d'un jeune plant de tournesol.

— Pourquoi ? demanda-t-elle.

— Parce que les bals ne durent en général pas aussi longtemps. Vers 3 heures du matin, la plupart des invités ont envie d'aller se coucher, même ceux qui adorent danser.

Lucinda compta les feuilles de son dernier sujet, un autre tournesol.

— J'aimerais essayer de danser toute une nuit. Mlle Yarmouth dit que quand je serai mariée, je pourrai faire tout ce que je veux. Mais maman dit que ce sont des bêtises.

Cela faisait longtemps que lord Ingram n'avait plus demandé à sa femme ce qu'elle pensait du mariage – du leur en particulier.

— Tu auras la possibilité de faire davantage de choses quand tu seras plus grande, que tu sois mariée ou non.

— D'après Mlle Yarmouth, je peux me marier à seize ans. Maman dit qu'elle ne m'y autorisera pas et qu'elle compte avoir une petite discussion avec

Mlle Yarmouth. Elle va la renvoyer, vous croyez ?
s'enquit-elle, levant un regard inquiet vers son père.

Lord Ingram arrosa le dernier pot – c'était sa
tâche d'assistant en chef, comme sa fille l'avait
nommé.

— Je ne pense pas. Mais cette conception qu'a
Mlle Yarmouth du mariage... je ne connais personne d'autre qui le considère comme une liberté
illimitée.

— À ce que dit maman, cela ne me plairait peut-
être pas. Et elle dit qu'une fois mariée, je ne pourrai
pas revenir en arrière.

Lequel des deux avait la plus grande aversion
pour leur situation conjugale, lord ou lady Ingram ?
Jusqu'à présent, il n'avait jamais pu donner une
réponse. Aujourd'hui, il savait que c'était sa femme.
D'un cheveu.

— Il n'est en effet pas facile de revenir en arrière.

Une annulation rendrait ses enfants illégitimes.
Et même s'il avait eu des arguments pour un
divorce, c'était une procédure extraordinairement
scandaleuse et préjudiciable.

Lucinda referma son carnet.

— Pourquoi maman et Mlle Yarmouth ont-elles
un avis différent sur le même sujet ?

— C'est comme les asperges. Toi, tu les adores,
et Carlisle touche à peine aux siennes. Rien ne peut
plaire à tout le monde.

— Et vous ? Qu'est-ce que vous en pensez ?

Il s'attendait à cette question – la conversation y
menait inexorablement. Cependant, il tiqua en son
for intérieur.

Il reposa l'arrosoir, mit un genou à terre et posa
les mains sur les épaules de sa fille.

— Je pense que mon mariage est ce que j'ai fait
de mieux de toute ma vie. Sais-tu pourquoi ?

Lucinda secoua la tête.

— Parce que je vous ai eus, ton frère et toi, répondit-il avant de l'embrasser sur le front. Et maintenant, allons manger. D'après ce que j'ai entendu, il y a encore des asperges au menu.

— Il y a du nouveau, annonça Mlle Holmes en se servant une généreuse portion de diplomate.

Elles étaient en train de parler des amies que Pénélope s'était faites à la faculté de médecine et qui devaient arriver d'ici peu à Londres. Pénélope avait l'intention d'organiser une visite des Highlands écossais. Tout en écoutant les idées de sa nièce d'une oreille distraite, Mme Watson se demandait si elle ne devrait pas revoir la décoration des pièces de réception. Elles étaient trop sombres à son goût, avec une prédominance de bleus foncés et de bruns ternes. Des teintes pratiques, assurément – à Londres, la suie encrassait tout avec le temps. Mais peut-être un nouveau papier peint avec un motif de feuillage sur un fond couleur pierre constituerait-il un bon compromis...

L'annonce de Mlle Holmes l'arracha à son agréable rêverie.

— Quoi donc ?

Mlle Holmes porta à sa bouche une cuillerée de crème fouettée sur laquelle était nichée une myrtille.

— Une nouvelle cliente a pris rendez-vous à 16 heures. Elle me connaît. Et je suppose qu'elle vous connaît aussi de vue, même s'il n'y a pas eu de présentation formelle. Donc, Mlle Redmayne, à condition qu'elle sache garder un secret, doit endosser le rôle de la sœur de Sherlock.

La cuillère à dessert de Pénélope s'immobilisa au-dessus de son assiette. Elle glissa un regard interrogateur à Mme Watson. La nièce et la tante étaient dans une impasse au sujet de la participation ou non de Pénélope à la mise en scène de Sherlock Holmes. La requête de Mlle Holmes leur donnait l'occasion d'en sortir.

— Je croyais que nous n'avions pas de rendez-vous aujourd'hui, s'étonna Mme Watson. Qui est cette cliente ?

— Lady Ingram, répondit Mlle Holmes avec un calme imperturbable.

Estomaquée, Mme Watson échangea un nouveau regard avec Pénélope.

Trois ans plus tôt, durant l'entracte au Savoy Theater, lord Ingram était venu présenter ses hommages à Mme Watson. Alors qu'il s'apprêtait à s'en aller, elle avait aperçu en contrebas Mlle Holmes qui regagnait sa place dans la salle.

— Regardez cette jeune personne en rose moiré, s'était-elle exclamée. C'est assurément la plus charmante de cette soirée.

Lord Ingram avait suivi son regard.

— C'est Charlotte Holmes. La personne la plus excentrique de l'assistance, à n'en pas douter.

Mme Watson avait paru incrédule.

— Cette adorable enfant ? En êtes-vous certain, monsieur ?

Lord Ingram avait esquissé un sourire.

— Tout à fait certain, madame.

Les lumières électriques du théâtre s'étaient tamisées ; l'acte suivant allait commencer. Lord Ingram avait pris congé, mais son sourire avait marqué Mme Watson. Un sourire plein d'affection qui semblait dire « si vous saviez toutes les histoires que je pourrais vous raconter ». Celles-ci auraient sans nul doute été fort plaisantes. Pourtant, Mme Watson s'était sentie étrangement abattue pour le restant de la soirée.

Elle n'avait compris que le lendemain pourquoi ce sourire l'avait tant affectée : il trahissait une tendre nostalgie qui confinait au regret.

Mme Watson n'avait plus évoqué Mlle Charlotte Holmes. Et lord Ingram non plus, jusqu'à ce qu'il vienne lui demander son aide le soir du « fâcheux incident » qui avait fait basculer la vie de Mlle Holmes.

Mme Watson savait que son instinct ne l'avait pas trompée à l'époque. Et elle ne doutait pas que les sentiments de lord Ingram fussent réciproques : quand les deux jeunes gens s'étaient retrouvés seuls dans le salon d'Upper Baker Street, malgré leur réserve – ou peut-être à cause d'elle –, la tension était palpable. Assise dans la chambre voisine, feignant de s'occuper du détective fictif, Mme Watson avait quitté les lieux en hâte, le feu aux joues tant la force de leur désir refoulé était patente.

Comment Mlle Holmes réussissait-elle donc à prononcer le nom de lady Ingram avec tant d'aisance – à la limite de la désinvolture ? Elle-même, qui estimait être dotée d'un esprit plutôt charitable, ne pouvait évoquer cette femme, ni même penser à elle, sans éprouver une bouffée d'hostilité.

Toutefois, ce ne fut pas la question qu'elle posa à Mlle Holmes.

— Lady Ingram ignore que vous êtes Sherlock Holmes, n'est-ce pas ?

— C'est ce qu'il semble.

— Donne-t-elle la raison de cette consultation dans sa lettre ?

Mlle Holmes exhuma une demi-fraise des profondeurs presque indécentes de crème dans sa coupelle.

— Non. Elle précise seulement que l'affaire est urgente.

— Et elle a fait envoyer cette lettre à Upper Baker Street ? Comment connaissait-elle l'adresse ?

— Par M. Shrewsbury, à mon avis. J'ai ouï dire que, depuis que les circonstances du décès de sa mère ont été éclaircies, il avait confié à certaines personnes avoir consulté Sherlock Holmes. Il n'aura pas été difficile à lady Ingram de lui soutirer l'adresse de Sherlock sans dévoiler qu'elle la souhaitait pour elle-même.

Le silence tomba dans la pièce. Mlle Holmes mangeait avec beaucoup de solennité et de concentration, donnant l'impression de découvrir ce dessert pour le moins familier pour la toute première fois. Mme Watson sirotait son verre d'eau à petites gorgées, s'efforçant de se convaincre de se fier à la décision que Mlle Holmes avait déjà prise.

Après tout, cet esprit extraordinaire se doublait d'ordinaire de bon sens et de pragmatisme.

— Je ne peux m'empêcher de penser que nous ne devrions pas recevoir lady Ingram, s'entendit-elle dire pourtant d'un ton catégorique. Nous la connaissons et elle nous connaît, tout au moins vous, mademoiselle Holmes. Si elle avait voulu que vous soyez au courant de son problème, elle vous en aurait parlé. Au lieu de cela, elle choisit de faire confiance à un étranger. Ne devrions-nous pas en conclure qu'elle tient à son anonymat dans cette affaire ? Et si son souci a un rapport avec lord Ingram ? insista-t-elle. La confidentialité que nous lui devons l'emporte-t-elle sur notre lien d'amitié avec son époux ? Et si nous apprenons quelque chose qu'il mériterait, lui, de savoir ? Pire, si cette révélation se révélait préjudiciable pour lui, dût-il continuer à l'ignorer ?

Mlle Holmes ne se départit pas de son attitude imperturbable. Pénélope, en revanche, regardait sa tante avec un air des plus préoccupés. Mme Watson se rendit compte que sa voix avait grimpé d'une bonne moitié d'octave et qu'au lieu d'exprimer des objections calmes et raisonnées, elle s'était laissé emporter par son légitime désarroi.

Pendant un moment, toutes trois mangèrent en silence. Puis Mlle Holmes posa sa cuillère.

— En demandant un rendez-vous à Sherlock Holmes, lady Ingram m'a déjà informée, involontairement certes, qu'elle avait un problème. Avec ce que je sais d'elle, j'ai ma petite idée sur la nature dudit problème. Je me contenterai de dire qu'il ne concerne pas lord Ingram, sauf que, vu son statut d'épouse, tout problème la concernant devrait être aussi celui de son mari. De plus, en plaçant ses espoirs dans Sherlock Holmes, lady Ingram laisse clairement entendre qu'elle n'a personne d'autre vers qui se tourner – pas en ce moment, pas pour ce problème. Si nous ne l'aidons pas, personne ne le fera. D'un point de vue purement humain, il serait cruel de lui dire non. Quant à nos obligations morales envers lord Ingram, puisque le problème de sa femme ne le concerne qu'en périphérie, lui taire ses confidences n'exigera de nous aucun compromis.

Mlle Holmes baissa un instant les yeux.

— Lord Ingram est mon ami et bienfaiteur. Je ne lui souhaite que réussite et bonheur. Il a beau ne pas être heureux en ménage, son épouse n'est pas mon ennemie. Si elle était une inconnue frappant à la porte de Sherlock Holmes, lui refuserait-on notre aide ?

Malheureusement, lady Ingram n'était pas une inconnue. En l'acceptant comme cliente, elles s'immisceraient dans une union déjà mise à mal. Même si elle admirait la noblesse d'âme de Mlle Holmes, qui se refusait à abandonner quelqu'un dans le besoin, Mme Watson était incapable d'imaginer un scénario dans lequel elles ne finiraient pas par faire plus de mal que de bien.

Toutefois, elle ignorait comment la faire changer d'avis sans un recours draconien à l'autorité – *c'est moi qui finance cette entreprise, et à ce titre, ma parole fait loi*. Elle ne se voyait pas agir avec aussi peu de tact, a fortiori le lendemain du jour où la jeune femme avait appris qu'elle lui avait apporté son aide à la demande de lord Ingram. Au contraire, elle tenait à la rassurer sur la sincérité de leur partenariat et de leur amitié.

Mme Watson soupira.

Mlle Holmes dut deviner qu'elle capitulait. Elle reprit sa cuillère, rassembla le reste de crème au fond de sa coupelle et le dégusta avec ce mélange coutumier de gourmandise et de regret.

— J'ai confiance dans la discrétion de Mme Watson, dit-elle, s'adressant à Pénélope. Puis-je compter aussi sur la vôtre, mademoiselle Redmayne, pour vous abstenir d'aborder ce sujet en dehors du présent cercle ?

Pénélope eut la bonne grâce de ne pas répondre aussitôt. Elle prit le temps de réfléchir un instant.

— Je ne crois pas avoir déjà fait pareille promesse, mais je commence à comprendre pourquoi tante Jo ne tient pas à ce que je m'implique trop dans les activités de Sherlock Holmes : même quand il n'y a pas de véritable danger, les affaires qui sont évoquées dans l'appartement d'Upper Baker Street peuvent représenter un défi éthique. Cependant, il semble que je sois amenée aujourd'hui à y jouer un rôle, et je promets que tout ce que j'apprendrai dans ce cadre ne sera répété à personne.

— Merci, mademoiselle Redmayne, dit Mlle Holmes. Dans ce cas, préparons-nous à accueillir lady Ingram.

— Excusez-moi, mademoiselle, ceci vous appartient-il ?

Livia leva les yeux. Un jeune homme se tenait devant elle, tendant un livre.

La pluie avait cessé depuis quelque temps et les nuages, épais et menaçants, s'étaient déchirés. Sur fond de feuillage fraîchement rincé et de ciel presque bleu, le jeune homme lui paraissait plein d'entrain, aussi joyeux qu'un bel après-midi d'été.

Elle n'avait rien contre les gens joyeux tant qu'ils ne lui demandaient pas de l'être elle aussi, ce que, hélas, ils ne manquaient pas de faire. Et sans doute la trouvaient-ils revêche et ingrate lorsqu'elle ne saisissait pas l'occasion de sortir de sa coquille.

Livia jeta un coup d'œil au livre qu'il lui montrait. *La Dame en blanc*. Quel drôle de hasard. Elle avait emprunté ce titre à la bibliothèque itinérante deux jours plus tôt. Elle l'avait même emporté au parc, au cas où l'autre se révélerait moins captivant qu'elle ne l'espérait. Son exemplaire était ici même, à l'abri dans son sac à main.

Elle tâta son sac et eut la surprise de constater que, sans être vide, il ne pouvait contenir un roman.

— Euh... oui, je crois que c'est le mien. Mais j'ignore comment je l'ai perdu.

Assurément, il s'était trouvé dans son sac tout ce temps – rien d'autre ne semblait avoir disparu.

Le jeune homme lui tendit le livre.

— Pas de problème, mademoiselle. Excellent choix de lecture, si je puis me permettre.

Livia en oublia comme par enchantement tous ses questionnements sur la disparition mystérieuse de *La Dame en blanc*.

— Le pensez-vous vraiment ?

Elle n'avait que de rares certitudes dans la vie, et l'une d'elles concernait justement les genres littéraires qu'elle appréciait, dont aucun, malheureusement, n'était le moins du monde édifiant. Charlotte pouvait au moins défendre sa préférence pour les lectures encyclopédiques. Tout ce que Livia recherchait dans les livres, en revanche, c'était une saine distance avec sa vie personnelle. Et elle était entourée de gens qui désapprouvaient les fictions qu'elle-même adorait.

« Excellent choix de lecture »… Jamais elle n'avait eu droit à ce genre de compliment.

— Oui, bien sûr, répondit-il avec un sourire.

À cause de sa barbe, il était difficile d'estimer son âge. Il pouvait aussi bien avoir vingt-deux que trente-deux ans. Son sourire plissait le coin de ses yeux, mais il avait par ailleurs la peau lisse et fraîche, sans la moindre ride.

— Je l'ai lu il y a un moment déjà. Dès que je l'ai ouvert, je ne l'ai plus lâché.

— Voilà qui semble prometteur.

— Je l'ai commencé vers 21 heures, voyez-vous, avec l'intention de lire un peu avant de me coucher. Et avant que j'aie eu le temps de m'en rendre compte, c'était l'aube et je devais me préparer pour ma journée !

— Bigre !

— Je sais, mais je ne le regrette pas. Rien ne vaut le plaisir d'un bon livre qui vous emporte et ne vous libère qu'au mot « Fin ». Dieu ne nous donne qu'une vie. Mais avec de bons livres, nous pouvons en vivre cent, mille même, durant le temps qui nous est alloué sur cette terre.

Ce n'était pas le genre d'élan auquel ses interlocuteurs l'avaient habituée. Elle aurait pu embrasser ce jeune homme pour les sentiments qu'il venait d'exprimer avec tant d'éloquence.

Avec empressement, elle lui montra le livre sur ses genoux, qu'elle venait de commencer.

— Et celui-ci ? Il est du même auteur.

— *La Pierre de lune* ? Il m'a plu aussi, mais pas au point de me faire passer une nuit blanche à le lire.

Elle dut paraître déçue, car il leva l'index.

— Toutefois, un de mes bons amis préfère *La Pierre de lune* à *La Dame en blanc*.

— Quelle chance vous avez de connaître quelqu'un qui aime les mêmes livres que vous ! Mon père ne lit que des ouvrages historiques, et ma sœur des livres instructifs. Je l'ai harcelée longtemps pour qu'elle lise *Jane Eyre* et elle a fini par céder, mais je ne crois pas qu'elle ait beaucoup apprécié.

Charlotte n'avait que faire de la fiction. Dès que c'était possible, elle évitait tout contact avec les gens, réels ou imaginaires. Livia, de son côté, préférait de loin les personnages littéraires aux connaissances de la vraie vie : Tom Sawyer resterait jeune pour toujours, Viola conserverait à jamais son cran, et M. Darcy ne pourrait jamais se révéler être un manipulateur hypocrite doublé d'un piètre amant.

— Eh bien, moi, j'ai trouvé *Jane Eyre* formidable, lui confia le jeune homme. Quel esprit indomptable, notre Mlle Eyre. Et tout finit bien pour elle au bout du compte !

— Exactement ! J'ai dit à ma sœur qu'elle devrait se montrer reconnaissante qu'un tel livre existe. Tant de romans dépeignent leurs héroïnes sous les traits de créatures stupides qui font de mauvais choix, puis se suicident quand tout va mal, ou soumettent des femmes vertueuses à de terribles infortunes pour les faire mourir de consomption de toute façon à la fin.

L'inconnu se mit à rire. Il avait des sourcils expressifs et des yeux noirs chaleureux.

— Ma foi, je n'y avais jamais songé sous cet angle, mais vous avez absolument raison.

Heureusement, Livia était déjà assise, sinon ses jambes se seraient dérobées sous elle. Jamais personne, de toute sa vie, ne lui avait dit qu'elle avait « absolument raison ».

À quelque propos que ce soit.

Elle en eut un frisson qui se propagea à toutes ses terminaisons nerveuses, comme si elle prenait une existence charnelle pour la première fois, comme si elle n'avait été jusqu'à présent qu'une apparition errant dans les limbes, un simple miroitement au soleil.

À l'autre bout du banc, sa mère endormie s'agita.

Livia était venue en sa compagnie au parc. Lady Holmes, dont le penchant pour le laudanum s'était fait plus prononcé à la suite du scandale causé par Charlotte, n'avait pas tardé à sombrer dans une somnolence brute, la bouche ouverte et les bajoues flasques. Son ombrelle pendouillait dangereusement sur la droite, telle la voile d'un sloop chaviré.

Par pitié, faites qu'elle ne se réveille pas !

Lady Holmes s'agita de nouveau puis, après quelques respirations agitées, son corps tout entier s'affaissa et elle replongea de plus belle dans le sommeil. Livia poussa un soupir, soulagée de ne pas avoir à supporter les soupçons maternels ou un commentaire désobligeant qui aurait fait fuir le bel inconnu.

— Je ne veux pas m'imposer davantage, mademoiselle, dit-il avec un salut courtois de la tête. J'espère que vous apprécierez les deux ouvrages de M. Collins. Très bon après-midi à vous.

3

Mme Watson n'était pas fière d'elle.

Lady Ingram et elle n'avaient jamais été présentées mais, comme Mlle Holmes, elle la soupçonnait d'être au courant de son existence et de la connaître de vue. Elle n'avait donc aucune raison de traîner au 18 Upper Baker Street durant sa visite.

C'était pourtant là qu'elle se trouvait, alors qu'elle n'avait rien à y faire, réarrangeant les livres sur les rayonnages de la petite bibliothèque et tapotant les coussins qui avaient déjà assez de gonflant, tandis que Mlle Holmes vérifiait la chambre noire.

Une chambre noire, ou *camera obscura*, était en général une boîte percée d'un trou qui laissait passer la lumière, projetant une image inversée et renversée. C'était ce même principe qui était utilisé en photographie, lorsque les rayons lumineux étaient concentrés sur un matériau sensible à la lumière.

Ici, c'était la chambre entière de Sherlock qui avait été transformée en *camera obscura*. Le mur opposé à la porte avait été peint d'une épaisse couche de blanc et la fenêtre équipée de doubles rideaux noirs – en plus de ceux déjà en place – qui occultaient toute lumière extérieure. De la taille d'une guinée, le trou était caché au centre d'un cadre rond fait pour accueillir une miniature de quatre centimètres de diamètre, mais sa moulure très ornementée large d'une quinzaine de centimètres détournait l'attention de l'image qu'il encadrait.

Le cadre faisait partie d'un ensemble de six, afin de limiter le risque qu'il soit remarqué. Toutefois, Mlle Holmes n'avait jamais eu beaucoup d'inquiétude à ce sujet : leurs clients se sachant déjà observés par quelqu'un dans la pièce voisine, elle doutait qu'ils protestent beaucoup s'ils découvraient qu'une méthode discrète était employée pour ladite observation.

Pénélope était encore dans l'autre maison, occupée à se préparer. Mme Watson se demanda si elle devait profiter de son absence pour poser quelques questions. Revenant au salon, Mlle Holmes régla la question à sa place.

— Vous doutez que j'éprouve assez de bienveillance envers lady Ingram pour vouloir vraiment l'aider, n'est-ce pas, madame Watson ?

Le soir où elle avait offert la place de dame de compagnie à Mlle Holmes, celle-ci avait été choquée que cette inconnue accepte de la garder à ses côtés alors qu'elle venait non seulement de dévoiler les faits marquants de sa vie, mais aussi de percer à jour le secret qu'elle gardait enfoui au fond de son cœur. Mlle Holmes était persuadée que personne ne tenait à fréquenter quelqu'un qui était capable de lire dans l'âme des gens comme dans un livre ouvert.

Par la suite, Mme Watson s'était rendu compte que Mlle Holmes se retenait depuis d'exercer ses pouvoirs de déduction sur sa personne. Jusqu'à cet instant.

— Peut-être serait-il plus exact de dire que ces doutes concernent davantage ma personne, reconnut-elle. Je ne suis pas sûre qu'elle favorise beaucoup mes élans altruistes.

Mlle Holmes éloigna le fauteuil dans lequel lady Ingram serait invitée à prendre place d'une cinquantaine de centimètres de l'orifice de la *camera obscura*.

— Je ne ressens aucune animosité envers elle.

Pourtant, elle est l'obstacle qui se dresse entre vous et l'homme que vous aimez. Entre vous et le bonheur.

— J'ai du mal à faire preuve d'autant d'équanimité. Elle est l'épouse d'un jeune homme pour lequel j'éprouve une grande affection et beaucoup d'admiration, et elle ne le rend pas heureux.

— On pourrait arguer que l'inverse est également vrai, répondit Mlle Holmes, qui rectifiait à présent la place du fauteuil réservé à la sœur de Sherlock.

Mme Watson cilla. Il y avait l'impartialité née de la noblesse d'âme, mais la défense de lady Ingram par Mlle Holmes se classait dans une tout autre catégorie : celle des comparaisons fallacieuses.

— Elle l'a épousé pour sa fortune.

— Elle a été élevée pour occuper un rôle purement ornemental ; le mariage est son gagne-pain. Si lady Ingram ne s'était pas mariée pour l'argent, elle aurait été stupide.

Mme Watson la fixa sans un mot. Mlle Holmes esquissa un petit sourire.

— Toutes mes excuses, madame. Ma sœur Livia ne cesse de me dire combien je suis inutile quand elle souhaite blâmer quelqu'un. Au lieu d'abonder dans son sens, je ne peux m'empêcher d'analyser la situation sous d'autres angles.

Elles déplacèrent ensemble la table sur laquelle serait servi le thé.

— Ainsi, vous n'en voulez pas à lady Ingram ?

Mme Watson avait toujours du mal à y croire. Ou peut-être Mlle Holmes culpabilisait-elle à cause de l'affection que lui portait lord Ingram ?

— De faire des choix rationnels pour elle-même ? Non, je ne lui en veux pas. Je ne l'applaudis pas non plus, mais je ne trouve pas répréhensible sa décision d'épouser l'homme le plus riche qui s'intéressait à elle.

— Même si...

La porte d'entrée s'ouvrit au rez-de-chaussée : Pénélope arrivait pour son entrée en scène.

— Même si son choix rationnel n'a pas apporté le bonheur conjugal à lord Ingram ? termina Mlle Holmes tandis que Pénélope montait les marches d'un pas allègre. N'oublions pas qu'il n'est pas tout blanc dans cette affaire.

Avant que Mme Watson puisse objecter que la conduite de lord Ingram avait toujours été exempte de reproche, Pénélope fit son entrée dans le salon et mit fin à la conversation.

Lady Ingram était un peu plus âgée que Mlle Holmes.

En fait, Mme Watson connaissait son âge précis, car à une époque, son époux donnait des bals somptueux en l'honneur de son anniversaire.

Il le faisait encore aujourd'hui, d'ailleurs. Lord Ingram n'était pas le genre d'homme à désavouer sa femme en public, soit par des gestes délibérés, soit par l'absence de certains autres gestes.

Le bal de cette année approchait. Ce serait le dernier grand événement de la saison. Mais Mme Watson ne faisait plus livrer de bouquet anonyme pour l'occasion. Elle ne demandait pas davantage à lord Ingram s'il offrait toujours de luxueux cadeaux à son épouse.

Lady Ingram était encore une femme d'une beauté remarquable. Cependant, Mme Watson se souvenait d'une époque où elle était véritablement sublime, avec un teint lumineux, de grands yeux de biche, un grain de beauté parfaitement placé au coin de la bouche et un sourire qui laissait transparaître juste ce qu'il fallait de vulnérabilité – la tristesse d'une âme innocente qui découvre la profonde cruauté du monde.

Guère étonnant, dès lors, que lord Ingram ait été follement épris d'elle. C'était un chevalier servant dans l'âme, et elle avait éveillé tous ses instincts protecteurs.

Elle n'avait pas mal vieilli, mais son visage avait changé : ses lèvres s'étaient étrécies, son teint était plus crayeux, sa mâchoire plus dure. Elle ressemblait davantage à une sœur moins jolie qu'à une version plus âgée d'elle-même.

Tout au moins à l'envers.

Face à son image inversée sur le mur, presque en taille réelle, qui bougeait et parlait, Mme Watson avait l'impression d'être dans un mauvais rêve.

Au salon, Pénélope réserva un accueil chaleureux à la visiteuse – sa nièce était meilleure actrice qu'elle ne l'aurait imaginé. Lady Ingram s'assit avec une certaine raideur dans le fauteuil qu'elle lui désignait. Ce manque de souplesse, elle le devait à la naissance de son deuxième enfant, un mal de dos qui n'était jamais complètement passé.

— Puis-je vous proposer une tranche de ce quatre-quarts, madame Finch ? Croyez-moi, il est délicieux.

— Merci, mademoiselle Holmes, mais sans façon.

Sa voix, au moins, avait conservé son charme originel, un doux contralto avec un léger voile.

Quelques banalités sur le temps furent échangées. Puis l'image inversée de Pénélope, une partie de sa jupe presque invisible contre le bois foncé de la tête de lit, posa sa tasse et joignit les mains sur ses genoux.

— Vous avez écrit directement à cette adresse, madame Finch. Devons-nous en conclure que vous avez parlé à quelqu'un qui a déjà eu affaire à Sherlock ?

— En effet.

— Puis-je aussi supposer que vous êtes au courant de l'état de santé de mon frère ?

— Oui.

— Souhaitez-vous être rassurée sur le fait qu'en dépit de son handicap physique, ses capacités mentales demeurent intactes ?

La visiteuse hésita.

Pénélope n'attendit pas sa réponse.

— J'en déduis que c'est oui.

En toute hâte, les deux femmes dans leur cachette ouvrirent les rideaux noirs et poussèrent le tapis calé contre le bas de la porte pour bloquer le rai de lumière. Pénélope frappa, et quand Mme Watson lui dit d'entrer avec un accent prononcé du Yorkshire, elle franchit le seuil, prit un carnet et retourna au salon.

Elle se rassit et parcourut un instant les notes écrites dans le carnet, ce qui laissa à Mme Watson et à Mlle Holmes le temps de masquer de nouveau toute source de lumière dans la chambre voisine. Les images reprirent peu à peu vie sur le mur : Pénélope lisant avec une grande concentration et lady Ingram sirotant son thé, un peu mal à l'aise.

— Mon frère vous remercie de votre confiance, finit par dire Pénélope. Vous venez pour une affaire délicate et il tient à vous assurer, madame Finch, que chaque mot prononcé en ce lieu demeurera strictement confidentiel.

Lady Ingram s'agita sur son siège.

— Merci.

— Mon frère peut affirmer que vous êtes issue d'une famille très respectable. Or, la respectabilité ne s'accompagne pas toujours de revenus solides. En fait, il émet l'hypothèse que vos parents se sont souvent trouvés en difficulté financière. Mais vous avez fait un beau mariage et connaissez depuis l'aisance et la stabilité.

L'image inversée de lady Ingram se leva d'un bond. Sa tête glissa le long de la plinthe jusqu'au parquet.

— M. Holmes sait qui je suis ?

— Votre réaction n'est pas inhabituelle face aux capacités de déduction de Sherlock, répondit Pénélope avec calme. Il est capable de deviner beaucoup de choses à votre tenue. Votre robe vient de la Maison Worth – la coupe est impeccable. Une femme mariée qui s'habille chez Monsieur Worth a soit une fortune personnelle, soit un époux très généreux. Ce modèle remonte à deux saisons. Depuis, il a subi quelques retouches afin de suivre les caprices de la mode. Votre chapeau, en revanche, est de cette année. Il vient de chez Madame Claudette, une modiste de premier ordre. Sherlock en conclut que, malgré vos moyens, vous avez gardé l'habitude acquise chez vos parents de faire durer vos vêtements au lieu de vous débarrasser, comme beaucoup d'autres, de toute votre garde-robe en fin de saison.

Lady Ingram se rassit lentement.

— Je vois.

— Votre sens de l'économie laisse supposer que vous n'êtes pas venue consulter Sherlock pour un souci d'argent. S'il s'agissait d'un problème concernant vos enfants ou votre foyer, vous auriez indiqué une adresse d'expéditeur sur votre courrier. À l'évidence, vous ne souhaitez pas ébruiter cette affaire à votre domicile. Cela implique un problème qui, s'il était connu plus largement, pourrait provoquer au minimum de l'embarras. Ce qui suggère deux hypothèses : soit vous avez certaines craintes concernant votre époux, soit vous venez consulter mon frère au sujet d'un homme qui n'est pas votre époux.

Les doigts de Mme Watson se crispèrent sur les accoudoirs de son fauteuil. Mlle Holmes avait déjà dit plus tôt qu'il ne s'agirait pas de lord Ingram, donc...

Lady Ingram se mordit la lèvre.

— Je m'étonne presque que M. Holmes n'ait pas donné la raison exacte de ma visite.

— Sherlock souhaite uniquement que vous ayez confiance en ses capacités, madame Finch.

Si Mme Watson avait reçu lady Ingram et prononcé cette même phrase, elle aurait été incapable d'empêcher la réprobation de transparaître dans ses paroles. Pénélope, qui adorait pourtant lord Ingram tout autant qu'elle, réussit l'exploit d'arborer un visage neutre et rassurant.

— Très bien, dans ce cas, dit lady Ingram, qui prit une inspiration comme pour se donner du courage. Je viens consulter M. Holmes au sujet d'un homme. Et, en effet, cet homme n'est pas mon époux.

À côté de Mme Watson, Mlle Holmes prit une tranche de quatre-quarts dans laquelle elle mordit à belles dents. Mme Watson n'en croyait pas ses yeux. Lady Ingram s'apprêtait peut-être à révéler une information qui donnerait à lord Ingram un motif de divorce. S'il retrouvait sa liberté, il pourrait épouser Mlle Holmes. Or, celle-ci semblait plus intéressée par son gâteau.

— Comme M. Holmes l'a si justement analysé, j'ai fait un beau mariage, commença lady Ingram. C'est l'opinion générale et je le reconnais volontiers. Titre, fortune, santé... Mon époux est bien loti sur toute la ligne. Mais... peut-être devrais-je vous parler de mon enfance. Là aussi, M. Holmes avait raison : la situation financière de mes parents était précaire. Nous ne pouvions rien nous permettre. Pourtant, à cause de notre nom, parce que nous étions les descendants d'une famille illustre, il importait de sauvegarder les apparences en permanence. J'ai deux frères plus jeunes. D'aussi loin que je me souvienne, il a été de mon devoir de faire un beau mariage, afin que leur existence ne soit pas, elle aussi, marquée du sceau de la pénurie. Mais j'espérais un miracle. Un généreux héritage inattendu d'un lointain parent dont nous n'aurions jamais entendu parler. Pas parce que j'étais une romantique qui dédaignait l'idée d'un mariage d'argent. Non, parce que j'étais *déjà* amoureuse.

Mme Watson retint son souffle. Mlle Holmes continua de grignoter son cake imperturbablement, comme si, dans le salon voisin, une petite vieille se plaignait d'avoir égaré ses pantoufles favorites.

— Il était pauvre, poursuivit lady Ingram, dont la voix se fit plus douce et rêveuse. Et illégitime, de surcroît. Mais il était gentil et d'un naturel enjoué. Il savourait chaque petit bonheur que la vie plaçait sur son chemin. Au moment de notre rencontre, il était apprenti chez un libraire. Son ambition était de devenir comptable à Londres et d'avoir des revenus confortables pour fonder une famille. Une vie simple, c'était tout ce qu'il désirait. Et je trouvais cela incroyablement attendrissant. Dans ma propre vie, tout ou presque était basé sur des faux-semblants. Donner un dîner signifiait que, jusqu'à la fin du mois, nous devions nous nourrir de pain et de potage. Si mon père avait besoin d'une nouvelle redingote, ma mère était obligée de vendre un de ses bijoux qu'elle remplaçait par une imitation bon marché. Une année, nos finances étaient si serrées que nous avons dû louer notre maison et vivre dans une masure, tout en racontant ensuite à tout le monde que nous étions partis voyager dans le sud de la France et en Italie. Je rêvais de la vie honnête et simple que mon ami envisageait pour lui-même. Comme ce serait merveilleux de vivre l'un pour l'autre, savourant notre bonheur à deux dans le plus parfait anonymat... Mais, bien sûr, mes parents n'ont pas voulu en entendre parler. Mon père m'a dit qu'il serait incapable de garder la tête haute si on apprenait que sa fille était mariée à un bâtard. Ma mère était horrifiée que je puisse être égoïste au point de laisser mes frères souffrir alors que je détenais la clé qui leur assurerait un meilleur avenir. Leur réaction m'a remplie d'amertume. Quant à mon bien-aimé... il s'est confondu en excuses. Il avait toujours su que c'était un rêve futile, m'a-t-il dit, et qu'il n'aurait jamais dû s'accrocher à cet espoir, ne serait-ce qu'un instant.

Malgré elle, Mme Watson ressentit un élan de compassion. Avec sa carrière de comédienne, elle avait été une candidate au mariage peu orthodoxe. Fort heureusement, son mari n'avait plus de famille proche. Mais si ses parents avaient été encore en vie ? Auraient-ils été affligés par son choix ? Et s'il avait eu des frères et sœurs qui auraient vu d'un mauvais œil l'arrivée d'une femme comme elle dans le giron familial ? Voilà qui aurait fait de leur union un choix déchirant – et son époux était un homme indépendant financièrement, pas une jeune fille éduquée dès la naissance à se plier à la volonté de sa famille.

Lady Ingram garda le silence un instant.

— Six mois plus tard, j'étais à Londres pour ma première saison, reprit-elle. Et quelques mois après, j'étais la femme d'un autre. Nous étions convenus qu'après mon mariage, il ne serait plus question de se voir ou de s'écrire. Je lui avais dit aussi que je ne chercherais pas à avoir de ses nouvelles, car ce serait... Je ne crois pas que mon époux aurait été heureux d'apprendre que je surveillais de près les faits et gestes d'un ancien soupirant. Cependant, nous avions conclu un arrangement : chaque année, le dimanche précédant son anniversaire, à 15 heures, nous devions passer devant l'Albert Memorial. Ainsi, nous saurions que l'autre allait bien.

Au temps pour l'espoir de Mme Watson que lady Ingram donne à son mari un motif de divorce ! Si c'était tout le mal que celle-ci avait fait, il faudrait quelqu'un de bien plus moralisateur que Mme Watson pour condamner sa conduite – tout au moins en ce qui concernait cet « ancien soupirant ».

— Nous avons suivi notre accord à la lettre. Une fois l'an, nous nous croisions devant l'Albert

Memorial en échangeant un discret hochement de tête.

La gorge de lady Ingram se noua.

— Cette année, il n'est pas venu.

Mme Watson porta une main à son cœur. Mlle Holmes poursuivit son grignotage.

— Si, pour une raison ou une autre, l'un de nous ne pouvait se rendre au rendez-vous, l'accord stipulait de passer une annonce dans le *Times*. Tous les ans, les semaines précédant le rendez-vous, je parcours religieusement la rubrique des petites annonces. Je garde même les journaux, au cas où l'une d'elles m'échapperait. Dès mon retour, ce jour-là, je les ai passées au crible. En vain. Je ne savais pas quoi faire. Cela fait plus de six ans que nous ne nous sommes plus parlé. J'ignore où il réside ou comment il gagne sa vie. Je ne sais pas davantage s'il est encore célibataire ou s'il est à présent père de famille. J'ai mis des annonces dans les journaux, mais je n'ai toujours aucune nouvelle. Je suis harcelée de terribles pensées, jusqu'à me demander s'il est encore de ce monde. Mais je n'ai pas le courage de me rendre à l'état civil pour consulter le registre des décès. Bien entendu, il y a une explication beaucoup plus plausible : peut-être a-t-il simplement tourné la page – en fait, chaque année, j'étais surprise de le voir. Il sait pourtant qu'il n'aurait pas à craindre de récriminations de ma part s'il m'annonçait ne plus vouloir me voir. Ce serait on ne peut plus naturel qu'il ait rencontré quelqu'un d'autre.

— Mais cela vous inquiète qu'il ne se soit pas manifesté, dit Pénélope.

— Ce n'est pas du tout dans son caractère de mettre fin aussi brutalement à un arrangement de longue date.

Lady Ingram porta la main au camée monté en broche sur sa gorge, comme si elle cherchait à y puiser de la force.

— Puis j'ai lu l'article sur M. Holmes dans le journal. Je pensais qu'il n'intervenait que dans les grandes affaires criminelles. Or, l'article expliquait qu'il prodiguait aussi ses conseils dans le cas de problèmes moins sensationnels.

— Mon frère ne refuse jamais de clients parce que leurs problèmes n'atteignent pas un certain degré de notoriété ou de sensationnalisme.

Pénélope tendit le plat de quatre-quarts à lady Ingram, qui en prit docilement une tranche.

— Si je vous comprends bien, vous voudriez que nous enquêtions sur la disparition de ce monsieur.

— Oui. J'imagine déjà le pire. Donc, rien de ce que vous m'apprendrez ne me choquera. Mais je tiens à savoir avec certitude s'il est décédé subitement, s'il s'est marié et souhaite couper définitivement les ponts, s'il est en prison ou a été envoyé à l'étranger... enfin, vous voyez.

— Pour ce faire, mon frère aura besoin de tout ce que vous pourrez lui apprendre à son sujet, répondit Pénélope d'un ton résolu. Son identité, pour commencer. Son dernier domicile connu. Les noms de ses employeurs, logeuses, amis... N'omettez aucun détail.

Lady Ingram ferma brièvement les yeux.

— Il s'appelle Myron Finch.

Ce nom ne disait rien à Mme Watson, mais Mlle Holmes se figea. La tranche de gâteau qu'elle tenait à la main s'immobilisa entre son assiette et sa bouche. Chez une autre, Mme Watson n'aurait sans doute pas remarqué cette réaction. Mais, chez Mlle Holmes, elle avait l'ampleur d'un véritable séisme.

Dans le salon, lady Ingram débitait un torrent d'informations sur Myron Finch. Dans la chambre, Mme Watson griffonna sur un morceau de papier :

Connaissez-vous cet homme ? Qui est-il ?

Mlle Holmes lut le mot. Pendant un long moment, Mme Watson eut l'impression qu'elle allait ignorer la question. Mais la jeune femme finit par ôter le capuchon de son stylo à encre et écrivit :

M. Finch est mon frère.

4

— Je ne l'aimais pas trop avant, dit Mlle Redmayne. Mais maintenant j'ai de la peine pour elle.

Lady Ingram était partie, ne laissant derrière elle que les discrets effluves de son parfum, un mélange de néroli et de gardénia.

Mme Watson soupira.

— Ses parents n'auraient pas dû la contraindre à un mariage d'argent.

Toutes deux étaient des créatures au cœur tendre. Charlotte, en revanche, mettait presque aussi long-temps à compatir qu'à condamner. Elle ne mépri-sait pas lady Ingram pour avoir défendu ses intérêts sur le marché du mariage, mais elle n'avait pas non plus une meilleure opinion de cette femme après le récit de ses malheurs. Après tout, ses confidences et lamentations ne changeaient rien aux actes qu'elle avait commis après son mariage.

— Je suis certaine que ses parents auraient préféré qu'elle ait à la fois l'argent et l'amour, dit-elle de la fenêtre d'où elle regardait s'éloigner le cabriolet de louage dans lequel était montée lady Ingram. Mais, à défaut, l'argent est plus fiable que l'amour. L'argent ne change pas tout en ennui et regret comme c'est souvent le cas pour les senti-ments amoureux.

— Voulez-vous dire que vous ne jetez pas la pierre à ses parents ? demanda Mlle Redmayne.

— Comme le mariage représentait sa seule voie vers plus de fortune et de respectabilité, ils ont agi de la seule manière logique possible. S'ils avaient défié la norme et donné leur bénédiction à un mariage d'amour, ils auraient été tenus pour responsables par tout le monde, y compris lady Ingram, si son union avec M. Finch n'avait pas tenu toutes ses promesses.

Si elle avait épousé M. Finch, cela aurait-il fait une quelconque différence pour lord Ingram ?

Lorsqu'il avait appris qu'il n'était pas le quatrième fils de feu le duc de Wycliffe, mais le fruit d'une liaison entre la duchesse et un des banquiers les plus éminents du pays, il n'avait eu de cesse de prouver sa propre respectabilité. Il en aurait épousé une autre de toute façon – rien ne conférait davantage de respectabilité à un homme qu'une femme et des enfants.

Donc, au bout du compte, cela n'aurait fait aucune différence pour elle, Charlotte.

— Mademoiselle Holmes, vous êtes la personne la moins romantique que j'aie jamais rencontrée... et cela me plaît, déclara Mlle Redmayne, qui se leva d'un bond à peine une seconde plus tard. Mon Dieu, regardez l'heure. Nous devons retrouver les filles de Blois, et je n'ai même pas encore ouvert le livre qu'elles m'ont offert quand j'ai quitté Paris ! Mieux vaut que j'y jette un rapide coup d'œil, au cas où elles m'interrogeraient à ce sujet.

Elle partit en courant. Mme Watson et Charlotte quittèrent d'un pas plus tranquille le 18 Upper Baker Street. Elles n'étaient pas habillées pour la promenade, mais Charlotte se laissa entraîner sans protester vers Regent's Park, de l'autre côté de la rue, au lieu de regagner la maison de Mme Watson, à un jet de pierre du bureau de Sherlock Holmes.

Mme Watson ne posa aucune question avant d'arriver sur la berge du lac de canotage, près d'un grand saule pleureur.

— Vous avez mentionné une fois un demi-frère illégitime, mademoiselle Holmes. S'agit-il du même M. Finch ?

Charlotte effleura une branche tombante du bout des doigts. Le soleil avait percé les nuages depuis un moment, mais les feuilles finement dentelées étaient encore humides des averses de la matinée.

— Il est peu probable qu'il y ait plus d'un homme né hors mariage, dénommé Myron Finch et travaillant comme comptable à Londres.

— Vous ne m'avez jamais dit pourquoi vous aviez choisi de ne pas lui demander son aide quand vous étiez dans une situation désespérée.

Une brise rida l'eau du lac, et le feuillage du saule ondoya telle la longue chevelure qu'une femme aurait étalée sur ses épaules devant son amant.

— Pour commencer, je refusais d'échanger la protection d'un homme contre celle d'un autre. Et puis… je n'avais pas confiance. Et s'il prévenait aussitôt mon père de l'endroit où je me trouvais ?

— Existait-il un lien entre père et fils ?

— Je ne crois pas. Mais M. Finch a fait parvenir un courrier à mon père peu après notre arrivée à Londres pour la saison.

Sir Henry était absent ce jour-là. Or, depuis longtemps, Livia et Charlotte avaient pris l'habitude de fouiller son bureau et de lire tout son courrier à la moindre occasion favorable. Sir Henry et lady Holmes faisaient souvent des cachotteries à leurs enfants, ou l'un à l'autre. Les deux plus jeunes s'étaient donc mises à fureter afin de ne pas être prises au dépourvu.

— Dans cette lettre, M. Finch exprimait sa gratitude à mon père pour le soutien qu'il lui avait accordé toutes ces années. Il déclarait exercer désormais la profession de comptable à Londres, être logé dans une pension pour messieurs de bon standing et avoir de bonnes perspectives de succès professionnel. Il ne le suppliait pas d'accepter un rapprochement et ne laissait nullement entrevoir le souhait de lui rendre visite, ou vice versa. Mais qu'il lui ait écrit était déjà choquant en soi, surtout pour ma sœur qui ne considérait pas la chose comme discrète ou convenable. De mon côté, j'ai eu le sentiment que M. Finch n'était pas du tout hostile à une certaine relation cordiale avec mon père. Et c'est pour cette raison que je ne suis pas allée le trouver, outre ma crainte de le déranger ou de m'encombrer d'un frère qui pourrait se mêler un peu trop de mes affaires.

Mme Watson fronça les sourcils, puis se reprit en hâte. Charlotte sourit intérieurement. Mme Watson n'était pas pressée d'accroître son nombre de rides, même si son mari était décédé depuis longtemps et qu'elle ne se tracassait plus de paraître plus âgée auprès d'un homme de onze ans son cadet.

— Êtes-vous inquiète pour lui, votre frère ? s'enquit-elle.

Charlotte hésita. L'était-elle ? Jusqu'à présent, elle ne pensait pas l'être. Pourtant, la question lui parut soudain d'importance.

— Comme l'a dit lady Ingram, il est plus probable qu'il ait voulu couper les ponts avec elle qu'il n'ait été victime d'une infortune, répondit-elle. Alors non, je ne m'inquiète pas à son sujet. Mais je commence à être curieuse. Très curieuse.

Les de Blois étaient deux étudiantes que Pénélope avait rencontrées à la faculté de médecine. L'aînée, Mme de Blois, était devenue veuve à vingt et un ans. Au lieu de viser un remariage, elle avait opté pour les études. L'autre, Mlle de Blois, était la cousine de feu l'époux de Mme de Blois. Inspirée par l'exemple de celle-ci, elle s'était inscrite elle aussi à la faculté.

Toutes deux étaient élégantes, avec des opinions bien arrêtées, et très françaises. Mme Watson fut heureuse de faire leur connaissance, mais à l'évidence les jeunes femmes souhaitaient rester entre elles. Mme de Blois promit d'être un chaperon intraitable et de ramener Pénélope à la maison à une heure des plus décentes. Mme Watson et Mlle Holmes leur souhaitèrent une bonne soirée et quittèrent l'hôtel.

Alors que Mme Watson allait monter dans sa voiture qui attendait, Mlle Holmes l'arrêta.

— Je connais un endroit au coin de la rue, un charmant salon de thé que je ne pouvais m'offrir la dernière fois que je me trouvais dans le quartier.

Mme Watson lui lança un regard surpris. Mais, après tout, il n'était que 18 h 30, le soleil était encore haut dans le ciel, et elles n'avaient pas d'autres affaires pressantes.

— Dans ce cas, allons lui accorder notre clientèle.

Elle avait rencontré Mlle Holmes pour la première fois dans un salon de thé près de la poste centrale, un établissement sans prétention où des employés fatigués de leur journée venaient engloutir une assiettée d'œufs brouillés avant de rentrer chez eux. Cet établissement de St. James était beaucoup plus raffiné. Il lui rappelait les luxueuses pâtisseries parisiennes aux murs tapissés de miroirs où Pénélope et elle s'étaient laissé tenter par un café au lait et une part de tarte aux pommes, lorsqu'elle était venue lui rendre visite à l'automne précédent.

Ici aussi, le chef pâtissier devait être français, à en juger par l'offre de gâteaux disposés avec goût dans de grands présentoirs vitrés. Mme Watson commanda une petite tarte aux poires. Mlle Holmes prit tout un assortiment de mignardises.

— Le parrain de lord Ingram avait un pâtissier à son service, lui apprit Mme Watson. Vous imaginez ? Quel luxe.

— Oh, je l'ai imaginé plus d'une fois.

Contrairement à son habitude, Mlle Holmes demanda un thé noir, sans sucre ni crème – peut-être pour mieux rehausser la saveur des pâtisseries. Ou peut-être en guise de pénitence pour avoir succombé à la tentation de ces délices parisiens.

— M. Finch vit dans un hôtel meublé dans cette rue, annonça la jeune femme à brûle-pourpoint.

Mme Watson tressaillit. Force lui était d'admettre que si Mlle Holmes donnait parfois l'impression de penser en priorité à son estomac, il aurait été faux de supposer, ne serait-ce qu'une seconde, que c'était là sa seule et unique préoccupation.

— Sommes-nous déjà passées devant ?

Le quartier ne manquait pas de pensions pour messieurs célibataires aux revenus décents. Certains de ces établissements jouxtaient des hôtels familiaux tels que celui où étaient descendues les de Blois, dans Jermyn Street ; d'autres, situés dans des rues plus tranquilles, ne se distinguaient pas au premier regard des habitations particulières.

— Non, il se trouve à l'autre extrémité de la rue. Porte d'entrée noire, encadrements de fenêtre blancs, façade en pierre blanche et stuc – identique aux maisons voisines. Je vous le montrerai quand nous partirons.

Leur serveuse se présenta avec le thé et les douceurs.

— Désirez-vous autre chose, mesdames ?

— Merci pour la rapidité du service, dit Mlle Holmes, qui glissa discrètement une pièce dans la main de l'employée. Auriez-vous une minute ?

— Bien sûr, mademoiselle.

— Nous venons de Dartmouth et ne connaissons pas bien Londres. Mais mon frère est architecte et affirme que pour sa profession, rien ne vaut la capitale. Nous sommes donc ici pour lui trouver un logement agréable, dans un environnement convenable qui lui évitera de tomber sur les mauvaises personnes.

— Dans ce cas, c'est la pension de Mme Woods qu'il vous faut, répondit la serveuse. C'est à deux pas d'ici, au bout de la rue. Je n'y suis jamais entrée, mais on dit que l'endroit est très bien tenu, et Mme Woods est très fière de ses locataires. Le vieux Vickery nous fait l'honneur de sa clientèle de temps en temps. Un homme charmant. Il occupe un appartement au premier étage depuis le décès de son épouse, il y a des années. L'établissement se charge des repas et de la lessive. C'est beaucoup plus pratique pour un homme.

— Juste au bout de la rue, dites-vous ?

— C'est l'avant-dernière maison dans cette direction, côté nord. On ne croirait jamais que c'est une pension, tellement l'endroit est de qualité supérieure.

— De mieux en mieux. Comment s'inscrit-on ? Sera-t-il possible de parler à Mme Woods et de voir son établissement par nous-mêmes ?

— Ça, je l'ignore, mademoiselle. Mais je sais qu'il faut avoir de la chance pour être admis. Mme Woods n'a pas souvent de chambre qui se libère. Une fois, elle a dit que ses locataires ne partaient que s'ils se mariaient ou s'ils mouraient – et ils ne semblent jamais pressés de faire l'un ou l'autre !

Elles rirent toutes les trois.

— Dommage. Cet endroit semble parfait pour mon frère.

— Oh, ne vous inquiétez pas. Il y a plein d'autres bons établissements dans le quartier. Mais Mme Woods tient le sien d'une main de fer, pour sûr.

— Sauriez-vous par hasard combien coûte un deux-pièces ?

— C'est variable. La maison n'est pas divisée en surfaces égales. L'appartement du Dr Vickery possède trois pièces et une salle de bains privative, et d'après les domestiques de Mme Woods, il paie deux livres onze par semaine. Votre frère pourrait sans doute avoir un deux-pièces au deuxième étage pour la moitié de cette somme.

— Ce tarif semble raisonnable. Y a-t-il eu des départs récemment ?

Dans les établissements comme celui de Mme Woods, le loyer se réglait en général à la semaine. Si Myron Finch avait disparu depuis le dimanche précédent, comme le croyait lady Ingram, alors la propriétaire devait supposer à présent qu'il avait libéré la chambre.

— Non, je ne crois pas.

Cela signifiait-il qu'il n'avait pas disparu, ou Mme Woods était-elle discrète à ce point dans sa recherche de locataires ? Les pensions de « qualité supérieure » taisaient souvent leurs disponibilités, préférant entretenir l'impression de ne pas être accessibles au commun des mortels.

La serveuse partit s'occuper d'autres clients. Mme Watson laissa à Mlle Holmes deux minutes ininterrompues pour savourer son éclair miniature.

— Vous pourriez simplement lui rendre visite, suggéra-t-elle ensuite. Vous êtes sa sœur, après tout.

— Je préfère que mon implication demeure discrète. M. Finch a très probablement eu un empêchement. Quand il sera de nouveau en mesure d'entrer en contact avec lady Ingram, ils communiqueront peut-être davantage qu'ils ne l'ont fait depuis très longtemps. Je ne veux pas qu'on sache que Charlotte Holmes a rendu visite à Myron Finch juste après que lady Ingram a fait appel à Sherlock Holmes. La coïncidence pourrait suffire à additionner deux et deux.

— Qu'allons-nous faire alors ?

Mlle Holmes considéra la dernière mignardise dans son assiette : une tartelette en forme de barque remplie d'une délicate mousse au chocolat noir luisante.

— Pensez-vous que M. Mears pourrait être déjà rentré ?

Le personnel de maison avait le dimanche libre – en tout cas les heures après le culte. Certains employeurs préféraient que les domestiques quittent leur lieu de travail quand ils n'étaient pas de service. Mme Watson laissait aux siens la possibilité de sortir en ville ou de rester chez elle, pour lire dans leur chambre ou se retrouver entre eux à l'office.

Elle avait rencontré M. Mears, son majordome, durant ses années de théâtre, et même s'il avait passé davantage de temps dans les coulisses que sur scène, il avait aussi joué dans un certain nombre de pièces.

À leur retour, M. Mears était en effet déjà revenu de sa promenade aux jardins de Kensington, où il avait passé un après-midi agréable à dessiner les fontaines à l'extrémité du lac artificiel de Long Water.

Ensemble, ils décidèrent qu'il endosserait le rôle de maître Gillespie, l'avoué de sir Henry, venu rendre visite à M. Finch pour lui demander s'il avait des nouvelles de sa demi-sœur indigne. Après une répétition brève mais intense, M. Mears, qui arborait désormais des lunettes à fine monture métallique, partit pour son interprétation, avec pour instruction formelle de garder l'affaire strictement confidentielle.

Le silence enveloppa le salon. Mme Watson se sentait mal à l'aise. Avant, il y avait des photographies d'elle en divers costumes de scène sur le manteau de la cheminée, les rayonnages, les tables d'appoint. Elles avaient été installées là quand elle s'était rendu compte que Mlle Holmes découvrirait bientôt où elle habitait et qu'elle ferait mieux d'accorder les réalités de son foyer à l'histoire à dormir debout qu'elle avait servie à la jeune femme : qu'elle ne parvenait pas à trouver une dame de compagnie parce qu'un seul regard à ces portraits de scène suffisait aux candidates respectables pour prendre la poudre d'escampette.

Bien sûr, elle avait dû enlever les photos avant le retour de Pénélope. La pauvre n'avait jamais vu la plupart d'entre elles – la jeunesse montrait un manque d'intérêt remarquable pour la vie de ses aînés, préférant la voir comme les murs d'une maison : tenant le toit et protégeant des éléments, mais sinon peu digne d'intérêt.

La disparition des photographies soulignait aussi le fait que, depuis le début, Mme Watson avait caché la vérité à Mlle Holmes sur son rôle dans leur relation. Elle n'avait toujours pas eu droit à beaucoup d'explications, d'ailleurs, même si elle avait sans aucun doute déduit le moindre détail.

Était-il possible qu'elle soit fâchée contre lord Ingram ? Était-ce pour cette raison qu'elle avait décidé d'aider son épouse ? Mme Watson n'aurait jamais taxé Mlle Holmes de méchanceté, mais parfois la colère, surtout celle qu'on refoulait, s'infiltrait dans certaines de vos décisions.

— À quoi pensez-vous donc, mademoiselle Holmes ? s'entendit-elle demander.

Debout près de la fenêtre, contemplant la vue sur le parc, celle-ci se retourna à moitié.

— Je réfléchissais au système de territorialité entre les vendeurs de rue : la division des lots, la durée du bail et les règles de succession.

Les vendeurs de rue ? Il y en avait toujours une demi-douzaine à l'entrée du parc, proposant des berlingots et de la bière au gingembre.

— Et que pensez-vous des chances de succès de M. Mears ? reprit Mme Watson.

— Il apprendra quelque chose, c'est certain.

— Assez pour apporter une réponse immédiate à lady Ingram ?

— Nous le saurons bientôt.

— Et si cette affaire ne trouve pas de solution rapide ? s'inquiéta Mme Watson. Si nous nous retrouvons nez à nez avec lord Ingram au beau milieu de cette enquête sur un homme qui est la cause de son infortune conjugale ?

— La cause de son infortune conjugale, c'est la précipitation et le manque de connaissance de soi, répondit Mlle Holmes d'un ton posé. La révélation de sa véritable origine a provoqué chez lui une avalanche de doutes sur sa personne. Au lieu de les affronter, il a opté pour le mariage et la paternité, persuadé que ses doutes disparaîtraient comme par magie. Il était hautement improbable qu'un mariage contracté sur la base de suppositions aussi erronées puisse mener au bonheur conjugal.

Il n'était guère étonnant que, plus jeune, lord Ingram n'ait pas courtisé Mlle Holmes. En fait, Mme Watson n'était pas certaine que le lord Ingram d'aujourd'hui aurait été davantage capable d'encaisser sans broncher un verdict aussi tranché.

— Quoi qu'il en soit, je comprends votre préoccupation, madame, continua Mlle Holmes. Nous ne pouvons trahir la confiance de lady Ingram, ce qui donne, du coup, l'impression de trahir lord Ingram. Mais comprenez que, dans ce cas, les apparences restent de simples apparences. Même s'il savait tout, la situation n'en demeurerait pas moins ce qu'elle est. Il ne peut faire table rase du passé. Il ne peut empêcher lady Ingram de se tracasser pour M. Finch, ni exiger de celui-ci qu'il laisse sa femme tranquille, car c'est exactement ce que M. Finch fait, de son plein gré ou non.

Elle se retourna vers la fenêtre.

— Autant donc laisser lord Ingram en dehors de l'équation et poursuivre comme prévu.

Chère Charlotte,

Tu as dû voir l'exécrable article dans le journal au sujet de Sherlock Holmes. Ma parole ! L'affaire Sackville est à peine élucidée – grâce à ta perspicacité et à ton audace –, et ils s'emploient déjà à salir la réputation du grand détective parce qu'il ose aider les gens ordinaires à résoudre des problèmes qui les laissent perplexes ?

J'aurais déchiré ce torchon et jeté les morceaux au feu s'il avait été allumé. Désormais, je suis plus que jamais déterminée à faire de ton nom de guerre celui d'un héros pour l'éternité, doué d'une acuité mentale si extraordinaire que personne n'osera plus jamais publier un seul mot irrespectueux à son endroit.

Malheureusement, c'est toujours le même problème : plus facile à dire qu'à faire. Incertaine quant à la façon d'aborder mon grand œuvre, j'ai entrepris de lire d'autres auteurs, en l'occurrence des romans de M. Wilkie Collins. Et figure-toi qu'un événement des plus étranges s'est produit.

Mère et moi étions allées prendre l'air au parc. Elle s'est endormie sur un banc, et j'ai ouvert un de mes deux romans pour lire. À cet instant, un jeune homme s'est présenté pour me rendre l'autre, qui aurait dû être sagement rangé dans mon sac à main.

Mais peu importe. Il se trouve qu'il avait lu ces deux ouvrages, et nous avons eu une conversation brève mais fort plaisante sur les livres et la lecture.

Bien sûr, ce serait bien ma chance si j'avais enfin croisé le chemin d'un homme que j'aimerais mieux connaître et s'il s'avérait que je n'ai pas le moindre espoir de le revoir. J'aurais tant aimé que tu sois là ! Tu m'aurais donné son nom, son adresse et son arbre généalogique.

Et ensuite, il aurait eu tout le loisir de me décevoir.

Enfin, bref.

J'espère que tu as passé un dimanche tranquille.

Avec toute mon affection,

Livia

Livia reposa sa plume dans l'encrier et jeta un coup d'œil à l'autre occupante de la pièce. Assise sur le parquet à cinquante centimètres à peine d'elle, le visage pour ainsi dire plaqué contre un coin de mur, Bernardine lui tournait le dos et faisait tourner sans un mot de petits cylindres de bois enfilés sur une ficelle.

Cette attitude aurait été insultante si Bernardine en avait eu conscience. Ou si elle ne s'était pas déjà trouvée dans cette exacte position à l'arrivée de Livia.

Bernardine avait presque dix-huit ans quand elle avait appris à se servir d'une cuillère. Elle la maniait alors avec aussi peu de grâce et de dextérité qu'une enfant de deux ans, et seulement si la nourriture dans son assiette était coupée en petits morceaux. Mais quel progrès pour Bernardine. Un progrès époustouflant.

Trois jours après le départ de Charlotte, Bernardine avait cessé de manger seule. Il fallait de nouveau la nourrir à la petite cuillère. Et Livia, qui pensait avoir perdu tout espoir pour Bernardine depuis longtemps, en avait pleuré, s'abandonnant à de longs sanglots déchirants qui ne voulaient plus s'arrêter, comme si tout le désespoir dans son cœur se condensait en ce seul chagrin.

La situation de Charlotte s'était améliorée. Mais il faudrait longtemps à Bernardine pour rattraper le terrain perdu.

Livia regarda le bol posé sur un tabouret à côté de sa sœur. Elle n'y avait pas touché. À la voir fixer l'angle du mur, elle fut prise d'un désir irrépressible de s'évader dans les étendues les plus vastes et sauvages de toute la Grande-Bretagne.

La soirée promettait d'être longue.

5

Mme Watson n'en revenait pas.

Mlle Holmes avait remonté les journaux de la semaine des quartiers des domestiques au sous sol : incroyablement utiles pour toutes sortes de tâches ménagères, ils n'étaient jamais jetés. Il ne lui fallut pas longtemps pour repérer et déchiffrer les messages codés de lady Ingram à l'attention de M. Finch.

M, allez-vous bien ? Votre silence m'inquiète plus que votre absence. Je prie pour que vous soyez bien portant et que tout aille pour le mieux. A.

M, un mot de vous, c'est tout ce dont j'ai besoin. Faites-moi savoir que tout va bien, rien de plus. A.

M, j'en perds l'appétit et le sommeil. Par pitié, ne me laissez pas dans l'ignorance. A.

M, la lueur d'espoir dans mon cœur faiblit à chaque jour qui passe. A.

M, n'aurai-je donc plus de vos nouvelles ? A.

— Ce sont là toutes les annonces ? demanda Mme Watson.

Mlle Holmes hocha la tête.

— La première a paru mercredi et la dernière aujourd'hui.

Une véritable escalade de désespoir, au fur et à mesure des messages de plus en plus courts, comme une vieille femme qui se tasserait sous le poids des ans.

— Elle a refréné le besoin de savoir aussi longtemps qu'elle l'a pu, murmura Mme Watson. Et depuis que la digue a cédé, le flot d'angoisse est impossible à contenir.

Ces dernières années, lady Ingram avait toujours paru extraordinairement maîtresse d'elle-même, comme si son visage n'était pas fait de chair et de sang mais d'une matière adamantine inaltérable. Cependant, le désespoir qui transparaissait dans ses messages rappelait à Mme Watson la débutante au regard un peu triste qu'elle avait été.

L'amour, si habile à saper toutes les défenses...

On frappa discrètement à la porte. M. Mears. Le cœur de Mme Watson fit un bond. Elle était gênée de cette envie qui la tenaillait de connaître la vérité, et franchement choquée du besoin qu'elle éprouvait de rassurer lady Ingram. Si seulement son majordome pouvait leur apprendre que M. Finch était cloué au lit avec une jambe cassée, assommé par le laudanum.

— Entrez, monsieur Mears. Avez-vous du nouveau pour nous ?

Le majordome avait ôté ses lunettes et débarrassé ses cheveux de la couche de brillantine appliquée pour l'occasion.

— Je me suis présenté à la propriétaire comme l'avoué du père de M. Finch. Elle n'a pas mis en doute ma fausse identité et n'a pas tari d'éloges sur son locataire. Elle le considère comme un jeune homme charmant et courtois. Un locataire irréprochable.

Selon elle, il est parti en vacances. Il a quitté la pension il y a deux jours et n'est pas attendu avant dimanche prochain.

— En vacances ? Où ? demanda Mme Watson qui n'en croyait pas ses oreilles. Il ne serait donc pas souffrant ?

— À ce que m'a dit Mme Woods, il était en parfaite santé et d'excellente humeur le jour de son départ. Elle s'est gardée de me donner sa destination précise, mais a mentionné qu'il avait promis de lui rapporter un souvenir.

— Et ses factures ? s'enquit Mlle Holmes, le bout des doigts joints sous son menton.

— Il a réglé son loyer à l'avance avant de partir – moins les repas, la lessive et le ménage, bien sûr, dont il n'aura pas besoin en son absence.

Le front de Mlle Holmes se plissa – un froncement à peine perceptible, en réalité. Mme Watson posa encore quelques questions, mais les réponses étaient toutes des variations sur un même thème : personne chez Mme Woods ne voyait de raison de se faire de souci quant au sort de M. Finch.

Tandis que M. Mears se retirait pour profiter du reste de son dimanche, Mme Watson se mit à arpenter la pièce. Si Mme Woods avait raison – et il n'y avait pas lieu de penser le contraire –, cela signifiait que Myron Finch se trouvait à Londres le dimanche précédent et aurait été tout à fait en mesure de passer devant l'Albert Memorial. Qu'il ait ensuite vaqué à ses occupations habituelles durant plusieurs jours avant de partir tranquillement en vacances indiquait sans ambiguïté que la rupture de cette longue tradition ne le perturbait en aucun cas.

— Vous aviez raison de ne pas vous inquiéter, je suppose, mademoiselle Holmes. Mais c'est la dernière chose à laquelle je m'attendais.

Comme celle-ci ne répondait pas, Mme Watson pouffa, gênée.

— Drôle d'idée d'avoir des attentes, me direz-vous...

Mlle Holmes faisait rouler un crayon entre ses paumes. Ses mains un peu potelées semblaient d'une souplesse remarquable.

— Je m'efforce de ne pas attendre des gens d'être comme je souhaite qu'ils soient. Mais les attentes dont vous parlez, madame, sont affaire de probabilités. Je n'ai rien contre. Sans elles, il serait difficile de remarquer ce qui sort de l'ordinaire.

— Donc, vous êtes d'accord, l'attitude de M. Finch sort de l'ordinaire ?

Mlle Holmes faisait tourner le crayon entre ses doigts, d'un geste vif, presque guilleret, qui contrastait avec sa mine sombre, à la limite de l'inquiétude.

Contrairement à quelqu'un comme Pénélope, dont les traits étaient d'une éloquente mobilité, l'expression de Mlle Holmes pouvait paraître aussi figée et insondable que celle de la Joconde. Mais Mme Watson devenait de plus en plus habile à en déchiffrer les subtiles modulations.

Jusque-là, Mlle Holmes ne s'était pas inquiétée pour son frère. Elle avait été surprise par la relation entre lady Ingram et M. Finch, mais avait considéré l'absence de celui-ci comme une simple bizarrerie du quotidien qui trouverait vite son explication.

Maintenant, elle avait changé d'avis.

— Peut-être devrions-nous remettre en cause quelques-unes de nos suppositions, suggéra-t-elle.

Il fallut une bonne minute de réflexion à Mme Watson pour identifier les siennes. Son regard s'éclaira.

— La fervente dévotion de lady Ingram pour ce jeune homme nous a conduites à penser qu'il l'aimait tout autant. Or peut-être venait-il à ce rendez-vous annuel davantage par pitié que par passion. Peut-être espérait-il que lady Ingram reviendrait à la raison et mettrait fin d'elle-même à ce rituel. Ainsi, il pourrait sauvegarder les apparences : ce ne serait pas lui qui l'aurait rejetée. Mais, avec le temps, le fardeau est devenu trop lourd à porter. Au lieu de l'informer de la fin de leur accord en y mettant les formes, il a tranché dans le vif.

Mlle Holmes avait l'air songeuse.

— L'hypothèse des sentiments partagés mérite assurément d'être mise en doute. Quoi d'autre ? Qu'avons-nous considéré comme allant de soi peut-être un peu imprudemment ?

— Bonté divine, et si en réalité il ne l'aimait pas du tout ? Elle a dit que ses parents cherchaient à sauvegarder les apparences par-dessus tout. Peut-être n'est-il qu'un arriviste qui n'a pas compris combien la situation financière de la famille était précaire. Il est possible qu'il ait maintenu ce semblant de contact annuel dans l'espoir qu'elle finirait par jeter ses vœux conjugaux aux orties et entamerait une liaison avec lui. Par appât du gain ou pour les relations qu'elle pouvait lui procurer dans un milieu où les cibles de choix ne manquent pas pour un coureur de dot.

Son cœur se serrait lorsqu'elle songeait à tout ce qui avait pu mal tourner pour l'ancienne Alexandra Greville. Pour elle et tant d'autres, en réalité.

— À votre avis, le témoignage de M. Mears suffit-il à clore l'enquête ? demanda Mlle Holmes.

Mme Watson n'aurait su dire s'il était déconcertant ou rassurant que la jeune femme ne semble, elle, guère éprouver de compassion pour leur cliente.

— Je puis vous assurer d'ores et déjà que lady Ingram ne s'en contentera pas.

Derrière son air imperturbable, Mme Watson crut deviner que Mlle Holmes n'était pas fâchée que l'affaire ne soit pas encore bouclée.

— Dans ce cas, nous patienterons jusqu'au retour de M. Finch. Nous verrons bien alors s'il est aussi joyeux et impénitent que ses actes semblent le suggérer.

— Une semaine... autant dire une éternité pour une femme qui attend des nouvelles de son bien-aimé.

Mme Watson se revit sur la terrasse couverte du petit bungalow de Rawalpindi, après la bataille de Maiwand. La journée avait été très chaude. Vague après vague, la moiteur caniculaire l'avait assaillie, et pourtant, à chaque minute qui s'écoulait, un froid glacial l'envahissait un peu plus.

Mlle Holmes l'observait en silence, comme si elle assistait en direct au drame qui se jouait en elle. Puis elle se dirigea vers le buffet et remplit un verre de whisky qu'elle lui apporta.

— Dans l'intervalle, je vais voir ce que je peux apprendre d'autre.

Pestant contre elle-même, Livia se faufila discrètement par la porte de derrière.

Elle regrettait à présent d'avoir raconté à Charlotte l'anecdote du jeune homme dans le parc en lui avouant naïvement qu'elle souhaitait le revoir. Comment pareil miracle pourrait-il se produire, de toute façon ? Et quelle idée stupide d'avoir déposé la lettre dans la cachette prévue pour Mott, leur valet et cocher, qui se chargerait de la poster quand il sortirait faire les courses du lendemain.

Au moins, il faisait noir et personne ne la verrait : lady Holmes était déjà couchée et, comme à son habitude, sir Henry était sorti. Une allée étroite traversait le jardin de la surface d'un mouchoir de poche jusqu'aux modestes écuries. Une puissante odeur de paille et de crottin se mêlait aux effluves du chèvrefeuille en fleur qui poussait à profusion dans une maison voisine.

Elle frappa à la porte, priant pour ne pas avoir à marteler le battant à deux poings jusqu'à ce que Mott l'entende. À sa surprise, il ouvrit aussitôt.

— Tout va bien, mademoiselle Livia ? s'enquit le valet.

Âgé d'une trentaine d'années, l'homme était brun, de taille moyenne, plutôt costaud. Une fois, Charlotte avait dit qu'elle le pensait myope, mais jusqu'à présent, il n'avait encore jamais précipité la voiture contre un lampadaire.

Elle se hâta de se faufiler à l'intérieur – elle était trop visible dans la lumière qui jaillissait de la porte ouverte.

— J'aimerais récupérer ma lettre, Mott. L'avez-vous encore ?

Surpris, le valet referma derrière lui.

— Oui, mademoiselle. Je vais la chercher.

Il monta dans le grenier qui lui servait de logement, faisant craquer l'échelle à chaque pas.

Les écuries sentaient le cirage pour cuir, la graisse et l'ammoniaque. Livia jeta un regard à la ronde. Elle n'avait plus remis les pieds ici depuis le jour où, peu après la fuite de Charlotte, elle était venue demander à Mott de servir d'intermédiaire entre sa sœur et elle. L'endroit était aussi propre et bien rangé que dans son souvenir. Une berline de ville, louée pour la saison, en occupait un côté. L'autre se divisait en quatre box dont seulement la moitié était occupée par deux chevaux bais nerveux, eux aussi loués pour la saison. Étriers et rouleaux de corde étaient accrochés à de grandes patères en bois ; une collection de brosses, de grattoirs et de pommades maison s'alignait sur une étagère un peu de guingois.

Mott redescendit l'échelle, la lettre entre les lèvres.

— Merci, dit Livia lorsqu'il la lui tendit. Avez-vous parlé avec mon père de la prolongation de vos fonctions chez nous ?

Comme la berline et les chevaux, Mott n'était engagé que pour la saison : les apparences se devaient d'être sauvegardées, et il fallait un cocher pour promener lady Holmes et ses filles dans Londres. Chez eux, à la campagne, ils partageaient avec leur voisin le plus proche un domestique qui cumulait les fonctions de valet et de jardinier. Ils se passaient de cocher.

En temps ordinaire, Livia ne s'intéressait pas aux domestiques. Ses parents n'étaient ni accommodants ni aimables et, avec le temps, elle s'était endurcie face aux nombreux va-et-vient du personnel. Mais Mott lui avait été d'une aide précieuse cet été.

Et il ne semblait pas la trouver antipathique, ce qui le rendait d'autant plus extraordinaire à ses yeux, car la plupart des gens de maison n'aimaient pas son genre particulier de timidité doublée d'une nervosité à fleur de peau. Il lui avait fallu prendre son courage à deux mains pour lui demander de s'enquérir auprès de sir Henry de ses chances de rester à leur service après la saison. Un véritable acte de désespoir. Mais Mott était désormais son seul allié, et elle ne tenait pas à être enfermée à la campagne durant les huit prochains mois sans une seule personne de confiance.

— Ces derniers temps, il n'est pas franchement bien disposé, répondit le valet.

Livia ne pouvait le contredire.

On aurait pu penser que son père serait non seulement ravi d'avoir été lavé de tout soupçon dans le décès de son ex-fiancée, avec laquelle on l'avait entendu se disputer dans les heures qui avaient précédé sa fin brutale, mais aussi soulagé de s'être fait éconduire par lady Amélia Drummond, l'affaire Sackville ayant révélé chez elle un caractère et un jugement singulièrement douteux.

Mais non, sir Henry était furieux.

Selon Charlotte, il était offensé qu'une femme d'une moralité aussi basse l'ait rejeté. Et son courroux était d'autant plus grand qu'elle se trouvait désormais six pieds sous terre : impossible de lui infliger le sermon qu'elle méritait.

Résultat, Mott attendait encore le moment opportun pour aborder sir Henry. Et ce moment ne se présenterait sans doute pas avant la fin de la saison.

— Il faut garder espoir, dit Livia, davantage pour elle-même que pour le valet.

Mott lui ouvrit la porte.

— Je n'y manquerai pas, mademoiselle Livia.

Lord Ingram croisa sa femme dans l'escalier. Il montait à la chambre des enfants pour leur souhaiter une bonne nuit et elle en descendait.

— Madame, la salua-t-il d'une voix neutre.

Elle hocha sèchement la tête.

— Monsieur.

Au fil des années, ils étaient parvenus à un arrangement qui leur permettait de passer autant de temps que possible loin l'un de l'autre, tout en continuant à afficher à l'extérieur l'image d'un couple. Ils prenaient leurs repas séparément, ce qui était assez simple car elle buvait son cacao du petit déjeuner au lit et il s'arrangeait pour déjeuner à ses clubs. Et, durant la saison, il était particulièrement aisé de s'éviter au dîner : qu'ils soient invités à l'extérieur ou qu'ils reçoivent, l'étiquette voulait qu'en ces occasions, un mari et son épouse ne bavardent pas entre eux mais s'entretiennent avec les autres convives.

Avec les enfants aussi, ils avaient établi un protocole tacite : il prenait le petit déjeuner en leur compagnie les jours de semaine et les emmenait en promenade le dimanche après-midi ; elle déjeunait avec eux en semaine et passait le dimanche soir dans leur chambre.

Elle venait justement de les coucher – si elle avait réussi cette prouesse cinq minutes plus tôt, comme à son habitude, ils ne se seraient pas rencontrés inopinément dans l'escalier. Maintenant qu'il y songeait, elle était aussi rentrée en retard cet après-midi. Il se réjouissait toujours de passer un peu plus de temps avec ses enfants, mais ce manque de ponctualité ne ressemblait pas à son épouse.

— Au fait, avez-vous utilisé la machine à écrire dans le bureau ? lui demanda-t-il.

Il n'avait pas dit « ma » machine à écrire ni « mon » bureau. Pourtant, à son air pincé lorsqu'elle se retourna, c'était ce qu'elle avait dû comprendre.

— Préférez-vous que j'évite de le faire à l'avenir ?

— Vous êtes libre d'utiliser ce qu'il vous plaît dans cette maison. Simple curiosité. D'ordinaire, vous n'avez pas l'usage d'une machine à écrire.

— Parfois, je préfère que ma correspondance soit tapée à la machine, répondit-elle d'un ton courtois, mais distant.

Il ignorait ce qui l'avait conduit à poser cette question. Ces derniers temps, son épouse avait quelque chose de différent. Charlotte Holmes aurait été capable de mettre le doigt avec précision sur ce changement. Mais, n'étant pas doué de ses facultés d'observation, il devait s'en remettre à son instinct, et celui-ci lui soufflait de faire attention.

Était-il possible qu'elle ait une liaison ? Jusqu'à présent, il n'avait pas trahi ses vœux de mariage ; il ne pensait pas qu'elle l'ait fait non plus. Sans parler du fait que, depuis un moment, il avait l'impression que les complications sentimentales étaient la dernière chose qu'elle recherchait.

Était-il dans son intérêt de se montrer plus vigilant, au cas où elle lui donnerait des motifs de divorce ? Et même s'il en avait, serait-il prêt à s'en servir contre elle ? Aurait-il le cœur endurci au point d'arracher ses enfants à leur mère qui, malgré ses défauts en tant qu'épouse, avait toujours été aimante et attentionnée envers eux ?

S'il décidait de ne jamais divorcer, à quoi bon découvrir si elle avait ou non une liaison ?

— Je vous souhaite le bonsoir, lady Ingram, lui dit-il.

Charlotte entra dans sa chambre, referma la porte, s'appuya contre le battant et se passa les mains sur le visage.

La journée avait été longue et étrange, de la demande en mariage de lord Bancroft à la non-disparition de M. Finch. Sans oublier, à peine plus de vingt-quatre heures plus tôt, le baiser échangé avec lord Ingram. Très bref, certes, mais pour la première fois depuis plus d'une décennie, un moment de pure fièvre qui avait tout emporté.

Les événements étaient faciles à gérer – factuels, le plus souvent nets et précis. Les réactions émotionnelles, en revanche, changeaient à volonté, enflant pour finir par coloniser tout le cerveau disponible au détriment des autres pensées qu'elles embrouillaient en outre allègrement.

La situation avec M. Finch était trop incongrue pour être normale. Mais entre l'angoisse de lady Ingram, la compassion de Mme Watson et son propre malaise d'avoir l'épouse de lord Ingram comme cliente, Charlotte ne parvenait pas à identifier avec précision ce qui la tarabustait.

C'était comme si elle s'efforçait de déchiffrer un message en morse tapé timidement sur une vitre au milieu d'une averse de grêle.

Elle alla prendre le dossier de lord Bancroft posé sur son lit et en sortit l'enveloppe suivante.

Il s'agissait d'un message chiffré : une page écrite en capitales sans espaces.

L'indice l'informait que le code utilisé était le chiffre de Vigenère, en usage depuis plusieurs siècles, mais percé seulement une génération plus tôt. M. Charles Babbage, l'auteur de cet exploit révolutionnaire, n'avait pas publié sa méthode. Cependant, Charlotte, à une époque où elle cherchait à s'occuper l'esprit et avait beaucoup de temps libre, avait demandé à Livia de composer plusieurs messages en Vigenère, afin d'apprendre à les décrypter par elle-même.

L'expérience lui avait appris que c'était là une tâche titanesque qui revenait à prendre une ruade dans le crâne par une mule colérique. Des ruades à répétition, même, car non seulement c'était un véritable casse-tête, mais le processus interminable ne pouvait être raccourci, ni rendu moins fastidieux.

Lord Bancroft pensait-il sérieusement que ce genre d'exercice mental lui plairait ?

Pour être juste, avant de savoir ce qu'impliquait le déchiffrement d'un cryptogramme en Vigenère, elle l'avait cru aussi.

Au moins savait-elle désormais que lord Bancroft avait donné pour instruction à son subordonné de sélectionner des affaires difficiles pour elle – assurément un bon point en sa faveur.

En dépit de son nom pompeux, le chiffre de César était un code très simple dans lequel chaque lettre du texte en clair était décalée d'un nombre fixe de positions dans un sens ou l'autre de l'alphabet – par exemple *a* remplacé par *c*, *b* par *d*, etc.

Le chiffre de Vigenère incorporait ce principe de décalage. Charlotte commença par construire l'outil indispensable du cryptographe, une *tabula recta*, table de vingt-six cases sur vingt-six, représentant toutes les substitutions possibles.

Si elle rédigeait elle-même un message chiffré, ce serait le moment de choisir un mot clé. Pour coder la phrase « CHARLOTTE EST SHERLOCK », avec comme mot clé « HOLMES », elle écrirait :

CHARLOTTEESTSHERLOCK
HOLMESHOLMESHOLMESHO

Les lettres en clair étaient placées dans les colonnes de la *tabula recta*, les lettres du mot clé dans les lignes. Il suffisait ensuite de sélectionner pour chaque lettre en clair la lettre correspondante du mot clé pour trouver, au croisement des deux, les éléments du cryptogramme en reprenant le mot clé en boucle. Ce qui donnerait :

JVLDPGAHPQWLZVPDPGKY

En l'occurrence, étant donné que quelqu'un d'autre avait choisi le mot clé du message, Charlotte devait l'identifier avant toute chose. Elle examina la longue suite compacte de lettres qui constituaient le cryptogramme, à la recherche de séquences répétées, et compta le nombre de lettres entre chaque itération d'une même séquence, afin d'essayer de déterminer la longueur du mot clé.

Vers minuit, ses tempes la lançaient. Elle comprenait maintenant pourquoi M. Babbage avait refusé l'occasion, pourtant unique, de déchiffrer la correspondance chiffrée du roi Charles Ier : sans doute parce qu'il souffrait encore de migraines à cause des cryptogrammes en Vigenère.

Elle se leva et s'avança jusqu'à la fenêtre. Presque aussitôt, un souvenir de lord Ingram lui revint. C'était l'hiver, deux mois après son mariage, lors d'une réception à la campagne. Elle était tombée sur lui dehors, sur une terrasse blanchie par la neige et décorée de gui. Il fumait. La tête en arrière, il soufflait la fumée qui montait en un tranquille filet.

Les yeux fermés, il avait souri vers le ciel, à ce qu'il croyait être un univers bienveillant.

— Bonjour, Holmes.

Ses épaules s'étaient détendues, ses paupières toujours closes.

— Vous ne me demandez pas comment je sais que c'est vous ? avait-il ajouté.

— Qui à part vous resterait planté là sans rien dire ? Voilà ce que vous me répondriez.

Il avait ri et ouvert les yeux.

— Eh oui, c'est bien vous, Holmes, avait-il dit, tirant sur sa cigarette. Vous avez quelque chose de changé. Avez-vous perdu du poids ?

C'était le cas.

— Non, mentit-elle. Vous avez l'air heureux. Le mariage vous réussit, on dirait.

— En effet. Vous devriez essayer.

Magnanime dans son bonheur, il s'était retenu de lui rappeler qu'elle l'avait mis en garde contre cette union.

Sa femme et lui n'étaient revenus de leur lune de miel que quelques jours plus tôt, avec plus de deux semaines de retard. Ils étaient arrivés à la réception l'après-midi, mais n'avaient pas participé au dîner. On murmurait que lady Ingram n'était pas dans son assiette.

Charlotte avait eu l'impression d'être transpercée par un harpon.

— Vous allez être père, n'est-ce pas ?

La Charlotte d'aujourd'hui se détourna de la fenêtre.

C'était la seule fois où elle l'avait vu joyeux à ce point. Elle n'avait jamais vraiment été convaincue par cette douce euphorie, mais elle savait maintenant exactement sur quelle fondation illusoire elle était bâtie, et que ce bonheur avait été aussi fugace qu'une bulle de savon...

Elle regagna le bureau d'un pas déterminé et se replongea, presque avec gratitude, dans le décodage du casse-tête de Vigenère.

6

Lundi

Livia n'avait rien contre la musique, mais elle l'aurait bien plus appréciée si elle avait pu danser, ou lire. Or, la danse était exclue à un récital de chant, et sortir un livre aurait été excessivement mal vu. Elle n'avait donc d'autre choix que d'écouter, avec ennui, agacement et inquiétude – son état d'esprit habituel –, tandis que la soprano enchaînait ses interminables roucoulades.

Quand l'imposante cantatrice italienne faillit briser le lustre en cristal avec un nouveau contre-ut, Livia fut obligée de sortir. Elle avait veillé à s'asseoir au fond du salon, au bout d'une rangée de chaises. Sa mère la foudroya du regard quand elle se leva. Livia se dirigea vers les toilettes – elle n'avait aucun besoin d'y aller, mais lady Holmes risquait moins de la suivre si elle pensait qu'elle était partie répondre à un appel de la nature.

Lorsqu'elle fut à bonne distance dans le couloir, elle s'adossa contre un pilier. Chez qui était-elle, déjà ? Peu importait. La saison touchait à sa fin. Bientôt, Londres se viderait, et Livia participerait à l'exode.

D'ordinaire, à cette époque, malgré la déception d'avoir échoué une fois de plus à trouver un mari, elle était ravie de regagner la campagne, où elle n'était pas obligée de perdre son temps en sourires polis, révérences et conversations ineptes dans cette quête futile du Graal.

Mais, cette fois, Charlotte ne serait pas du voyage. Cette fois, elle serait toute seule.

Entendant des pas approcher, elle se redressa en hâte. Une femme tourna à l'angle du couloir en direction des toilettes. Lady Ingram. Elle était arrivée tard à la soirée, après le début du premier récital de piano. Mais, ravie de la voir, la maîtresse de maison s'était attardée auprès d'elle durant un temps indécent.

Lady Ingram parut tout aussi surprise de croiser Livia.

— Mademoiselle Holmes.

— Lady Ingram.

Elles s'étaient rarement parlé jusque-là. Lady Ingram s'entourait de femmes froides et sophistiquées, à son image, et le pouvoir combiné de leur beauté et de leur influence était si grand que Livia redoutait de s'approcher d'elles. Elle était déjà suffisamment ordinaire sans aggraver son cas en se plaçant dans l'ombre d'astres aussi lumineux. Et elle avait sa fierté. Elle n'avait aucune envie d'être considérée comme un crampon indésirable, telle une vulgaire bernacle dénaturant la ligne pure d'une coque de transatlantique.

Il y eut un silence gêné.

— Je ne sais pas pour vous, mademoiselle Holmes, finit par dire lady Ingram avec un petit sourire, mais je préfère le chant qui ne menace pas de me percer les tympans.

Livia fut sidérée. Cette femme était presque...
accessible.

— Moi qui pensais avoir donné l'impression
convaincante de quelqu'un qui veut aller aux toilettes, répondit-elle.

Lady Ingram pouffa, pas par dérision, mais avec
compréhension. Livia crut déceler autre chose dans
son expression. Une certaine lassitude, peut-être.

— Allez-vous bien, mademoiselle Holmes ?

La question prit Livia au dépourvu. Elle avait
presque l'impression d'être tombée dans une
embuscade.

— Euh... passablement bien. Et vous-même,
madame ?

— Moi aussi, je suppose.

Était-ce une pointe d'ironie qu'elle devinait dans
le sourire de lady Ingram ?

— Et Mlle Charlotte ? continua celle-ci. Avez-
vous de ses nouvelles ?

Depuis la disparition de Charlotte, à part les deux
commères en chef, lady Avery et lady Somersby,
personne n'avait abordé le sujet devant Livia. Ni
ses parents, ni même le plus fidèle ami de sa sœur,
lord Ingram. Le jour où il lui avait rendu visite, peu
après la fuite de Charlotte, c'était elle qui en avait
parlé, avec l'impression d'enfreindre la loi.

Et voilà que lady Ingram s'enquérait de Charlotte.
Sans malice. Sur le ton de la conversation, comme
si sa sœur était partie en voyage en Amazonie au
lieu de sombrer dans les tréfonds de l'ignominie.

Incroyable.

Fidèle à elle-même, Charlotte n'avait jamais
éprouvé de sentiments particuliers envers lady
Ingram. Celle-ci, en revanche, s'était toujours montrée d'une grande froideur à son égard, même après
avoir mis le grappin sur lord Ingram. Étrangement,

son antipathie envers Charlotte s'était encore accrue quand il était devenu de notoriété publique qu'elle s'était mariée uniquement pour l'héritage de son époux. Livia n'avait jamais compris cette attitude : pourquoi pareille hostilité envers l'amie de son mari alors que lady Ingram ne recherchait même pas l'amour de ce dernier ?

Peut-être lady Ingram avait-elle enfin compris que Charlotte n'avait jamais constitué une menace pour elle. Peut-être la ruine de sa sœur dans les bras d'un autre homme lui avait-elle fait prendre conscience du comportement irréprochable de son époux durant toutes ces années. Ou alors la chute de Charlotte était si extrême et son destin si incertain – tout au moins pour la plupart des gens – que même lady Ingram ressentait une certaine dose de pitié et de préoccupation pour elle.

— Euh... non, j'en ai peur. Aucune nouvelle jusqu'à présent, répondit Livia, lorsqu'elle se rendit compte qu'elle gardait le silence depuis un moment.

— L'attente est ce qu'il y a de pire, n'est-ce pas ?

Livia entendit avec surprise l'émotion percer dans la voix de lady Ingram. Ce n'était pas juste un commentaire poli ; elle semblait revivre sa propre incertitude angoissée face à l'absence d'un être aimé.

— Oui, vous avez raison, madame.

Lady Ingram sourit.

— Si vous voulez bien m'excuser, mademoiselle Holmes, on m'attend à la maison.

Longtemps après, l'image de son sourire plein de regret et de tristesse demeura gravée dans l'esprit de Livia.

Charlotte se frotta les yeux.

Livia était l'oiseau de nuit de la famille, capable de rester éveillée quarante-huit heures d'affilée et d'être de nouveau fraîche comme un gardon après juste une courte sieste. Elle sautait aussi des repas sans ressentir les effets d'un estomac vide. Charlotte, en revanche, avait besoin de manger à toute heure et aimait son lit presque autant que son assiette.

Autant dire qu'elle n'était pas habituée à tenir le coup avec quatre malheureuses heures de sommeil. Elle n'avait pourtant guère dormi plus ces deux dernières nuits, à cause de l'indigeste cryptogramme de Vigenère.

Mais cela lui évitait de penser à lord Ingram, à lady Ingram, à M. Finch. Sans oublier la demande en mariage de lord Bancroft.

Elle se frotta de nouveau les yeux. Il lui fallait se remuer. La cliente suivante de Sherlock Holmes était déjà là. La porte du salon s'ouvrit, et Mme Watson fit entrer Mme Morris.

Comme elle l'expliquait dans sa lettre, Mme Morris était mariée à un capitaine de marine actuellement en mer. En l'absence de son époux, elle s'était installée à Londres pour s'occuper de son père âgé.

Ledit père âgé avait été médecin de profession : le sac à main de Mme Morris était plus grand et robuste qu'un habituel accessoire de maroquinerie pour dame et avait parfaitement pu être une sacoche médicale dans une vie antérieure. Récemment encore, en réalité : l'objet semblait assez neuf pour avoir été acheté l'année précédente.

Ainsi, le bon docteur avait pris sa retraite récemment, et son départ avait dû être une décision un peu abrupte car il n'aurait pas investi dans une sacoche neuve s'il avait su qu'il quitterait bientôt son cabinet.

Lorsque Mme Morris posa le sac taché par la pluie, Charlotte remarqua qu'elle ne portait pas d'alliance. Son doigt n'arborait pas non plus la marque caractéristique d'un anneau récemment ôté pour être nettoyé.

— Voici Mme Morris, mademoiselle, dit Mme Watson.

Charlotte serra la main de sa cliente, une femme d'environ trente-cinq ans, jolie dans le genre anémique, avec des manières affables mais un peu sèches.

L'habituelle mise en scène s'ensuivit. Mme Watson servit le thé, puis se retira dans la pièce voisine auprès de Sherlock Holmes. D'ordinaire, c'était le moment où Charlotte demandait à ses clients s'ils souhaitaient une preuve des talents du détective. Mais elle n'était pas sûre de vouloir révéler à Mme Morris le résultat de ses observations.

Sauf réglementations contraires, depuis que la marine existait, les épouses d'officiers – pas toutes, mais les plus intrépides – suivaient leurs maris sur les mers du globe durant leurs périodes de service. Et si Mme Morris n'appréciait pas la promiscuité de la vie en mer, au milieu d'un équipage essentiellement masculin, elle pouvait toujours rejoindre les ports d'escale, où son époux devait parfois passer beaucoup de temps à terre.

Mais Charlotte n'était pas convaincue que le capitaine Morris fût réellement en mer.

Ni que Mme Morris résidât chez son père dans l'unique but de s'occuper de lui.

Elle était venue à pied. Les débris collés aux semelles et aux bords de ses bottes en caoutchouc montraient qu'elle n'avait pas seulement arpenté les rues de Londres, mais qu'elle avait aussi fait une promenade dans Regent's Park. Une promenade énergique, de surcroît, à en juger par les traînées boueuses sur la face intérieure de ses bottes.

Les averses avaient cessé. Au petit matin, pendant que Charlotte était plongée dans son déchiffrement, il tombait des cordes. Depuis un moment, il bruinait. Une femme qui considérait ce temps opportun pour une promenade énergique au parc répugnerait-elle à parcourir le monde avec son mari ?

Détail plus important, ses bottes étaient loin d'être neuves.

Si on excluait la paire qu'Henrietta avait laissée en quittant la maison, Charlotte n'en possédait pas une seule – pas même à la campagne, car elle préférait passer les journées pluvieuses à l'abri avec un bon chocolat chaud.

Livia, elle, passait sa vie en bottes. Elle avait une paire de rechange, vieille et usée, qu'elle enfilait lorsqu'elle était certaine de trouver des flaques boueuses sur son chemin. Sinon, elle mettait les belles, en espérant ne pas les salir. Or, même Livia n'apportait que sa belle paire à Londres.

Une femme venue pour une simple visite aurait-elle apporté ses bottes de rechange ?

— Vous avez mentionné dans votre lettre que Sherlock Holmes vous avait été recommandé par Mme Gleason, qui est venue le consulter récemment.

— C'est exact. Mme Gleason et moi appartenons au même club de tricot à la paroisse et elle ne tarit pas d'éloges sur votre frère. Alors hier, quand je me suis sentie incapable de continuer un moment de plus sans confier mes craintes à quelqu'un, j'ai pensé à lui. Merci de me recevoir si vite.

Difficile de la faire attendre, alors qu'elle avait écrit craindre pour sa santé, pour sa vie même.

— Je vous en prie. Je suppose que Mme Gleason vous a expliqué comment j'aide mon frère dans son travail.

— Oui. Ce qu'elle m'a raconté m'a donné toute confiance en M. Holmes.

— Excellent. Et maintenant, comment puis-je vous aider ?

— Comme je vous l'ai écrit, quand mon époux est en mer, je réside à Londres chez mon père, commença Mme Morris. J'ai promis à ma mère sur son lit de mort de toujours veiller sur lui. Son propre père, voyez-vous, a pris sa retraite à soixante ans et a décliné ensuite rapidement. Mon père était un médecin très réputé. Il a pris sa retraite à peu près en même temps que sa fidèle gouvernante, cette chère Mme Foster. La nouvelle, Mme Burns, lui a été vivement recommandée. Et je n'ai pas à me plaindre de son travail. Mais...

Mme Morris tordit son mouchoir.

— Je crains que Mme Burns n'ait, disons, des vues sur mon père.

— Ah ?

Cette brève réplique suffit à déstabiliser Mme Morris. Elle s'empourpra, la gorge nouée, tordant son mouchoir de plus belle.

— J'espère que M. Holmes ne me trouve pas ridicule. J'ai conscience que même un esprit aussi extraordinaire ne pourra empêcher Mme Burns de chercher à séduire mon père. Mais ses actes ne se limitent pas à cela. J'ai des raisons de penser qu'elle tente de m'empoisonner.

Charlotte s'attendait plus ou moins à ce genre de déclaration. Pour quelqu'un comme Mme Morris, s'il y avait danger, celui-ci venait probablement de son propre foyer.

— D'où vous vient cette crainte, précisément ? s'enquit-elle.

— Je n'en donne pas l'impression, je sais, mais je suis d'une santé excessivement robuste – tout le monde vous le dira. Je n'ai jamais de rhume et je ne suis pas du genre à avoir besoin de respirer des sels. En fait, je n'ai jamais mal nulle part. Mon père dit que je pourrais avaler des cailloux ou des fers à cheval et ne pas m'en porter plus mal. Or, cette semaine, j'ai été prise de douleurs affreuses à deux reprises, chaque fois après avoir mangé des biscuits confectionnés par Mme Burns. Et personne d'autre dans la maison n'a ressenti le moindre malaise.

Charlotte se versa une autre tasse de thé.

— S'il vous plaît, décrivez-moi ces deux moments où vous vous êtes sentie mal.

— La première fois, c'était il y a cinq jours. Je suis rentrée d'une visite chez des connaissances et j'ai pris le café avec mon père. Une bonne a apporté les biscuits. J'ai tendu le plateau à mon père qui en a pris un, puis je me suis servie. Nous avons parlé quelque temps de notre journée. Je n'ai mangé mon biscuit que peu de temps avant de me lever de table. Le temps de gagner ma chambre, dix minutes plus tard, je souffrais le martyre.

— Quels étaient vos symptômes ?

— J'avais la gorge qui brûlait. Et je ne veux pas dire qu'elle était juste irritée. Tout le fond de ma bouche et mon œsophage donnaient l'impression d'avoir été écorchés à vif avec une corde rugueuse. La douleur était si intense que je pouvais à peine respirer.

— Combien de temps ont duré ces symptômes ?

— Une éternité. Même si guère plus de deux heures s'étaient écoulées, d'après la pendule.

— Qu'en a pensé votre père ?

— Il a été incapable de poser un diagnostic. Je n'avais pas de fièvre, et mes ganglions lymphatiques n'étaient pas enflés. Je n'avais pas d'autres douleurs, pas même de troubles gastro-intestinaux. Après, je me portais aussi bien qu'avant : aucune incidence sur mon appétit, ma mobilité, mon sommeil. Il a consulté ses livres une demi-journée durant pour finir par se demander si ce n'était pas une simple réaction allergique à Londres. Il m'a dit qu'il voyait dans son cabinet des gens qui souffraient de migraines, d'essoufflements et de malaise général. S'il ne trouvait pas d'explication pathologique à leur état, il les encourageait à passer du temps à la campagne, où l'air et l'eau sont moins pollués. Bien souvent, leur état s'améliorait. Sceptique, je lui ai fait remarquer que j'étais à Londres depuis deux mois. Mon organisme n'aurait-il pas dû réagir plus tôt ? Il a répondu que les effets pouvaient être cumulatifs – que parfois des gens qui vivaient dans la capitale depuis des décennies ne pouvaient soudain plus supporter d'y rester. Bref, nous avons disséqué la question en long et en large. Toutefois, je ne m'inquiétais pas. Après tout, j'étais de nouveau en pleine forme, comme d'habitude. Mais lorsque c'est arrivé une deuxième fois, sans davantage d'explications, j'ai commencé à avoir peur que quelqu'un ne conspire contre moi dans la maison.

— Quand ce deuxième incident s'est-il produit ?

— Avant-hier soir. Mme Burns a servi le café avec des biscuits vers 9 h 45. J'ai eu exactement les mêmes symptômes en allant me coucher et j'ai passé plusieurs heures horribles à me tenir la gorge, mon pauvre père à mes côtés. Au petit déjeuner, nous en discutions de nouveau quand Mme Burns est entrée. Je vous le jure, mademoiselle Holmes, elle a évité sciemment mon regard.

Mme Watson n'avait pas de gouvernante, juste une extraordinaire cuisinière, Mme Gascoigne, qui confectionnait de délicieuses pâtisseries et autres douceurs. Sa contribution du jour était un plat de petits-fours aux amandes fins et croustillants en forme de tuiles – qu'elle appelait d'ailleurs ainsi, sans doute le terme français pour « divin ». Charlotte se resservit.

— Qu'est-ce qui vous fait penser que Mme Burns a des vues sur votre père, madame Morris ?

— Très peu de temps après mon arrivée, j'ai ressenti son hostilité envers moi. Je suis d'une nature aimable et je me suis toujours bien entendue avec l'ancienne gouvernante de mon père. Mais Mme Burns se montre cassante dès que j'essaie d'engager la conversation avec elle.

Mme Morris s'interrompit, le temps de manger une tuile.

— J'ai demandé à mon père ce qu'il pensait de son attitude, et il m'a répondu qu'il la trouvait tout à fait agréable. Vous devez comprendre, mademoiselle Holmes, que mon éducation ne m'a pas habituée à avoir des exigences déraisonnables avec le personnel de maison. Voyez ces bottes, par exemple. Ce n'est pas ma plus belle paire. Mon père trouverait indécent que je porte les neuves, sachant que par ce temps elles seraient vite boueuses et que je devrais ensuite les donner à nettoyer à une bonne. Depuis mon arrivée à Londres, je me suis pliée aux habitudes de la maison et ai veillé à causer le moins de dérangement possible. Mme Burns n'a donc aucune raison de me prendre en grippe. Pourtant, c'est à l'évidence le cas. Dès lors, n'est-il pas naturel de supposer qu'elle considère ma présence comme un obstacle ? J'ai aussi appris de la bouche de mon père qu'elle n'a pas toujours été domestique. Son propre père était médecin, lui aussi, mais il est mort alcoolique et ruiné. Sachant cela, n'est-il pas naturel de supposer qu'elle veuille retrouver le rang social qu'elle occupait autrefois ? Et n'oublions qu'elle a forcément une certaine connaissance des poisons et autres substances nocives.

Charlotte hocha lentement la tête – en réalité juste pour avoir le temps de déguster la tuile qu'elle tenait à la main avant de poursuivre son interrogatoire. Le manque de sommeil avivait son appétit.

— Quels biscuits Mme Burns a-t-elle servis ? demanda-t-elle. Étaient-ce les mêmes les deux fois ?

— De simples sablés, les deux fois.

— Et votre père n'a ressenti aucun trouble ?

— Non. Il aime les raisins secs dans ses biscuits. Moi, non. Mme Burns cuit donc deux plaques des mêmes sablés, l'une avec des raisins, l'autre nature. Nous ne mangeons jamais les biscuits de l'autre. Et puis, il serait contre-productif pour Mme Burns de tuer mon père par erreur, n'est-ce pas ?

— Avez-vous parlé de vos soupçons à votre père ?

Mme Morris soupira.

— Ce serait inutile. Il serait indigné d'apprendre que je nourris de telles pensées. En fait, une fois, quand je lui ai fait remarquer – sur le ton de la plaisanterie, bien sûr – que Mme Burns avait peut-être jeté son dévolu sur lui, il a été sincèrement outré. À ses yeux, Mme Burns n'outrepasse en rien ses fonctions. Et il la croit incapable d'ourdir de sombres manigances pour devenir la maîtresse de maison.

— Je vois. Je suppose que vous avez apporté le reste des biscuits ?

— En effet, je les ai gardés. Dans l'affaire Sackville, M. Holmes a mis au jour une substitution entre la strychnine et un autre poison. Sera-t-il à même de dire si une substance toxique a été ajoutée à ces biscuits ?

Plus jeune, Charlotte avait acheté plusieurs panoplies de chimiste, mais elle n'avait aucune formation en toxicologie. Toutefois, cela ne signifiait pas que Sherlock Holmes n'était pas compétent en la matière – à l'évidence, Mme Morris en était déjà persuadée.

— Cela se répercutera sur ses honoraires, mais oui, c'est possible.

— Je ne vous remercierai jamais assez, dit Mme Morris, visiblement soulagée.

— Dans l'intervalle, je vous fais confiance pour ne plus manger de biscuits chez vous.

— Ne craignez rien. Je ne toucherai à aucune nourriture servie dans cette maison.

Mme Watson revint pour raccompagner Mme Morris – et encaisser les honoraires dans le petit bureau aménagé au rez-de-chaussée. Alors qu'elles descendaient l'escalier, Charlotte passa la tête dans l'embrasure.

— Excusez-moi, madame Morris. Mon frère a une question pour vous.

— Oui ?

— Êtes-vous sujette au mal de mer ?

Mme Morris eut l'air étonnée.

— Non, pas du tout. J'adore les voyages en bateau.

— Merci, dit Charlotte qui referma la porte.

Les derniers jours avant leur retour à la campagne, sir Henry et lady Holmes avaient coutume de multiplier les visites aux tailleurs, aux modistes, aux mercières, aux chausseurs et autres vendeurs de produits de luxe. Ils regrettaient toujours ces folies quand ils recevaient les factures. Mais passer une saison entière entourés de leurs pairs plus aisés leur faisait invariablement oublier tous leurs regrets passés.

D'ordinaire, cette frénésie d'achats malavisés déprimait Livia : encore une année qui scellait un peu plus son irréversible destin de vieille fille, et voilà que ses parents gaspillaient le peu d'argent qui lui permettrait d'avoir un toit sur la tête dans son grand âge. Rejetée de tous, elle serait condamnée à croupir dans une pension sordide et à se nourrir de chou bouilli, triste avenir qui attendait les célibataires indigentes.

Aujourd'hui, cependant, leur absence lui donnait l'occasion de quitter la maison en toute liberté, et elle feuilletait en ce moment même des livres à la librairie *Hatchards*. Son rêve le plus cher était de posséder un jour sa propre bibliothèque, une collection si considérable que la maison entière fleurerait bon le cuir, le papier et la colle à reliure.

— Excusez-moi, mademoiselle, ceci vous appartient-il ?

Livia pivota sur elle-même. Bonté divine, c'était bien lui. Le jeune homme de l'autre jour, au parc. Sauf qu'aujourd'hui, il ne lui tendait rien.

La chaleur de son sourire se communiqua à ses yeux noisette qui se plissèrent de façon charmante.

— Vous cherchez déjà d'autres lectures ? Avez-vous fini les deux romans de Collins ?

— En effet.

— Alors, êtes-vous d'accord avec moi sur leurs mérites ou partagez-vous l'opinion de mon ami ?

— Je suis de l'avis de votre ami, assurément. L'intrigue de *La Pierre de lune* est encore meilleure que celle de *La Dame en blanc*.

— Non !

Après cette exclamation d'horreur feinte, le sourire du jeune homme revint en force.

— Dans ce cas, nous devons lire quelque chose d'autre, afin de voir si nos opinions convergent la prochaine fois.

Le cœur de Livia s'emballa. Sous-entendait-il qu'ils se reverraient ?

— Avez-vous des titres à me recommander ? J'ai l'intention de poursuivre avec des ouvrages dans la veine des romans de Collins.

— Il y a un livre allemand qui remonte à quelques dizaines d'années, *Das Fräulein von Scuderi*. Une histoire très alambiquée et intrigante. Je pense aussi à certaines nouvelles de M. Poe, l'Américain.

— Par pitié, pas *Double assassinat dans la rue Morgue*.

— Ah non, jamais ! Pas le maudit orang-outan. Après la lecture de cette nouvelle, je suis resté furieux pendant des jours.

— Moi aussi ! approuva Livia sans réserve. Ma sœur a dû subir mes incessantes récriminations. Et si M. Poe n'était pas déjà mort, je lui aurais écrit le fond de ma pensée dans une lettre bien sentie sans hésiter une seconde à payer l'affranchissement transatlantique.

Le jeune homme se mit à rire. Incrédule, Livia se surprit à l'imiter, comme enivrée par une jubilation sans bornes. Quel bonheur de parler à quelqu'un qui s'était senti aussi insulté qu'elle par ce maudit orang-outan !

Leur hilarité se calma et, un instant, l'un et l'autre gardèrent le silence.

— Si je puis me permettre, mademoiselle, qu'est-ce qui a suscité votre intérêt pour ce genre de littérature ? finit-il par demander.

116

Comme elle n'avait rien à perdre, elle opta pour la vérité.

— J'espère écrire un jour une histoire similaire. En mieux, bien entendu.

— Quelle bonne idée ! Accepteriez-vous de dévoiler un ou deux éléments de l'intrigue ?

— Eh bien, j'imagine une histoire de vengeance. Une série de morts mystérieuses, un esprit génial qui s'affaire à démêler l'écheveau, puis la révélation d'une terrible injustice commise des décennies plus tôt, désormais réparée.

L'inconnu ouvrit de grands yeux.

— Vous voulez dire une variante de l'affaire Sackville, dans laquelle est intervenu ce détective ? Comment s'appelle-t-il, déjà ? Son nom m'échappe...

— Holmes.

— C'est cela, Sherlock Holmes. Croyez-moi sur parole, mademoiselle, je serai le premier dans la queue pour en acheter un exemplaire.

Charlotte avait assuré à Livia qu'elle la pensait capable d'écrire un tel récit. Mais sa sœur ne lisait jamais de fiction. Cet homme, lui, était un connaisseur. Et il avait envie de lire son œuvre – pourtant encore inexistante.

— Resteriez-vous éveillé toute la nuit pour le lire ? s'entendit-elle demander.

Il la dévisagea.

— C'est peu probable. Je l'aurais sans doute déjà terminé en fin de soirée et j'irais me coucher en souhaitant pouvoir recommencer ma lecture depuis le début.

L'émotion nouait la gorge de Livia. Elle devait être rouge comme une pivoine : son visage, sa gorge et même ses oreilles lui donnaient l'impression d'être en feu.

Le regard du jeune homme s'attarda encore un instant sur elle, puis il la salua et s'en alla.

Livia gravit les marches jusqu'à sa chambre d'un pas las, ferma la porte et se laissa choir sur son lit.

Après sa première rencontre avec celui qui demeurait encore un inconnu, elle avait ressenti une secrète euphorie – vite réprimée sans pitié, évidemment, comme en témoignait son escapade nocturne pour aller récupérer sa lettre auprès de Mott. Néanmoins, cette excitation avait persisté, comme si elle savait déjà, d'une façon ou d'une autre, que leurs chemins se croiseraient de nouveau.

Désormais, le soufflé était retombé et elle ne ressentait plus que de l'abattement, convaincue qu'ils avaient épuisé leur lot de rencontres fortuites pour toute une vie.

Pourquoi ne s'était-elle pas présentée ? Eh bien, parce qu'on lui avait appris depuis son plus jeune âge qu'il n'était pas convenable de frayer avec quelqu'un, homme ou femme – mais surtout un homme –, à qui l'on n'avait pas été présenté par une connaissance commune qui pouvait répondre de la bonne moralité de l'un et de l'autre. Cette contrainte ne lui avait jamais pesé jusqu'à présent, car elle n'aimait pas faire de nouvelles rencontres. Mais aujourd'hui sa docilité inconsidérée lui avait fait perdre toute chance de...

Toute chance de quoi, en fait ?

Les yeux rivés au plafond, elle jura entre ses dents. Puis plus fort. La maison était silencieuse. Ses parents n'étaient pas encore rentrés. Elle entendit des pas et quelques paroles étouffées dans la chambre de Bernardine – sans doute une des bonnes qui essayait d'amadouer sa sœur pour la faire manger.

Livia se frotta le visage à deux mains. Pourquoi se laissait-elle emporter par son imagination à la moindre occasion ? Un homme lui adressait la parole deux minutes à peine, et elle était déjà prête à commander la pièce montée du mariage !

« Oublie donc tes divagations et reprends-toi, ma fille », se réprimanda-t-elle. Elle ferait mieux d'aller jeter un coup d'œil à Bernardine. Mais la perspective d'affronter les démons de sa sœur lui donnait envie de s'enfoncer encore un peu plus dans le matelas.

La porte de sa chambre grinça, et Charlotte apparut sur le seuil, dans une superbe robe de jour blanche à pois mauves sur le chemisier et à rayures assorties sur les manches. À la main, elle tenait un chapeau de paille orné d'une plume sur le côté, mauve elle aussi.

Livia soupira. Elle détestait que sa sœur la voie dans cet état. Elle se redressa d'un bond.

— Charlotte ! Que fais-tu... Attends, c'était *toi* avec Bernardine ? Tu ne peux pas rester ! Les parents seront bientôt de retour.

— Je ne reste qu'une minute.

Charlotte parcourut la chambre du regard avec son flegme coutumier, avant de concentrer son attention sur Livia.

Personne n'aurait jamais décrit la petite dernière des Holmes comme une personne tendre et affectueuse. Pourtant, Livia avait toujours été à l'aise avec sa jeune sœur. Elle avait coutume de croire que c'était parce que Charlotte était si bizarre qu'elle-même, par comparaison, se sentait normale. En réalité, elle se trompait sur toute la ligne.

Ce qu'elle appréciait par-dessus tout chez sa sœur, c'était que celle-ci sache tout d'elle et ne cherche pas pour autant à la changer d'un iota.

— Tu vas bien ? lui demanda doucement Charlotte.

Sans crier gare, des larmes vinrent picoter les yeux de Livia. Non, elle n'allait pas bien. Et elle ne voyait pas comment il pourrait en être autrement avant un long moment.

— Je tiens le coup, répondit-elle.

Inutile d'entrer dans les détails. Charlotte connaissait déjà la vérité.

— Et Bernardine ? Est-elle ainsi depuis mon départ ?

— Certains jours.

Livia disait vrai. Ces jours-là, elle ne pouvait se résoudre à entrer dans la chambre de sa sœur.

Charlotte hocha la tête sans un mot.

Comme elle manquait à Livia, cette compagnie silencieuse et tranquille. Voilà peut-être aussi pourquoi Charlotte acceptait la sienne : Livia ne lui demandait jamais de parler, mais espérait toujours qu'elle le ferait, consciente que si elle avait quelque chose à dire, elle ne manquerait jamais de lui en faire part.

Comme en cet instant.

— Tu ne m'as pas écrit depuis notre dernière rencontre samedi.

— J'étais plongée dans mes lectures. J'étudie la façon dont d'autres auteurs se débrouillent pour bâtir leurs intrigues.

Charlotte hocha de nouveau la tête. Puis elle s'approcha de la fenêtre et regarda dehors.

L'inquiétude de Livia revint en force.

— Ils rentrent déjà ?

— Pas encore, répondit Charlotte, avant de se tourner vers elle. Tu ne veux pas me parler de l'homme, je suppose.

120

Tous les muscles de Livia se crispèrent. Si elle avait été debout, ses jambes se seraient dérobées sous elle.

— Je n'ai été présentée à aucun homme.

C'était la vérité. Enfin, presque.

— Non, en effet.

Encore un silence, mais cette fois il n'était plus calme et tranquille. Livia ne savait comment réagir. Devait-elle mentir ? Avouer ? Ou continuer à dévisager sa sœur en restant muette comme une carpe ?

Charlotte s'assit sur le rebord de la fenêtre, à la même place qu'elle avait occupée le soir du scandale, juste avant d'apprendre à Livia qu'elle allait fuir la maison.

— En fait, je suis venue te demander un service.

— Euh... oui, ce que tu veux.

N'importe quoi, pourvu que cela détourne la conversation de l'homme auquel elle n'avait pas été présentée.

— Il s'agit de lady Ingram.

— Figure-toi que je l'ai croisée hier à la soirée musicale à laquelle mère m'avait traînée. Nous tentions l'une et l'autre d'échapper aux glapissements suraigus de la cantatrice. Tu ne vas pas me croire, mais elle s'est montrée très aimable avec moi. Elle m'a même demandé de tes nouvelles.

Avait-elle été assez expansive pour que Charlotte oublie leur sujet précédent ?

— Vraiment ?

Charlotte garda une voix égale, mais Livia crut y déceler une note de surprise.

— Oui, et elle a fait preuve d'une certaine décontraction, je dois dire. Pas du genre à regarder autour d'elle et à faire des messes basses de peur d'être remarquée en ma compagnie.

Charlotte resta silencieuse un moment, comme si elle avait besoin de temps pour digérer l'information.

— Que penses-tu de lady Ingram ? finit-elle par demander.

Livia fit la moue.

— Les femmes dans son genre me rendent nerveuse. Elles sont trop sûres d'elles. Je ne sais pas si je pense grand-chose d'elles. Je prie plutôt pour qu'elles n'aient pas une mauvaise opinion de moi.

Un seul regard d'une femme comme lady Ingram avait le pouvoir d'exacerber chez Livia la conscience de ses défauts. Ou plutôt, elle était déjà très consciente de ses défauts, et le moindre soupçon de dédain, réel ou imaginaire, la plongeait dans un brusque bouillonnement de mésestime de soi.

— Je voulais dire, crois-tu qu'elle ait jamais aimé lord Ingram ?

Quelle étrange question de la part de Charlotte, qui n'avait jamais fait un seul commentaire sur cette union. En fait, malgré sa longue amitié avec lord Ingram, elle l'évoquait rarement. Parfois, Livia se posait des questions sur ces deux-là, en général pour se demander si lord Ingram n'était pas secrètement amoureux de sa sœur. Quant à Charlotte, elle n'aurait pas été étonnée d'apprendre qu'elle n'avait jamais ressenti la moindre attirance sentimentale en vingt-cinq ans d'existence.

— J'ignore si lady Ingram a jamais aimé son époux, mais je me rappelle avoir pensé qu'elle semblait extrêmement heureuse de ce mariage. Rien de trop démonstratif non plus, mais quand même. J'enviais son bonheur.

— L'envie dure toujours plus longtemps que le bonheur qui en fait l'objet.

— Je n'en suis pas si sûre. Son bonheur a duré un bon moment, me semble-t-il.

Charlotte inclina la tête sur le côté.

— Et si ce bonheur n'avait été qu'une comédie ? Si elle ne s'était jamais réjouie de l'épouser, depuis le début ?

— Pourquoi t'intéresses-tu donc soudain à lady Ingram ?

Charlotte regarda de nouveau dehors.

— Je vais te confier quelque chose que je sais depuis peu. Mais tu ne dois en parler à quiconque.

— Tu sais bien que je n'ai pas d'amies intimes qui pourraient me soutirer des potins. Ne t'inquiète pas, je ne dirai rien à personne. De quoi s'agit-il ?

— J'ai appris qu'avant de faire son entrée dans le monde, lady Ingram était amoureuse d'un autre homme. Quelqu'un qui, selon ses parents, n'était pas convenable.

Livia en resta interdite – et regretta presque de ne pas avoir un groupe d'amies qu'elle pourrait épater avec ce juteux potin.

— Pas convenable ? Comment cela ?

— Comme l'est notre frère.

— Nous n'avons pas de...

Ah si, elles en avaient un. Charlotte l'avait découvert. Mais c'était une de ces réalités que Livia s'efforçait de refouler : elle avait beau savoir quel genre d'homme était leur père, cette preuve patente lui faisait l'effet d'un coup de poing au creux de l'estomac.

— Par qui l'as-tu appris ?

— Je ne suis pas en mesure de te le révéler pour l'instant. À ce que je sais, lady Avery et lady Somersby te harcèlent à mon sujet. Si tu les revois, pourrais-tu leur demander si elles savent quelque chose du passé sentimental de lady Ingram ? Avec subtilité, bien sûr.

— Bien sûr.

— Merci, dit Charlotte, qui s'avança vers sa sœur et pressa ses mains entre les siennes. Je dois m'en aller. Mais ne t'inquiète pas, je m'occuperai de toi – et de Bernardine.

Après son départ, Livia fixa un long moment la porte. Elle voulait croire que sa sœur serait à même de tenir cette promesse. Mais tout s'y opposait.

Tout.

Charlotte avait remarqué la lettre brûlée dès son entrée dans la chambre de Livia.

Le problème avec le manque de considération de leurs parents envers le personnel de maison, c'était que les domestiques leur rendaient la pareille en travaillant le moins possible. Dans des intérieurs mieux tenus, même pendant les mois d'été, quand on ne faisait pas de feu, les grilles des foyers étaient nettoyées tous les jours. Pas chez les Holmes.

Les débris carbonisés de la lettre de Livia étaient donc restés dans l'âtre. La masse recroquevillée de la feuille en boule s'était affaissée sous l'effet de la gravité, et l'aération quotidienne de la chambre avait effrangé les bords en cendres éparpillées sur la grille.

Quel était l'objet de ce courrier ? Leurs parents ? Bernardine ? Charlotte ne voyait aucune raison qui aurait amené Livia à détruire une lettre à leur sujet. Et l'abattement qu'elle avait noté chez sa sœur était plus marqué que sa mélancolie coutumière.

Il s'agissait donc de quelque chose qui l'affectait personnellement. Quelque chose dont, après réflexion, elle ne pouvait se résoudre à lui parler.

La réaction de Livia avait confirmé cette hypothèse.

Que sa sœur ait rencontré un homme qui avait éveillé son intérêt... eh bien, elle était à Londres pour cela. Le problème, c'était ce qu'elle avait dit.

« Je n'ai été présentée à aucun homme. »

La société était structurée de façon à empêcher les jeunes femmes de rencontrer des hommes qui n'avaient pas d'abord été approuvés par leurs proches. Le système n'était pas étanche, mais globalement il remplissait son office. Avant de perdre toute respectabilité, Charlotte n'avait jamais conversé avec un homme dont un tiers ne s'était pas porté garant.

Et, à sa connaissance, Livia non plus.

Alors d'où sortait cet homme ? Et que voulait-il ?

De la maison de ses parents, Charlotte se rendit au laboratoire du meilleur analyste chimiste de Londres et y déposa les biscuits de Mme Morris. L'après-midi, elle reçut un autre client au 18 Upper Baker Street, puis elle consacra le reste de la journée au détestable cryptogramme de Vigenère. Il était plus de 1 heure du matin quand elle put affirmer avec certitude que le mot clé se composait de six lettres, la majorité des séquences étant des multiples de six.

Cette découverte n'avait pas grand-chose de gratifiant. Elle avait l'impression d'avoir du sable dans les yeux tant ils étaient fatigués, et la tête lui tournait légèrement, comme si elle avait bu. Cependant, elle n'avait pas l'intention d'en rester là, même s'il lui fallait se lever tôt le lendemain pour travailler.

La non-disparition de M. Finch lui laissait une impression de malaise perturbante, et elle ne pouvait se débarrasser de la culpabilité qu'elle éprouvait envers lord Ingram. En outre, la pression pour épouser lord Bancroft avait brusquement atteint un niveau écrasant. Livia n'allait pas bien. Quant à Bernardine, elle avait régressé de façon alarmante. Charlotte n'avait qu'un mot à dire, et la situation s'améliorerait radicalement.

Un seul mot.

Elle se pencha de nouveau sur son carnet et se plongea comme une brute dans l'étape suivante du décodage.

7

Mercredi

Pénélope entra dans la maison en chantonnant.

Il y avait de la lumière dans le petit salon. Tante Jo avait-elle attendu son retour, après tout ? Pénélope lui avait pourtant demandé de ne pas veiller pour elle, car elle avait prévu de raccompagner ses amies à leur hôtel après la représentation et d'y prendre un léger souper.

La pendule au mur indiquait minuit deux. D'accord, elle était en retard, mais deux minutes, c'était négligeable.

Lorsqu'elle passa la tête dans l'encadrement de la porte du petit salon, elle aperçut une longue natte blonde et une robe de chambre crème brodée d'une profusion de coquelicots et de boutons-d'or.

— Mademoiselle Holmes ? Encore debout à cette heure tardive ?

Celle-ci se retourna.

— Bonsoir, mademoiselle Redmayne. Avez-vous aimé *Mikado* ?

— Oui. Et Mlle de Blois encore plus, je crois. Elle craignait que son anglais ne lui permette pas de tout comprendre, alors elle avait acheté un exemplaire du livret à l'avance. J'avais peur que cela ne lui gâche le plaisir du spectacle, mais elle a adoré.

— C'est toujours surprenant, n'est-ce pas, ce que les gens aiment ?

— Pourtant, vous ne semblez jamais surprise le moins du monde.

— C'est à cause de mon visage. Il en faut beaucoup pour qu'il trahisse une émotion. Il réagit plus au choc qu'à la surprise, je dirais. Et si je suis souvent surprise, je suis plus difficile à choquer.

Elle avait éveillé la curiosité de Pénélope.

— Qu'est-ce qui peut bien vous choquer, mademoiselle Holmes ?

Celle-ci réfléchit un instant.

— Je suis surprise quand les gens ne sont pas comme moi. Et choquée lorsqu'ils ne sont pas eux-mêmes.

— Vous voulez dire que nous sommes tellement nous-mêmes que c'est ahurissant quand un de nos actes ne correspond pas du tout à notre caractère ?

— Exactement. En général, lorsque quelqu'un nous choque, c'est parce qu'on ne connaissait pas assez cette personne. On a tendance à juger les gens d'après leur origine, leur tenue, leur comportement, et non d'après leur caractère. Ainsi, on connaît essentiellement quelqu'un par l'image qu'il donne à voir en public, image qui est souvent très éloignée de sa personnalité.

Pénélope opta pour l'impertinence.

— Donc, quand vous vous êtes enfuie de chez vous, les seuls à être stupéfaits étaient ceux qui ignoraient qui vous étiez vraiment ?

Mlle Holmes ne parut pas du tout offensée.

— Vous avez tout compris. Ceux qui connaissaient mon caractère n'en auront pas été moins consternés, mais ils auront sans doute pensé, furibonds : « Quelle stupidité sans nom, je savais que cela lui pendait au nez. »

— Et lord Ingram ? Est-ce ce qu'il a pensé, d'après vous ?

Sa tante aurait été épouvantée par l'audace dont elle faisait preuve. Mais Pénélope avait depuis longtemps décrété qu'il valait mieux être audacieux si on voulait entretenir des conversations intéressantes.

Mlle Holmes esquissa un sourire.

— Le contraire me choquerait au plus haut point.

— À propos de lord Ingram...

Pénélope s'avança jusqu'au bureau et tapota le journal de l'index.

— Lady Ingram envoie-t-elle toujours des messages codés à M. Finch ?

Mlle Holmes feuilleta son carnet ouvert sur la table, revenant plusieurs pages en arrière, et le fit glisser vers Pénélope.

— Je consigne tous les messages codés que je trouve dans les petites annonces. Voici les siens.

En haut de la page était indiquée la méthode de chiffrement : « Les nombres de 1 à 26 correspondent à l'alphabet. Décalage des lettres de sept rangs sur la gauche. » Au-dessous, chaque message quotidien avait été recopié et déchiffré.

M, j'attends toujours votre réponse. A.

M, je ne renoncerai pas. A.

M, par pitié, faites-moi signe. A.

M, allez-vous bien ? A.

— Et le reste du carnet ? demanda Pénélope. Ce sont les autres messages codés des petites annonces ?

Mlle Holmes hocha la tête.

— Ainsi, je saurai quand il y aura du nouveau – au cas où M. Finch répondrait.

— Vous avez dû y passer un temps fou.

— Un certain temps, oui, surtout au début. Mais les codes tendent à manquer d'imagination.

La dernière édition du journal était ouverte sur le bureau à la rubrique des petites annonces, qui avaient été marquées avec soin. Celles rédigées en clair, la majorité, étaient suivies d'un petit point indiquant sans doute qu'aucune investigation supplémentaire ne se justifiait. Quant aux messages codés, un seul était signé d'un A – lady Ingram, à l'évidence. Les autres arboraient pour la plupart un petit carré, sans doute ceux qui « manquaient d'imagination ».

Trois annonces, cependant, sortaient suffisamment de l'ordinaire pour mériter un point d'interrogation.

— Pourquoi celle-ci a-t-elle retenu votre attention ?

— Le texte décodé est en allemand. C'est peut-être sans importance, mais comme il diffère des autres, je reste vigilante.

La deuxième annonce était une liste de cinq fleurs.

— Et celui-ci ?

— À mon avis, ce sont des suggestions de paris pour les courses hippiques.

La troisième annonce était en clair, elle aussi : « Plusieurs trébucheront ; ils tomberont et se briseront ; ils seront enlacés et pris. »

— C'est un verset de la Bible, je me trompe ?

— Ésaïe, 8:15.

— Vous le citez de mémoire ?

Mlle Holmes secoua la tête.

— J'ai consulté un ouvrage qui répertorie tous les versets de la Bible.

— Que fait celui-ci dans le journal ? A-t-il été publié par une congrégation apocalyptique qui prêche le feu et le soufre ?

— Je ne sais pas.

Pénélope alla se servir un verre de soda au gazogène posé sur le buffet.

— Je regrette de ne pas m'être intéressée plus tôt aux petites annonces. J'ignorais qu'il y avait autant d'excentricité et de mystère dans cette rubrique.

— Ma sœur Livia est une adepte de longue date. C'est elle qui m'a initiée aux codes par substitution. Mais elle n'a pas la patience pour les techniques plus complexes.

— La patience est une vertu surfaite. C'est beaucoup plus amusant d'avoir ce qu'on veut tout de suite – d'autant qu'il n'y a aucune garantie qu'une attente produira de meilleurs résultats.

Mlle Holmes garda le silence un instant.

— Pensez-vous que lady Ingram soit du genre patient ? demanda-t-elle.

— Non. Enfin, c'était mon avis jusqu'à présent. Toutefois, elle a fait preuve d'une patience extraordinaire au moins à une occasion : une année entière à attendre un regard fugace ? Quelle torture.

Pénélope sirota une gorgée de soda, savourant le picotement des bulles sur son palais.

— Bien sûr, on pourrait dire que cet arrangement était dicté par les circonstances plus que par son tempérament. Mais j'avoue qu'à sa place, en croisant M. Finch, je l'aurais sans doute attrapé par les revers de sa redingote pour l'obliger à me révéler son adresse et le reste.

— En fait, ma question était plutôt : pensez-vous que lady Ingram attendra calmement que Sherlock Holmes mène son enquête sans essayer d'intervenir ? précisa posément Mlle Holmes.

Pénélope laissa échapper un rire penaud.

— Ah. Eh bien, je ne crois pas. Elle passe des annonces tous les jours dans le journal, alors même que Sherlock Holmes enquête.

— À sa place, je ferais de même. Les journaux ont une portée beaucoup plus grande que Sherlock Holmes, dont le seul avantage pour elle est son obligation de lui soumettre ses conclusions, tandis que M. Finch peut ignorer les annonces jusqu'à ce que le journal épuise son stock d'encre, expliqua Mlle Holmes, qui replia le journal avec soin. Cependant, un détail me chiffonne. Comment lady Ingram s'y prend-elle pour passer toutes ces annonces ? Elle ne peut quand même pas se rendre tous les jours au journal.

— Par câble, c'est facile. Il est possible de télégraphier le texte et le règlement.

— Mais cela l'obligerait à une visite quotidienne à la poste. Une femme comme elle attire l'attention. Elle ne peut aller dans le même bureau tous les jours, et elle ne peut pas non plus se rendre dans ceux qui sont le plus proches de chez elle – son code est facile à déchiffrer, et elle ne voudrait pas qu'on ait vent de ses appels désespérés par petites annonces.

— Elle peut envoyer sa femme de chambre, suggéra Pénélope. Elle en a forcément une.

Une femme de chambre tissait en général une relation plus personnelle avec la maîtresse de maison que la plupart des autres domestiques. Et comme, la plupart du temps, elle n'accompagnait pas sa patronne dans ses visites ou ses courses

– c'était la mission dévolue à un valet, ou à deux, si possible de même taille, pour les foyers qui en avaient les moyens –, elle pouvait agir dans un plus grand anonymat.

— À l'époque de son mariage, sa femme de chambre était celle qui avait été au service de la mère de lord Ingram pendant des années, souligna Mlle Holmes.

— Mmm, voilà qui poserait problème si la femme de chambre était plus loyale envers son époux qu'envers elle.

— Maintenant, j'ignore si elle emploie toujours la même. C'était il y a plusieurs années. Quoi qu'il en soit, lady Ingram vous semble-t-elle du genre à se fier à une domestique pour une question aussi personnelle ?

Pénélope vida son verre.

— Pas vraiment. Mais nous avons appris que nous ne la connaissons pas vraiment, n'est-ce pas ? Difficile de dire, dans ces conditions, ce qui correspond à son caractère ou non.

— Vous avez raison, approuva Mlle Holmes. Pour l'instant, nous ne pouvons rien affirmer avec certitude.

Samedi

La table des substitutions était, en fait, la partie facile du décryptage. Une fois la longueur du mot clé déterminée – six lettres, en l'occurrence –, Charlotte devait encore tester la position de chacune d'elles. Elle commença par les lettres les plus fréquentes et remonta jusqu'à celles qui l'étaient moins. Déjà difficile en théorie, la tâche se révéla dix fois plus fastidieuse en pratique, d'autant que certaines lettres étaient étonnamment peu représentées par rapport aux proportions attendues.

Ses efforts finirent par être couronnés de succès. Le mot clé était « vérité ». Après l'ajout de la ponctuation, le texte en clair s'écrivait comme suit :

Les vestiges de l'ancienne vallée avaient été pillés les siècles suivants. Les ruines offraient un triste spectacle, décrépitude sans grandeur, passé insipide qui n'inspirait guère plus qu'un soupir morose. En partant, nous fûmes heureux de laisser derrière nous ces monticules de gravats et cette atmosphère générale de mélancolie. En marche ! Par chance, notre prochaine destination, à un millier de mètres à vol d'aigle, se révéla aussi magnifique que la précédente était insignifiante. Au temps de sa splendeur, l'édifice en granit devait être un palais rempli de trésors stupéfiants. Mon ami, je vous en prie, excusez ma brièveté. Je retourne à mes fouilles et reprendrai la plume après avoir déterré d'autres artefacts et joyaux anciens.

Son texte correspondait à la solution fournie. Mais, en l'absence de toute information, elle ne savait que chercher. Elle ne pouvait qu'espérer que les « joyaux anciens » dont il était question existaient réellement. Sinon, toutes ces heures de cryptage auraient été vaines, une simple manifestation de paranoïa de la part de l'auteur de ce texte au lieu d'un légitime besoin de discrétion.

Elle aurait aimé faire une sieste – il n'était que 11 heures, et elle avait l'impression d'être éveillée depuis plus de quarante-huit heures. Cependant, les de Blois venaient d'arriver. Vingt minutes plus tard, Charlotte, Mme Watson, Mlle Redmayne et leurs visiteuses se promenaient dans Regent's Park, profitant d'un ciel clair et dégagé après plusieurs jours de bruine intermittente.

De temps à autre, Mme Watson lançait un regard soucieux dans sa direction. Ces derniers temps, Charlotte était beaucoup restée dans sa chambre, y avait même pris le dîner une ou deux fois. Et quand elle se présentait aux repas, elle laissait Mlle Redmayne se charger de la conversation, n'intervenant que rarement à moins qu'on ne lui adresse la parole.

Mme Watson était sans nul doute persuadée qu'elle était préoccupée par la disparition de son demi-frère, le couple Ingram et le lien entre les deux.

Or, en cet instant, le souci de Charlotte était tout autre.

Son cryptogramme. Elle devait à tout prix l'examiner de nouveau. Sans perdre une seconde.

— Si vous voulez bien m'excuser, mesdames. Une urgence dont je dois m'occuper.

Elle se souvint juste à temps de serrer la main aux deux jeunes Françaises avant de faire demi-tour en direction de la maison de Mme Watson.

Dans sa chambre, elle se replongea dans le texte. Quel était donc ce détail qui la tarabustait ? Ah oui, l'expression « à vol d'aigle ». Si l'auteur avait voulu exprimer une distance en ligne droite, pourquoi n'avait-il pas écrit, plus logiquement, « à vol d'oiseau » ? D'autant que les aigles étaient connus pour tourner en rond dans le courant, au lieu de choisir le plus court chemin.

Sans compter que personne ne mesurait les distances en milliers de mètres.

Et si « aigle » avait été choisi par l'auteur pour éviter de mettre un mot comportant une des lettres d'« oiseau » à cet endroit-là ? Par exemple, un *o*.

Elle prit un stylo et souligna tous les *o*. Ils semblaient se concentrer à certains endroits du passage. Mais s'il y avait un schéma dans leur distribution, il ne sautait pas aux yeux.

Charlotte essaya diverses méthodes – il n'était pas aisé de dissimuler un message dans un texte en clair, mais c'était possible. Elle examina les barres des *t* et les points des *i* afin de voir si leur suite formait un code en morse. Non. La ponctuation ne paraissait pas davantage significative.

Elle se leva et arpenta la pièce. Comme aucune nouvelle idée ne lui venait, elle descendit à la cuisine, où Mme Gascoigne était en train de sortir une fournée de madeleines du four – une douceur pour ces dames lorsqu'elles reviendraient de leur promenade.

Charlotte se réfugia dans sa chambre avec une demi-douzaine de madeleines. Elle s'assit à son bureau avec son précieux butin et examina de nouveau le message en clair, tout en fourrant un premier gâteau encore chaud dans sa bouche. Tandis qu'il fondait sur sa langue et descendait en douceur dans son estomac, cette divine nourriture agit sur son cerveau comme une cure de jouvence.

Son erreur de stratégie s'imposa alors à elle comme une évidence : elle avait été si obnubilée par son décryptage qu'elle en avait oublié de se nourrir correctement. Un rapide coup d'œil au miroir lui apprit qu'elle avait perdu une livre trois sur l'échelle du Menton Maximum Tolérable. Pas étonnant que son esprit soit si lent et gourd, un peu comme une machine à vapeur qui vivoterait sur sa dernière pelletée de charbon.

Deux madeleines supplémentaires firent d'elle une nouvelle femme.

Les *o*. Et s'il ne s'agissait pas de lettres ? Et si c'étaient des chiffres ?

Des zéros.

Et s'ils représentaient des zéros, les i ou les l seraient des un. Elle songea de nouveau à la distance mesurée en milliers de mètres. Et si l'auteur s'était efforcé sciemment d'éviter le kilomètre, ce qui aurait placé un l ou un o à une place inadéquate ?

Charlotte recopia le texte au propre et souligna tous les l et o. Une fois convertis en un et en zéros, ils donnaient une suite de trente et un chiffres.

Elle tenta le morse. En vain. Quelle que soit la séquence obtenue, elle n'avait aucun sens. Et s'il s'agissait d'un nouveau code, elle était trop courte pour faire l'objet d'un déchiffrement.

Le décodage était une science et un art réservés à ceux qui ne craignaient pas de finir bien souvent dans une impasse.

Elle grignota la madeleine suivante, espérant qu'il ne s'agissait pas d'un problème à six madeleines, car elle espérait bien en garder deux pour son en-cas de fin de soirée.

Que pouvait-on faire d'autre avec une suite de un et de zéros ?

Elle se figea au milieu de sa mastication. Utilisés dans un système binaire, les zéros et les un pouvaient donner d'autres nombres. La conversion de base deux en base dix nécessiterait un calcul complexe, avec un nombre plutôt considérable à la clé. Néanmoins, ce serait beaucoup, beaucoup plus facile que de déchiffrer un code de Vigenère. Sans comparaison.

Mais à quoi pouvait servir pareil nombre ?

Elle pouvait prendre n'importe quel passage de n'importe quel livre ou journal et obtenir un nombre en base deux en soulignant les l et les o.

Toute à sa réflexion, elle laissa son regard errer dans la chambre. Il s'arrêta sur un de ses derniers achats, un objet de grande qualité à la fois beau et très, très utile.

Mmm. Si elle obtenait *deux* nombres, il se pouvait qu'elle sache quoi en faire.

8

Tandis que le cab dans lequel il avait pris place s'approchait du domicile de Mme Watson, le regard de lord Ingram fut attiré par une nurse d'âge moyen qui poussait un landau.

Dans ce quartier, la présence d'une nurse n'avait rien d'exceptionnel. La maison de Mme Watson faisait face à un grand parc verdoyant. À toute heure du jour, nourrices et gouvernantes y amenaient leurs petits protégés prendre un peu l'air. Le hic, c'était qu'il était à peu près sûr d'avoir vu cette même femme vendre des cigarettes et des boutonnières deux jours plus tôt alors qu'il passait devant la maison de Mme Watson sans se résoudre finalement à sonner.

Il n'en eut pas davantage l'occasion cette fois.

Le cab n'était pas encore à l'arrêt que Charlotte Holmes apparut sur le perron dans une robe à rayures crème et bordeaux, une ombrelle crème dans une main gantée et un sac à main bordeaux dans l'autre. L'ensemble était complété par une toque coquette ornée d'un fier plumet du même rouge.

Sur une autre femme, cette toilette aurait paru théâtrale. Sur Holmes, elle semblait presque austère : il avait l'habitude de la voir dans des tenues autrement extravagantes, arborant des mètres de

dentelles, de franges, de rubans et autres colifichets
– une véritable mercerie ambulante.

— Puis-je vous déposer quelque part, mademoiselle ? lui demanda-t-il.

Il était impossible qu'elle l'attende, mais à en juger
par sa mine parfaitement imperturbable, on aurait
pu croire qu'il s'arrêtait devant chez Mme Watson
tous les jours à cette heure pour lui offrir l'usage
d'un véhicule de louage.

— Oui, en effet. Merci, monsieur. Portman
Square, s'il vous plaît, dit-elle au cocher.

Lord Ingram haussa un sourcil intrigué. Bancroft
possédait une maison près de Portman Square.
Personne n'y habitait, hormis un petit nombre de
domestiques, car l'endroit servait davantage de lieu
de réunion que de résidence à proprement parler. À
l'occasion, il faisait office de refuge pour les espions
de Bancroft qui avaient besoin d'un fauteuil rem-
bourré pour un après-midi ou d'un lit pour la nuit.

— Une enquête en cours ? demanda-t-il lorsqu'elle
eut pris place à côté de lui.

Règles sociales obligent, Holmes et lui se trouvaient rarement seuls, a fortiori si proches. En théorie, un cab pouvait accueillir trois passagers épais
comme des fils, ce qui n'avait jamais été le cas de
Holmes. Ses jupes s'étalaient jusqu'à toucher son
pantalon, provoquant le long de ses terminaisons
nerveuses des sensations sans équivoque.

— Peut-être, si je parviens à localiser les res-
sources nécessaires. Mais cela ne débouchera sans
doute sur rien.

Il regarda par la vitre. La femme au landau hélait
un cab garé non loin contre le trottoir. La voiture
fit demi-tour et se trouva bientôt à une vingtaine de
mètres derrière eux.

Holmes dut remarquer son air soucieux, mais ne posa aucune question. À quoi bon poser des questions quand, d'un seul regard, elle était capable de tirer ses propres conclusions, souvent plus fiables ?

Il ne lui avait jamais avoué combien il trouvait perturbant d'être si transparent aux yeux de quelqu'un, surtout quand cette personne était, la plupart du temps, aussi opaque qu'un mur de briques.

Le carrefour le plus proche de la demeure de Mme Watson avait la forme d'un x allongé : les rues s'y croisaient à des angles quelque peu aléatoires. Pour tourner vers le sud en direction de Portman Square, le cab devait emprunter une bifurcation en pointe qui les dissimulerait à la vue de leur poursuivante pendant une trentaine de secondes.

Lord Ingram demanda au cocher de ne pas prendre par Upper Baker Street, trajet qui les rapprocherait trop de l'adresse de Sherlock Holmes, peut-être surveillée, elle aussi. Le cocher poursuivit sa route vers l'ouest, puis dirigea sa jument sur la gauche. Dès qu'ils furent hors de vue de la voiture qui les suivait, lord Ingram donna un coup de canne contre le toit.

— Nous descendons ici, annonça-t-il au cocher. Continuez jusqu'à Piccadilly, ajouta-t-il en lui lançant une pièce.

Holmes et lui se réfugièrent aussitôt derrière la rangée de maisons qui formaient un angle aigu avec celles de la rue voisine et n'en émergèrent qu'une fois sûrs que leur poursuivante les avait dépassés, suivant le leurre sans se douter du stratagème. Ensuite, ils rejoignirent le carrefour et hélèrent le premier cab qui passa, direction Portman Square.

Lord Ingram aurait préféré une berline plus spacieuse, mais c'était le même modèle exigu que le précédent. Holmes ne portait pas de parfum. De près, il crut toutefois noter une senteur de cannelle et de pâtisserie au beurre, mais si discrète qu'il ne pourrait jamais être certain de ne pas l'avoir imaginée.

— Ce n'était sans doute pas vous qui étiez suivi, fit-elle remarquer en se tamponnant le front avec un mouchoir en dentelle. Vous ne conduiriez jamais ce genre de personne jusqu'au domicile de Mme Watson. La maison était surveillée, alors ?

Il lui parla de la nurse qui, deux jours plus tôt, était marchande de cigarettes et de boutonnières.

— Beaucoup de gens s'intéressent à mes faits et gestes depuis que j'ai quitté la maison de mes parents, souligna-t-elle, nullement troublée. Ne m'avez-vous pas dit une fois qu'il arrive à Bancroft de faire suivre ses agents par d'autres afin de tester leur vigilance ?

Lord Ingram se força à relâcher l'air brusquement bloqué dans ses poumons.

— Êtes-vous devenue un agent officiel de Bancroft ?

Elle regarda par la vitre, le regard attiré, semblait-il, par la vitrine d'un marchand de berlingots.

— Pas encore, mais l'idée ne lui déplairait pas. En revanche, si vous tenez à le savoir, il a réitéré sa demande.

Il le savait déjà. C'était la raison de sa visite. Il voulait évaluer la probabilité qu'elle devienne sa belle-sœur. Une éventualité épouvantable dont il se jugeait responsable : il restait persuadé qu'il aurait pu empêcher le scandale d'éclater, même si les mesures qu'il aurait été prêt à prendre demeuraient quelque peu floues dans son esprit.

— Vous considérez sérieusement sa proposition, constata-t-il.

Jamais il ne l'avait vue rejeter une demande en mariage d'emblée. Elle réfléchissait sérieusement à chacune, puis déclinait tout aussi sérieusement.

Elle sortit une enveloppe de son sac.

— Je travaille sur les énigmes que Bancroft m'a fournies dans l'espoir d'emporter mon adhésion. Celle-ci comporte un message codé en Vigenère.

Vigenère ? Autant offrir à Holmes un mètre cube de gâteau : ce n'était pas parce qu'elle aimait en manger une tranche par jour qu'elle voulait s'en nourrir exclusivement des jours durant.

Par ailleurs, Bancroft n'aurait pu trouver meilleure façon de lui prouver l'estime qu'il portait à ses capacités.

Elle lui tendit un morceau de papier. Par habitude, il jeta un coup d'œil derrière lui – il n'y avait pas de fenêtre entre eux et le cocher perché à l'arrière du cab, et l'habitacle qui protégeait les passagers des éléments suffisait largement à décourager les oreilles indiscrètes, sans parler du vacarme de la ville au milieu de la journée.

— Reconnaissez-vous ce passage ?

Il lut le texte vaguement archéologique.

— Jamais vu.

— Il est possible que le message en clair renferme lui aussi un code, dit-elle en lui montrant un autre exemplaire du même texte, cette fois avec les *l* et les *o* soulignés. S'ils représentent des un et des zéros, il peut s'agir d'un nombre en base deux.

Le regard de lord Ingram s'attarda sur elle une seconde de trop. Parfois, il était facile de croire qu'elle ne ressentait jamais rien, qu'à l'intérieur de sa cage thoracique ne battait pas un cœur mais le mécanisme d'un automate. Aujourd'hui, ce n'était pas le cas. Elle montrait des signes évidents d'une excitation contenue, celle du chasseur pendant la traque, qui s'approche sans bruit de sa proie.

Elle tapota la feuille d'un index impatient, dirigeant son attention là où elle devait être.

— Si je coupe le texte en deux paragraphes au point de césure le plus logique, j'obtiens deux nombres binaires. Quand je les convertis en base dix, voilà le résultat.

512818 et 2122.

— Vous allez devoir m'en expliquer la signification.

— Je commencerais par ajouter un zéro au début du deuxième nombre.

Un zéro *au début* d'un nombre ? On pouvait en ajouter toute une ribambelle, cela ne changerait rien à...

— Vous voulez dire, comme ceci ?

Il sortit un stylo et procéda à quelques rectifications.

51° 28' 18".

0° 21' 22".

Latitude et longitude.

Holmes lui sourit. Il en resta interdit. Elle avait seize ou dix-sept ans quand elle avait appris à sourire sur commande aux gens, mais elle n'avait jamais pris cette peine avec lui.

Une chance.

Un jour, il avait fait un commentaire sur le nombre considérable de demandes en mariage qu'elle avait reçues en l'espace de huit saisons à Londres. « Tout le crédit en revient à mon buste », avait-elle répondu, ne plaisantant qu'à moitié. De son côté, il était d'avis que les hommes, tout en appréciant vivement son charmant décolleté, s'entichaient d'elle pour une tout autre raison : sa qualité de concentration.

Quand Holmes accordait son attention, c'était sans restriction aucune, comme si rien d'autre n'avait d'importance. Comme si personne d'autre n'existait. Le pauvre bougre se rendait compte ensuite, beaucoup trop tard, qu'elle connaissait désormais le moindre de ses secrets. Pourtant, la fois suivante, il tombait de nouveau sous le charme de ses grands yeux clairs et, malgré le signal d'alarme qui résonnait dans son cerveau, il ne pouvait s'empêcher de se sentir plus important, plus reconnu, plus *regardé* qu'il ne l'avait été de toute sa vie.

Pire encore, parmi ces pauvres bougres, certains ne se rendaient pas compte des talents d'observation de Holmes.

Plus souvent qu'il n'osait s'en souvenir, lord Ingram avait été témoin de l'émerveillement béat sur les visages des hommes qui bénéficiaient de son attention. Puis, lorsqu'elle souriait, tous les complexes dont ils avaient pu souffrir disparaissaient dans un grand feu de joie où se mêlaient force, assurance et volonté de conquête.

— Très bien, dit-elle. C'est quelque part dans les environs de Londres, si on présume que la latitude est de 51° nord. Comme la longitude est assez proche du méridien, il ne devrait pas y avoir un grand écart entre est et ouest.

Lord Ingram ne se rappelait pas non plus la dernière fois – s'il y en avait jamais eu une – où elle lui avait dit « très bien ».

— À ce que j'ai compris, Bancroft possède à Portman Square une collection de cartes de Londres, dont certaines extrêmement précises.

Pris au piège de ses grands yeux clairs, lord Ingram mit un moment à répondre :

— En effet.

Elle lui sourit de nouveau.

— Bancroft a son utilité, après tout.

Trop occupé à éteindre le feu de joie qui crépitait dans sa poitrine, il ne répondit pas.

Le lieu indiqué par N51° 28′ 18″ et E0° 21′ 22″ se situait près de l'embouchure de la Tamise, dans la paroisse de Chadwell St. Mary. Les coordonnées N51° 28′ 18″ et W0° 21′ 22″ désignaient un endroit proche de High Street à Hounslow, une petite ville qui, autrefois à quelque distance de Londres, avait été engloutie par l'insatiable métropole.

Impossible de trouver plus quelconque dans le secteur.

— Vous vous attendiez à des sites remarquables ?

Holmes contournait à pas lents la grande table des cartes avec un léger bruissement de ses jupes en soie.

— Je ne m'attendais à rien du tout, mais je l'espérais quand même. Après tout, n'importe quel texte de notre langue donnerait assez de *l* et de *o* pour former des chiffres binaires convertibles en base dix et susceptibles alors de ressembler à des longitudes et latitudes.

Elle fit encore une fois le tour de la table, promenant ses doigts sur le bord biseauté. Ils s'étaient embrassés à deux reprises – une expérience bouleversante pour lui chaque fois –, et il ne pouvait toujours pas dire si elle appréciait le contact humain. Toutefois, elle semblait intéressée par la texture des objets inanimés : la douceur d'un coussin en velours, la fraîcheur des pierres d'un muret dans un champ, la rondeur lisse de chaque grain d'une grappe de raisin fraîchement coupée.

— Je ferais mieux d'aller jeter un coup d'œil à ces endroits, je suppose.

— Il nous sera presque impossible de faire l'aller-retour jusqu'à Tilbury en moins de quatre heures, fit remarquer lord Ingram. Et j'ai un rendez-vous avant. Mieux vaut que nous tentions Hounslow d'abord.

Elle ne manqua pas de remarquer le pronom au pluriel.

— Vous préférez sûrement aussi que je ne me rende pas seule à Tilbury ensuite.

— Sans aucun doute.

Comme elle gardait le silence, il ajouta :

— Je ne demande pas à m'imposer dans chacun de vos déplacements. Mais c'est Bancroft qui est à l'origine de cette affaire. Si, comme vous le pensez, ce cryptogramme cache quelque chose que même lui ignore, alors vous vous aventurez en terrain inconnu. Auquel cas il convient de prendre quelques précautions.

Elle s'immobilisa.

— D'accord. Je promets de ne pas aller enquêter dans l'autre endroit sans vous.

Exception faite de cette sordide histoire avec Roger Shrewsbury, Holmes pouvait être considérée comme une personne sensée. Il n'était pas pour autant dans son tempérament de faire des promesses – il se serait contenté de savoir qu'elle avait entendu sa mise en garde.

— Que manigancez-vous donc, Holmes ?

Elle plongea son regard dans le sien.

— Rien du tout. Je me consacre juste à mes clients et à ce cryptogramme de Vigenère. Mme Watson vous confirmera que j'ai à peine quitté ma chambre cette semaine.

Le problème face à une femme dotée d'un tel esprit, c'était qu'elle n'hésitait pas à vous mentir avec un aplomb à toute épreuve, avec le visage même du sérieux et de l'innocence.

— Vous mijotez quelque chose. Vous n'êtes jamais aussi conciliante. Avez-vous trouvé un moyen de siphonner mon compte en banque pour financer certaines mésaventures de Sherlock Holmes ?

— Oui, répondit-elle avec une sérénité imperturbable.

Il dodelina du chef.

— Fort bien. Je ne pousserai pas la curiosité trop loin. Mais j'ai raison, je le sais.

— Je n'en doute pas, dit-elle, penchée sur la carte. Bon, nous allons à Hounslow ?

Il aurait dû s'abstenir d'insister.

Un autre aurait été ravi du sourire auquel il avait eu droit et encore plus de la promesse qu'il lui avait arrachée. Toutefois, il aurait dû poser la question qui fâchait : pourquoi. Or, maintenant le silence s'était fait, et il était trop tard.

De temps en temps, quelqu'un à son club se plaignait de son épouse ou de sa fiancée qui ne cessaient de jacasser, et il se forçait à réprimer une remarque mordante – et beaucoup trop révélatrice – sur la chance que cet homme avait.

On pouvait ignorer de futiles bavardages. Pas le silence.

Son foyer était souvent silencieux. Il s'était accoutumé à l'absence douloureuse de tendres conversations entre mari et femme, mais c'était un rappel incessant des erreurs qu'il avait commises, des espoirs et des rêves qu'il avait nourris et qui s'étaient irrémédiablement fanés.

Avec Holmes, c'était différent. Le silence était lourd de « si seulement », d'espoirs et de rêves qu'il n'osait se permettre, pas même dans le secret de son cœur. Parce qu'il était un homme marié. Parce que c'était une réalité immuable. Et parce qu'il redoutait de découvrir qu'il s'était complètement trompé au sujet de Holmes.

Que ce qu'il avait perçu dans les ouvertures et codas de leurs silences, les arpèges, les crescendo – et les discordances occasionnelles – n'était que le jouet de son imagination. Que leurs deux baisers n'avaient été qu'une simple expérience pour elle. Que la proposition qu'elle lui avait faite de devenir sa maîtresse relevait du pur pragmatisme et tenait davantage de son désir de ne pas lui être redevable que d'une authentique attirance qu'il lui aurait inspirée.

Qu'elle avait réellement un mécanisme à la place du cœur, pas plus capable de s'abandonner à de hautes émotions qu'un boulier de produire de la poésie.

Il fut soulagé lorsqu'ils descendirent du train et montèrent dans un cab. Les quarante minutes de trajet n'avaient pas été entièrement plombées par un silence pesant. Certaines avaient été productives : ils avaient calculé une estimation de la distance représentée par une seconde de longitude par rapport à leur latitude actuelle.

Une estimation très approximative, étant donné que, pour simplifier les calculs, ils partaient de l'hypothèse que la Terre était parfaitement ronde et non légèrement aplatie aux pôles. Ils acceptèrent toutefois cette imprécision, le but étant juste d'avoir une idée de la distance jusqu'à laquelle les recherches pouvaient s'étendre.

Ils commencèrent par une rue qui passait par le point indiqué. Elle ne possédait aucune caractéristique suggérant qu'on aurait pu prendre la peine de créer message codé complexe pour dissimuler sa localisation. En fait, la ville entière, à part sa célèbre lande, aurait pu servir d'illustration au mot « banalité ».

Sans compter qu'ils n'avaient aucune idée de l'âge de ce cryptogramme. Si Bancroft avait exhumé des archives un dossier vieux d'une génération, ce quartier de la ville devait avoir alors un visage très différent. Si sa mémoire était bonne, Hounslow avait connu un déclin après la construction du chemin de fer, puis repris du poil de la bête au passage d'une deuxième ligne.

Holmes ricana doucement, guère impressionnée par son résultat.

Lord Ingram sortit son plan de poche, sur lequel il avait délimité la zone de recherche, et demanda au cocher de parcourir toutes les rues avoisinantes. À force de discussion, Holmes et lui finirent par tomber d'accord pour explorer la majeure partie du périmètre défini par leurs calculs. Il avait conscience de prendre cette histoire trop au sérieux, mais c'était mieux que de retomber dans le silence.

Ils longeaient d'interminables rangées de maisons en briques brunes, aux portes étroites, avec des jardinets de la taille d'un timbre-poste qui trahissaient une absence générale de talent horticole derrière leurs clôtures.

— Quelqu'un sort d'une maison dans la rue où nous venons de passer, dit Holmes tandis qu'ils s'apprêtaient à s'engager dans la suivante. Je peux essayer de poser quelques questions.

Il paraissait fort improbable qu'un individu pris au hasard soit au courant de secrets nécessitant plusieurs niveaux de chiffrement – ou puisse démentir l'existence de tels secrets. Néanmoins, lord Ingram ordonna au cocher de faire demi-tour.

Le temps qu'ils reviennent dans la rue, trois hommes se tenaient sur le trottoir. Celui qui tournait le dos aux maisons était en uniforme. Un policier.

— Intéressant, murmura Holmes. Je ne m'y attendais pas.

Ils descendirent du cab. Les trois hommes pivotèrent dans leur direction. Ce fut au tour de lord Ingram d'être pris au dépourvu. Il connaissait deux des trois hommes : l'inspecteur Treadles et son collègue, le sergent MacDonald, de la Criminelle.

Il échangea un regard avec Holmes. Elle paraissait aussi impassible qu'à l'accoutumée. Lui sentit son cœur passer à la vitesse supérieure.

Lord Ingram et l'inspecteur Treadles, qui partageaient la même passion pour l'archéologie, étaient amis depuis des années. Le policier, qui avait fait appel à plusieurs reprises à Holmes par son intermédiaire, n'avait rencontré le détective que récemment, dans le cadre de l'affaire Sackville – et découvert, ce faisant, sa véritable identité. L'élucidation de l'affaire avait rendu Sherlock Holmes célèbre et l'inspecteur en avait aussi récolté les lauriers, dans la presse et auprès de ses supérieurs.

Si inattendue que fût cette rencontre, l'inspecteur Treadles aurait donc dû se réjouir de les voir. Lord Ingram fut d'autant plus choqué par son air peu amène. Et davantage encore de le voir se crisper tandis qu'ils approchaient, comme s'il se préparait à un assaut.

— Inspecteur, sergent, quelle surprise, dit-il, un peu plus guindé qu'à son habitude. Un problème dans le quartier ?

— Je ne suis pas autorisé à discuter des investigations de la police, je le crains, répondit son ami d'un ton catégorique.

Un homme grand, au visage rougeaud, émergea de la maison.

— Ah, inspecteur Treadles, vous êtes là. Le corps est à l'intérieur. Ce n'est pas beau à voir.

Lord Ingram ne comprenait pas sa propre stupéfaction – après tout, un policier de la Criminelle enquêtait essentiellement sur des meurtres.

— Je ne veux pas vous retenir, dit-il, espérant ne pas trahir son trouble. Inspecteur, sergent, je vous souhaite une bonne journée.

Ils se rendirent à la station téléphonique la plus proche, située dans une boutique de la rue principale. L'appareil en lui-même était installé dans une sorte de structure métallique fermée par une porte vitrée, une cabine destinée à isoler les conversations des bruits extérieurs.

La curiosité de Charlotte était piquée. Elle n'avait jamais utilisé de téléphone – ni ses parents ni Mme Watson n'en possédaient un. Mais il aurait été extrêmement inconvenant de se serrer à l'intérieur avec lord Ingram, aussi patienta-t-elle à quelque distance à l'extérieur.

Derrière la vitre, lord Ingram lui tournait le dos, l'écouteur pressé contre l'oreille. La cabine n'était pas tout à fait insonorisée. De temps à autre, elle surprenait quelques bribes qui n'avaient pas de sens apparent – sans doute s'exprimait-il en langage codé.

Au moment de leur rencontre, des années plus tôt, elle n'aurait jamais imaginé qu'il deviendrait un agent clandestin de la Couronne. D'ailleurs, elle ignorait à ce moment-là l'existence de semblable activité. Mais elle était vite parvenue à la conclusion qu'il n'aurait pas une vie facile.

Elle avait conscience à l'époque des bruits qui couraient à son sujet. On disait qu'il n'était pas le fils de son père, mais le fruit d'une liaison de sa mère avec un banquier juif. Et elle était à peu près certaine qu'il l'ignorait encore alors – officiellement, en tout cas. Cela ne signifiait pas pour autant qu'il ne percevait pas les regards qui se posaient sur lui et les murmures qui cessaient lorsqu'il entrait dans une pièce. Il pouvait juste faire semblant de croire que c'était pour une autre raison.

Peut-être était-il arrivé au bout de sa capacité à faire semblant. Peut-être était-ce la raison pour laquelle il s'était isolé au milieu des ruines de cette ancienne villa romaine, consacrant tout son temps à ses fouilles et à l'étude de vies qui n'étaient plus.

C'était quelqu'un de sensible. D'une certaine façon, il se croyait responsable de la disgrâce liée à sa naissance.

À cet égard, il n'avait pas changé durant les années qui avaient suivi. Un autre aurait demandé des comptes à son épouse, persuadé à juste titre qu'elle avait profité de ses sentiments. Il avait continué à gratifier lady Ingram de toute sa courtoisie et de ses largesses alors même qu'ils s'éloignaient de plus en plus, et ce à cause de cette conviction qu'il avait chevillée au corps : si quelqu'un était à blâmer, c'était lui et lui seul.

Était-il possible qu'il s'absolve de cette culpabilité s'il venait à apprendre ce qu'elle savait sur sa femme ? s'interrogea Charlotte. Pouvait-elle, au bout du compte, lui rendre ce service, après tout ce qu'il avait fait pour elle ?

Lord Ingram sortit de la cabine.

— Une promenade vous tente ?

Elle le regarda avec perplexité. Il ne lui avait jamais demandé si elle souhaitait faire une promenade.

— Sur la lande ?

La lande de Hounslow était sans doute l'unique curiosité dont pouvait s'enorgueillir la ville, à part le fait d'avoir été jadis un haut lieu du commerce sur la route carrossable qui reliait Londres au sud-ouest de l'Angleterre.

153

— Oui. C'est une belle journée, et un peu d'exercice ne nous ferait pas de mal à l'un comme à l'autre, dit-il avec le plus grand sérieux.

Puis un petit sourire apparut au coin de ses lèvres.

— Vous plaisantez, devina-t-elle.

— Bien sûr, je plaisante. Vous avez déjà dû faire votre promenade quotidienne avec Mme Watson aujourd'hui, et quinze minutes sur vos jambes comptent comme une journée active pour vous, la taquina-t-il.

— Assurément une saine philosophie, puisque je suis dans une forme éblouissante.

— Cela s'appelle la jeunesse, et vous paierez vos habitudes sédentaires tôt ou tard. Mais puisque je suis un ami déplorable en la matière... préférez-vous vous asseoir quelque part ? J'ai entendu parler d'un endroit un peu plus loin dans la rue qui a une certaine renommée pour sa crème du Devonshire.

— Vive les amis déplorables. Mille fois oui pour la crème du Devonshire, bien sûr.

Elle attendit qu'ils aient quitté la boutique pour passer aux questions sérieuses.

— Que compte faire Bancroft ?

— Tirer quelques leviers. Ses agents, peut-être même lui en personne, vont inspecter la maison. Inutile de dire qu'avant la fin de la journée, le site de Tilbury aura droit à une visite, lui aussi.

— Pourquoi m'emmener dans un salon de thé, alors ?

— Bancroft m'a demandé de vous faire patienter un moment dans le coin. J'ai l'impression qu'il compte donner un nouvel élan à sa cour en vous laissant inspecter le lieu du crime.

La mort rôdait de tous côtés. En dépit de ses progrès, la médecine moderne n'avait toujours pas trouvé la parade contre des fléaux comme la grippe ou la septicémie qui décimaient encore des pans entiers de la population. Charlotte avait vu les corps de nombreux voisins et parents. La vue d'un cadavre ne l'effrayait donc pas. Toutefois, cette expérience serait une première.

— Il me laisserait voir une victime d'assassinat ?

En réitérant sa demande en mariage, Bancroft avait prouvé qu'il n'était pas un homme ordinaire. Mais elle ne se serait pas doutée qu'il fût non-conformiste à ce point. Se pouvait-il qu'ils fussent bien assortis, au bout du compte ?

— De l'avis général, Bancroft n'a pas une âme chevaleresque, dit lord Ingram.

— Et vous ?

— Ne m'avez-vous pas toujours affirmé qu'il fallait se montrer chevaleresque envers les gens qui avaient besoin d'assistance, et non envers ceux qui étaient parfaitement capables de se débrouiller seuls ?

— Depuis quand m'écoutez-vous ?

— Je vous écoute souvent, Holmes. Je ne le claironne pas chaque fois sur les toits, voilà tout.

Lord Ingram était l'homme le plus juste qu'elle connût. Ce sens profond de l'équité lui venait d'un désir sincère de se mettre à la place des autres, à la différence de la neutralité qu'elle-même observait toujours, due en grande partie à la froide distance dictée par son esprit logique.

Parfois, cependant, cette distance était assaillie par des sentiments irrationnels. Elle avait assuré à Mme Watson que cela n'aiderait pas du tout lord Ingram si Sherlock Holmes refusait la clientèle de lady Ingram – et elle en était encore intimement persuadée. Mais quand il se montrait ouvert et honnête avec elle, ce qui ne devait pas être facile pour lui, elle avait un peu honte.

— Cette rencontre avec l'inspecteur Treadles vous a-t-elle contrarié ? s'enquit-elle.

Il la regarda d'un air soupçonneux.

— Depuis quand vous préoccupez-vous de ce qui peut me contrarier ?

— Excusez-moi. J'ai vu que l'attitude de l'inspecteur vous avait fait tiquer, c'est tout.

— Seulement parce que vous sembliez en être la cause pour une grande part. S'est-il déjà conduit ainsi auparavant ?

— Je n'irais pas jusqu'à dire qu'il m'a témoigné une franche animosité auparavant, mais la tendance était claire. À l'évidence, la dernière fois qu'il a pris congé, il espérait ne pas me revoir avant longtemps.

— Pourquoi ? Il vous doit en grande partie son dernier succès.

Elle l'observa en silence.

— Il ne peut pas être ce genre d'homme, n'est-ce pas ? Il respecte les femmes, tenta-t-il d'argumenter.

— À ses yeux, je ne suis plus une femme respectable, et il est mécontent d'avoir collaboré avec une femme qu'il ne peut respecter. Et il ne peut vous tenir en aussi haute estime qu'avant parce que mon absence de respectabilité ne semble pas vous gêner.

— Quel genre d'ami serais-je si je rompais tout lien avec vous dès que le reste de la bonne société ne vous juge plus fréquentable ? Et pourquoi devrait-il être offensé que je me garde d'agir ainsi ?

Elle haussa les épaules.

— Il y a des hommes comme mon père. Ce n'est pas une sinécure de figurer parmi les femmes de son entourage, parce qu'il est égoïste et qu'il méprise les femmes en général – ou, en réalité, toute personne différente de lui. Et puis il y a des hommes comme l'inspecteur Treadles, une excellente personne à bien des égards. Mais il admire le monde tel qu'il est et adhère aux principes qui le régissent. Quiconque enfreint les règles met en danger l'ordre établi et mérite d'être puni. Il ne se demande pas si les règles sont justes ; seul lui importe le fait qu'elles soient respectées. Quelqu'un comme moi, qui a enfreint les règles de façon éhontée sans paraître en subir les conséquences, est un affront, une menace pour cet ordre qu'il chérit. Pire, il sait que son opinion m'importe peu, et cela l'irrite. J'espère juste que sa femme aura droit à un meilleur traitement si jamais elle enfreint une règle qui lui tient à cœur.

— Mais il l'aime !

— Je n'en doute pas. Rappelez-vous, cependant, combien il admirait Sherlock Holmes jusqu'à ce qu'il découvre les transgressions de Charlotte Holmes.

Devant l'air peiné de lord Ingram, elle ajouta :

— Je ne prétends pas que c'est un homme intransigeant qui placera toujours ses principes au-dessus des gens qui partagent sa vie. Je dis seulement que, pour lui, remettre en question ses convictions – des convictions si profondément ancrées qu'il n'y réfléchit même plus – serait plus douloureux que de se briser les rotules à coups de masse.

Alors que lord Ingram s'apprêtait à répondre, un homme qui s'approchait attira son attention.

— Voici Underwood, un agent de Bancroft, annonça-t-il.

Grand et corpulent, M. Underwood se déplaçait avec une étonnante agilité. Il s'arrêta devant leur table et les salua.

— Mademoiselle Holmes, lord Bancroft vous attend.

M. Underwood avait aussi un message pour lord Ingram, qui y jeta un coup d'œil avec un froncement de sourcils.

— Veuillez m'excuser, mademoiselle Holmes. Je pense que j'aurai le plaisir de vous revoir d'ici peu.

— Bonne journée, milord. Je l'espère, moi aussi.

Lord Ingram fronça les sourcils. D'ordinaire, elle se contentait d'un « bonne journée, milord ».

Il la salua et se retira.

Charlotte suivit M. Underwood jusqu'à une berline de ville qui attendait.

La rue où ils furent déposés faisait partie d'un quartier résidentiel sauvé de l'ennui complet ici par une jardinière de pensées en fleur, là par une paire de volets repeints récemment en bleu ciel – comme un défi à l'air pollué de la ville – qui ne tarderaient pas à prendre une teinte plus crasseuse.

La maison elle-même etait insignifiante. Son minuscule jardin délimité par un muret bas en brique comportait deux arbustes, taillés certes, mais sans grande méticulosité. La porte s'ouvrait sur un petit vestibule, un espace exigu pour les manteaux, parapluies et chaussures, vide cependant à l'exception d'une canne de marche accrochée à une patère au mur.

M. Underwood la guida dans un salon sobrement meublé où elle trouva lord Bancroft assis dans un fauteuil. Un service à thé attendait sur la table basse près de lui, ainsi qu'une sublime génoise aux fruits et à la crème, douceur préférée de la reine Victoria dont elle portait le nom.

Lord Ingram mangeait tout ce qu'on posait devant lui sans guère se préoccuper de savoir si c'était délicieux ou à peine mangeable. Lord Bancroft, lui, partageait avec Charlotte un intérêt inaltérable pour les repas. *Tous* les repas.

De plus, il avait la chance de pouvoir avaler ce qu'il voulait sans avoir à s'inquiéter de dépasser le Menton Maximum Tolérable. En fait, Charlotte avait même l'impression que plus il mangeait, plus il s'affinait.

— Ah, mademoiselle Holmes, dit-il avec entrain. Avez-vous passé un bon moment avec mon frère ?

Un autre aurait pu dire cela d'un ton narquois, mais lord Bancroft n'était pas ce genre d'homme : il n'avait pas demandé à Charlotte de l'aimer, juste de l'épouser. De ce fait, qu'elle passe du temps avec son frère, un homme marié, n'était pas un problème.

— La journée a été intéressante, répondit-elle. À propos, me faites-vous suivre, milord ?

— Ma chère mademoiselle Holmes, lui lança-t-il sans la moindre hésitation, vous savez que je ne peux pas répondre à ce genre de question. Une part de gâteau avec votre thé ?

— Oui, merci.

Au salon de thé, elle avait mangé un scone à la crème du Devonshire, mais ç'aurait été du gâchis de ne pas goûter à cette appétissante génoise Victoria. Que Bancroft soit en mesure de se procurer ce genre de pâtisserie aussi vite – et avec un cadavre dans la maison – en disait long sur lui.

La génoise était fraîche et légère, la confiture de fraises entre les couches de gâteau formant une alliance parfaite entre le sucré et l'acide. Avec une tasse de thé infusé dans les règles de l'art, c'était absolument divin.

— Personne ne devrait travailler sans être correctement nourri d'abord.

Charlotte était tout à fait d'accord.

— C'est ce que j'appelle en effet être correctement nourri.

Lord Bancroft eut l'air satisfait.

— Je suppose donc que vous êtes prête à vous mettre au travail, mademoiselle Holmes.

— À ce que lord Ingram m'a laissé entendre, vous souhaitez que je voie le corps, répondit Charlotte, qui marchait sur des œufs, redoutant qu'il ne démente pareil projet.

— J'ai cru comprendre que vous aviez la capacité de cerner une personne grâce à votre seul talent d'observation. J'imagine que cette compétence pourrait également s'avérer utile avec un cadavre.

Bigre, lord Bancroft tenait réellement à ce qu'elle examine la victime – sans même évoquer une quelconque sensibilité féminine.

— Permettez-moi d'abord de vous présenter mes excuses. Le cryptogramme en code Vigenère ainsi que les autres énigmes ressorties des archives pour votre distraction faisaient partie des dossiers classés, sans plus d'intérêt pour la Couronne, a priori. Maintenant, à l'évidence, je vous suis reconnaissant – je préfère être informé quand quelque chose de louche se passe sous mon nez, si tel est bien le cas et qu'il ne s'agisse pas d'une coïncidence. Mais je mentirais en affirmant que je ne suis pas confus et contrarié par cet à-côté inattendu de mon cadeau : un cadavre, rien de moins.

— Il n'y a pas de mal. Je préfère de loin que mes efforts apportent quelque éclairage sur le décès de cet homme au lieu de se limiter à la résolution d'un cryptogramme déjà déchiffré voici des années.

— Ash pensait bien que vous réagiriez ainsi, mais je suis heureux de l'entendre de votre bouche. Et maintenant, pour répondre à votre question, ce message était à l'origine un câble intercepté il y a une dizaine d'années par nos services de renseignements, avant mon entrée en fonction. Il a été expédié du Caire, même s'il est possible que Le Caire ait juste servi de relais à une station émettrice plus petite dans la région.

Charlotte n'aurait pas été autrement surprise d'apprendre que Bancroft avait des agents dans tous les relais télégraphiques de l'Empire britannique, contrôlant les messages transmis en morse avant qu'ils soient télégraphiés à leurs destinataires.

— L'expéditeur se nommait Baxter, et le destinataire était un certain C.F. de Lacy, résidant dans un petit hôtel à Belgravia. D'après les notes du dossier original, il a été conclu à l'époque qu'il s'agissait d'une communication entre des archéologues excessivement méfiants – ou de simples pilleurs de tombes se faisant passer pour des archéologues.

— Personne n'a été envoyé à l'hôtel pour vérifier le registre ?

— Nous avons un budget limité et donc un personnel qui l'est tout autant. En fait, une grande part de mon travail consiste à essayer d'obtenir des fonds supplémentaires. J'imagine que les infortunés agents qui travaillaient sur le cryptogramme étaient dépités qu'il ne renferme pas un secret d'État étranger ou un ignoble complot contre la Couronne. Ils se sont contentés de recommander de surveiller dans la presse toute découverte archéologique d'ampleur. Mais, pour autant que je sache, personne n'a jamais pris la peine de suivre cette affaire.

Charlotte avait toujours pensé que lord Bancroft avait recruté son petit frère pour avoir sous la main quelqu'un en qui il avait une confiance absolue. Maintenant, elle se demandait si ce n'était pas aussi pour une raison budgétaire : en gentleman qu'il était, lord Ingram ne s'attendrait jamais à être rémunéré, ni même remboursé pour ses frais.

— Si bien qu'aujourd'hui, nous avons du mal à trouver quoi que ce soit, poursuivait lord Bancroft. Le gérant de l'hôtel où était descendu de Lacy est mort il y a huit ans. Les lieux ont été vendus et transformés en un immeuble d'appartements. Les registres n'ont pas été conservés. Impossible donc de remonter la piste de ce M. de Lacy, ni même de savoir si c'est son véritable nom. Quant à Baxter, nous en savons encore moins. Mes agents font des recherches, mais ils ne sont guère optimistes.

— À notre arrivée sur place, il y avait un policier en faction devant la maison et la Criminelle avait déjà été alertée. Comment est-ce possible ?

La banalité de la maison n'aurait pas dû inciter un bobby à jeter un coup d'œil derrière les rideaux.

— C'est arrivé de façon curieuse. Ce matin, le poste de police du coin a reçu un message anonyme dénonçant des activités illicites à cette adresse qui impliqueraient un certain nombre d'enfants innocents et sans défense.

Charlotte tendit l'oreille. Peu de temps auparavant, une sordide affaire de ce genre avait ébranlé la capitale.

— Les policiers sont intervenus rapidement, j'imagine.

— Plusieurs hommes se sont aussitôt rendus sur place. Comme personne ne venait ouvrir, ils ont forcé la porte de derrière. Ils n'ont trouvé aucun enfant, ni aucun signe d'une quelconque présence d'enfants. Mais un cadavre n'est pas le pire lot de consolation.

« Comme indice d'un crime, non, en effet », se dit Charlotte.

— Après un rapide examen des lieux, les policiers ont décidé de confier l'affaire à la Criminelle. L'inspecteur Treadles s'est rendu sur place. Mon frère et vous êtes arrivés dans la foulée. La suite, vous la connaissez.

— Pas entièrement. Avez-vous retiré l'affaire à l'inspecteur Treadles ?

— Bien sûr que non. L'inspecteur Treadles est officiellement chargé de l'enquête. Il pense que le corps est en route pour la morgue. Et il le sera. Mais d'abord, à vous d'y jeter un coup d'œil, mademoiselle Holmes.

— Certainement. Auparavant, pouvez-vous me dire si Mme Simmons est toujours au service de lady Ingram ?

— La vieille femme de chambre de ma mère ? Oui, elle est toujours là. Elle a eu une rentrée d'argent l'année dernière. Nous trouvions que le moment était venu de lui acheter un cadeau de retraite, mais elle a finalement décidé de rester. Selon elle, elle n'aurait pas su comment s'occuper sinon.

— Je vois.

Lord Bancroft inclina la tête, intrigué.

— Une raison particulière pour vous souvenir soudainement de cette brave Simmons ?

— Non, aucune, assura Charlotte.

Il haussa les sourcils, mais ne releva pas.

— Dans ce cas, allons-y.

Quand Charlotte avait cinq ans, son grand-père, un vieux monsieur d'humeur joviale au regard triste, avait rendu visite à la famille Holmes. Il était arrivé plutôt fringant, même s'il aimait à se plaindre de ses articulations raidies par l'arthrose. Une semaine plus tard, il était étendu sur la table de la salle à manger. Mort.

Tard dans la nuit, Charlotte était descendue en cachette pour observer le corps froid et raide de l'homme qui lui glissait discrètement un bonbon à l'orange à la fin de chaque repas. Il lui faudrait des années pour comprendre que l'oppression qu'elle avait ressentie alors dans la poitrine n'était rien de plus – ou de moins – que de la tristesse. Ce qu'elle avait compris immédiatement, en revanche, à la lueur vacillante d'une chandelle, c'était qu'elle n'avait pas peur des morts.

L'homme qu'elle découvrit ce jour-là allongé sous un drap n'avait pas eu la chance de mourir à un grand âge, entouré des siens, sur un confortable matelas de plumes. Le malheureux avait été étranglé et son visage encore poupin était déformé par une grimace de désespoir grotesque, comme si, jusqu'à l'issue fatale, il avait refusé de croire à un destin aussi tragique.

Charlotte sortit sa loupe.

— Puis-je y jeter un coup d'œil ? demanda lord Bancroft.

Elle la lui tendit. L'objet, en argent massif, présentait un entrelacs ajouré de feuillages et d'arabesques. Mais, si on l'observait de plus près, on y découvrait, cachés dans les volutes végétales, de minuscules cakes, muffins et bonbons gélifiés, en argent eux aussi.

— Il me semble avoir vu un dessin de cette loupe dans le carnet d'expédition de mon frère, il y a quelques années, fit remarquer lord Bancroft. Est-ce lui qui vous l'a offerte ?

— C'était un cadeau d'anniversaire.

Lord Bancroft examina l'objet sous tous ses angles.

— Qu'est-ce donc ? s'enquit-il, désignant un morceau de verre vert clair plutôt quelconque à l'extrémité du manche.

— Je pencherais pour une tesselle de mosaïque. Peut-être une trouvaille de lord Ingram sur un de ses chantiers archéologiques.

— Elle semble très ancienne – il a fait des fouilles dans d'anciennes ruines romaines, un chantier mineur sur les terres familiales, expliqua lord

Bancroft avec une pointe de curiosité dans le regard en lui rendant la loupe.

— Peut-être provient-elle de là. Je ne lui ai jamais posé la question, répondit Charlotte, à la fois sincère et évasive.

Elle avait reconnu au premier regard ce petit morceau de verre dépoli, arrondi pour le sertissage. Il avait bel et bien fait partie d'une mosaïque sur le sol de l'atrium de la villa romaine où lord Ingram avait exercé ses talents d'archéologue.

Le lieu de leur premier baiser.

Le paquet lui avait été livré par la poste, non en personne ou par coursier. Le message qui l'accompagnait lui souhaitait un joyeux anniversaire et ne faisait aucune allusion à la tesselle. La réponse que Charlotte avait envoyée avait été tout aussi brève et muette sur ce détail.

Cependant, ce cadeau avait marqué le début des silences pesants qui avaient caractérisé par la suite ses rencontres avec lord Ingram.

Elle posa un genou à terre et examina la victime de la tête aux pieds, portant une attention particulière à ses mains et aux semelles de ses chaussures. À sa demande, M. Underwood retourna le corps afin qu'elle puisse inspecter le dos.

— Je souhaiterais voir cet homme dévêtu.

M. Underwood respira bruyamment, à l'évidence désarçonné. Il glissa un regard en direction de son supérieur.

— Rendez donc ce service à Mlle Holmes, monsieur Underwood, dit lord Bancroft sans une once de surprise ou de consternation.

— Bien, milord.

— Nous n'avons pas trouvé d'étiquettes de tailleur, apprit lord Bancroft à Charlotte, tandis que M. Underwood débarrassait la victime de ses vêtements.

Après quelques minutes d'observation supplémentaires, Charlotte se redressa.

— Je ne suis pas sûre de pouvoir vous en dire plus que vous ne sachiez déjà, milord.

— Et que sais-je déjà, dites-moi, mademoiselle Holmes ?

— Que cet homme n'a pas été tué ici. Du moins pas à l'intérieur de cette maison. Et qu'il y a eu lutte : il a du sang et de la peau sous les ongles, ainsi que de la boue et de l'herbe sur ses semelles.

— J'avais déjà fait ces déductions, en effet.

— L'étoffe de ses vêtements est de qualité médiocre. C'est du prêt-à-porter et ils sont trop grands pour lui. Mais ils ne reflètent pas son rang social, c'est certain : ils n'empestent pas comme on pourrait s'y attendre, et il a les mains blanches et douces. Un examen de ses sous-vêtements vous aurait permis de confirmer ce soupçon. Ils sont en mérinos, une matière hygiénique et confortable, bien plus luxueuse que l'image grossière évoquée par sa tenue. Il en va de même pour les chaussures qui, sans être du sur-mesure, sont en cuir d'excellente qualité et de fabrication soignée.

— En effet. Et maintenant, dites-moi ce que je ne sais pas encore.

— Ce costume a été acheté dans une boutique de seconde main – sans doute une tentative pour se cacher de ceux qui lui voulaient du mal. Et pas une boutique de seconde main de Kensington où la femme de chambre d'une lady va vendre les toilettes dont sa maîtresse ne veut plus. Non, le genre d'endroit qu'on trouve à Seven Dials ou dans d'autres quartiers semblables.

Lorsqu'elle était à court d'argent et cherchait à se faire passer pour une secrétaire, elle s'était rendue dans quelques commerces de vêtements d'occasion.

Le problème était que les toilettes à peu près présentables étaient encore trop chères pour elle et que les tenues plus abordables ressemblaient à des serpillières.

— J'ai eu l'occasion de fréquenter quelques-uns de ces établissements parmi les moins... prestigieux. Ce costume est passé par plusieurs boutiques de seconde main. À l'intérieur de la manche gauche, il y a cinq points cousus d'un fil brun. Dans la droite, trois marques similaires en fil bleu. Les boutiques utilisent chacune une couleur pour marquer les articles de leur stock. Et qu'est-ce qui rend ce costume en particulier si populaire qu'il a été vendu à huit reprises ? On peine à croire qu'il ait pu être porté autant de fois sans que les coutures craquent. Mais, dans certaines circonstances, le port d'un vêtement n'aggrave guère son usure. Le devant de ce costume est en sergé – pas de la meilleure qualité, mais il est présentable et durable. Le dos, en revanche... S'il ne s'agit pas de lirette retissée, je serais très surprise.

— Voulez-vous dire qu'il s'agit d'un costume d'obsèques pour les pauvres ?

— C'est ma conclusion, en effet.

— Notre victime est-elle un pilleur de tombes ?

— À en juger par le nombre de fois que ce costume a circulé, je dirais non. Il est possible que la famille du défunt l'ait revendu pour faire des économies. Ou les fossoyeurs. Dans un cas comme dans l'autre, notre homme ne se doutait pas qu'il se retrouverait affublé d'un costume funéraire.

Sinistre prophétie, à vrai dire.

— Que pouvez-vous m'apprendre d'autre, mademoiselle Holmes ?

— Cela dépend, milord. Qu'avez-vous fait de son portefeuille et sa montre ?

— Il n'avait pas de portefeuille sur lui. J'ai sa montre en ma possession.

La montre avait été fabriquée par MM. Patek, Philippe & Cie. M. Patek avait inventé le mécanisme de remontage automatique qui avait rendu les clés obsolètes. L'entreprise était devenue célèbre depuis que la reine avait acheté deux de ses montres pour le prince Albert et pour elle-même lors d'une exposition d'horlogerie à Londres trente-cinq ans plus tôt. Depuis, la qualité des montres de MM. Patek, Philippe & Cie ne s'était pas démentie : l'entreprise avait remporté le prix spécial à l'occasion d'un concours récent à l'Observatoire de Genève.

Bien entretenu, le présent modèle paraissait neuf au premier abord. Seul un examen à la loupe permit à Charlotte de voir les minuscules éraflures dues au passage du temps. Elle ouvrit le boîtier qui protégeait le délicat assemblage de pièces d'horlogerie en mouvement. Il ne comportait aucune inscription, ni à l'extérieur ni à l'intérieur.

— Notre homme est orphelin.

— Vous l'avez deviné grâce à sa montre ?

— Comment avez-vous eu votre première belle montre, monsieur ?

— C'était un cadeau de feu mon père.

— Elle portait une inscription à l'intérieur du boîtier, j'imagine.

— Une exhortation à une vie de dévouement.

— Celle-ci vaut au moins quatre-vingts guinées. Notre homme, qui semble ne pas avoir plus de vingt-huit ans, devait être à peine être majeur quand cette montre a été fabriquée. Sa jeunesse et l'absence d'inscription suggèrent qu'il se l'est achetée lui-même.

— Cela expliquerait pourquoi il en prenait autant soin. C'était son premier achat d'importance, un objet qu'il comptait garder toute sa vie. Cependant, pourquoi n'y a-t-il pas fait graver ses initiales ?

— Je trouve ce détail étrange, moi aussi, mais je n'ai pas d'explication.

— Autre chose sur cette montre ?

Elle fit non de la tête.

Il eut l'air un peu déçu.

— Pour l'instant, la montre ne révèle aucun autre élément utile. Néanmoins, je peux vous dire qu'il a tenté de laisser un message.

— Comment ?

— M. Underwood aurait-il de quoi enlever la doublure de cette veste ?

Aussitôt dit, aussitôt fait. M. Underwood brandit une paire de petits ciseaux pointus et entreprit de découper avec soin la doublure bon marché. L'opération ne dévoila rien de particulier. Charlotte passa la main sur la lirette rugueuse du dos.

— Ah, voilà. Ce sont des grains de riz trempés dans de l'encre.

Le riz cuit, mis en contact avec une surface telle qu'un tissu, y adhérait fortement en séchant. Les grains devenaient alors presque aussi indestructibles que des petits cailloux.

— Est-il possible d'en faire un relevé par frottage ? demanda Charlotte. Je crois que nous avons affaire à un message en braille.

M. Underwood s'appliqua à cette tâche à petits gestes rapides mais délicats. Charlotte examina le résultat, puis transcrivit le message.

Mon assassin est de Lacy sur ordre de Baxter.

De Lacy et Baxter, les deux noms associés au télégramme codé qui avait conduit Charlotte jusqu'à ce quartier.

Lord Bancroft soupira.

— Grâce à vous, mademoiselle Holmes, j'ai beaucoup de travail qui m'attend.

Puis il se tourna vers elle.

— Merci.

Lord Ingram avait toujours considéré Charlotte comme une égale. Mais leur relation était compliquée, limitée par les circonstances, et avait été entachée au fil des années par un certain nombre de désaccords.

Et voilà que maintenant, lord Bancroft aussi la traitait en égale. S'ils ne partageaient pas d'amitié de longue date, ils étaient néanmoins libres des fardeaux du passé.

Une constatation des plus intéressantes.

Elle lui sourit.

— Je vous souhaite bonne chance dans ce travail, monsieur. Auriez-vous la gentillesse de me procurer une voiture qui me déposera à la gare ? J'ai promis à Mme Watson que je serais rentrée pour le thé.

9

— Vous voilà enfin ! s'exclama Mme Watson, qui bondit de son fauteuil quand Mlle Holmes entra dans le petit salon. Où étiez-vous donc passée ?

Elle n'avait pas eu l'intention de poser cette question, et certainement pas sur ce ton. Mlle Holmes n'était ni son enfant ni son employée. Mais son départ précipité du parc le matin, le message laconique qu'elle avait laissé – *Ai dû sortir. De retour pour le thé* –, et son retard de trois bons quarts d'heure, elle qui ne manquait jamais un gâteau ou une assiette de canapés...

— J'étais à deux doigts de me précipiter sur le téléphone le plus proche pour avertir lord Ingram de votre disparition.

Mlle Holmes aurait pu être renversée par une voiture ou délestée de son porte-monnaie. Mais la crainte qui avait vraiment taraudé Mme Watson, c'était qu'elle ait été enlevée par sa propre famille et expédiée à la campagne pour ne plus jamais reparaître.

Ce genre de pratique existait dans sa jeunesse, et encore aujourd'hui. Que pouvait-on faire contre une famille qui décidait de s'ériger en juge, jury et geôlier ?

Mlle Holmes était comme pétrifiée sur le seuil, ses jupes froissées, ses anglaises avachies par l'humidité. La jeune femme la fixait sans ciller, la mine indéchiffrable.

L'incertitude gagna Mme Watson. S'était-elle montrée trop virulente ? Avait-elle outrepassé les bornes de leur amitié ?

— Toutes mes excuses, madame, dit Mlle Holmes d'une voix douce.

Le soulagement envahit Mme Watson, teinté d'une pointe de honte de ne pas avoir su dominer davantage son angoisse.

— C'est à moi de m'excuser de me faire du mauvais sang de la sorte.

— Non, je vous en prie. J'ai été livrée à moi-même pendant un temps, et je n'ai pas oublié comment était cette vie-là. Celle que je mène maintenant est un luxe. Grâce à vous, madame. Je suis désolée que vous vous soyez inquiétée, mais pas d'avoir quelqu'un qui se fait du souci pour moi.

À cet instant, Pénélope fit irruption dans la pièce avec son allant coutumier.

— Vous êtes de retour, mademoiselle Holmes ! Tout va bien ?

Les trois femmes s'assirent. Mlle Holmes s'enquit presque aussitôt de la journée de Pénélope avec ses deux amies françaises. Celle-ci raconta de bonne grâce leurs petites aventures à une Mlle Holmes très attentive. Mme Watson, qui avait déjà eu droit à ce récit un peu plus tôt, se demandait comment une étrangère avait pu devenir aussi vite un membre à part entière de sa famille, au point qu'elle peinait à se rappeler sa vie avant leur rencontre.

Polly, une des bonnes, arriva avec le thé. D'ordinaire, c'était M. Mears qui s'en chargeait, mais il se trouvait dans le Gloucestershire pour le mariage d'une nièce et le baptême d'un petit-neveu. Son retour n'était pas prévu avant mardi dans la soirée.

— Allons-nous devoir attendre jusqu'à mercredi pour vérifier si M. Finch est rentré de vacances ? s'impatienta Pénélope, qui servait tout le monde.

— Deux jours ne feront pas une grande différence, la rassura Mlle Holmes.

Mme Watson aurait aimé éprouver pareil détachement. Depuis la visite de lady Ingram, chaque jour lui paraissait une éternité et elle ne cessait de réfléchir à un moyen d'accélérer l'enquête. Elle avait un autre homme à son service, Lawson, qui faisait office de valet et de cocher. Hélas, il n'avait rien d'un acteur. Elle aurait pu demander à Rosie et à Polly si elles connaissaient un domestique travaillant dans le quartier de M. Finch, mais la probabilité d'obtenir des renseignements utiles par cette voie lui semblait infinitésimale.

— J'ai une idée, annonça Pénélope.

— Nous vous écoutons, dit Mlle Holmes en lui tendant le plateau de canapés.

La jeune femme en prit trois.

— Merci. À la faculté de médecine, Mlle de Blois organise des visites dans des arrondissements de Paris où les habitants n'ont pas les moyens de payer un médecin ou des médicaments. Toutefois, nous nous rendons aussi dans les beaux quartiers pour proposer nos services aux domestiques. Dans les grandes maisons, nous nous adressons d'abord à la gouvernante, qui organise une réunion. Mais là où il y a moins de personnel, si on se présente quand les domestiques ne sont pas trop occupés, on arrive à parler à tout le monde directement devant une tasse de café.

— Vous suggérez une visite de ce genre au personnel de Mme Woods ? demanda Mlle Holmes.

— Nous obtiendrions sans doute davantage de renseignements concrets que M. Mears s'il retournait là-bas dans son rôle d'avoué. Et je n'aurais même pas besoin de mentir. Je serais exactement qui je suis : une étudiante en médecine qui occupe ses vacances à une œuvre de salubrité publique. Je pourrais aussi sonner à plusieurs maisons de la rue, de sorte que Mme Woods n'ait pas l'impression que son établissement est visé en particulier.

« Chère, chère enfant, avec son assurance enjouée et son audace espiègle », songea Mme Watson, préoccupée. Le désespoir de lady Ingram et le bourbier moral de la situation vis-à-vis de lord Ingram n'étaient qu'un amusement aux yeux de sa nièce. Mais elle-même savait avec quelle rapidité une affaire simplement intrigante pouvait devenir dangereuse.

Elle avait d'abord refusé que Pénélope s'implique dans ces enquêtes de détective. Mais maintenant qu'elle y participait, elle n'avait pas envie de lui rogner les ailes, pas plus qu'à Mlle Holmes, même si les absences prolongées de cette dernière la perturbaient au plus haut point.

— C'est une bonne idée, intervint-elle. Mais vous ne devriez pas y aller seule. Je vous accompagnerai.

Elles passèrent le reste du thé à planifier les détails de leur stratagème. Pour finir, elles décidèrent que Mlle Holmes viendrait aussi, mais déguisée.

— Il vous faudra peut-être rencontrer M. Finch en personne à un moment ou un autre, souligna Mme Watson. Il vaut mieux que les domestiques ne vous voient pas emprunter la porte de service un jour et la porte principale, un autre. Cela risquerait d'éveiller les soupçons.

L'arrivée du courrier valut à Pénélope une jolie pile de lettres d'amies et de camarades d'université.

Elle se retira, ravie et impatiente d'ouvrir son abondante correspondance.

Mlle Holmes, elle, semblait déçue.

— Vous attendiez une lettre ?

— Je n'ai pas eu de nouvelles de ma sœur depuis un moment. Je l'ai vue mardi et lui ai demandé de faire quelques recherches sur lady Ingram. Mais cela ne ressemble pas à Livia d'attendre autant pour m'écrire.

Elle garda le silence un instant.

— Il m'arrive parfois d'en dire trop, surtout sur des sujets qu'il vaut mieux ne pas évoquer.

Tandis que Mme Watson s'interrogeait sur l'opportunité de demander à Mlle Holmes de s'expliquer, celle-ci soupira.

— Bref, passons. Il y a quelque chose dont je souhaiterais vous toucher un mot, madame. C'est en rapport avec Sophia Lonsdale.

Mme Watson en eut presque le souffle coupé.

— Je croyais que nous étions d'accord pour ne plus l'appeler par ce nom.

Comme Mlle Holmes, Sophia Lonsdale avait été bannie de la haute société, mais une génération plus tôt. Son retour de l'étranger avait provoqué une cascade d'événements que personne n'aurait pu prévoir.

Le beau monde croyait Sophia Lonsdale décédée depuis de nombreuses années, et elle avait pris contact avec Mlle Holmes sous une fausse identité. Si elle avait mis en scène sa propre mort, c'était qu'elle se trouvait dans une situation désespérée. À la fin de l'affaire Sackville, Mme Watson et Mlle Holmes avaient donc décidé de ne pas compromettre sa sécurité en prononçant inconsidérément son véritable nom.

— Je me demande si elle ne s'est pas trahie elle-même, dit Mlle Holmes, songeuse. Les actes suivent des schémas aussi reconnaissables que la parole ou l'écriture. Voilà une femme qui s'efforce d'atteindre certains objectifs tout en restant anonyme. Et si son mari avait lu les articles dans la presse et s'était souvenu qu'une des parties prenantes de l'affaire était une amie proche à l'époque ? S'il s'était mis à la soupçonner d'y avoir joué un rôle ?

— Le mari qui la croit morte ?

— Peut-être se doutait-il déjà que sa mort était une ruse ?

Mme Watson se crispa.

— Avez-vous des nouvelles d'elle, mademoiselle Holmes ? A-t-elle des ennuis ?

— Je n'ai pas la moindre nouvelle, mais lord Ingram a des raisons de croire que votre maison est surveillée depuis le début de la semaine.

C'était Mme Watson qui avait eu l'idée de proposer les services de Sherlock Holmes au public. Une idée de génie, avait-elle pensé à l'époque. Mais les idées géniales avaient elles aussi des revers inévitables. Si captivante et gratifiante que soit cette activité, elle n'en était pas moins parfois excessivement perturbante.

— Je ne vous en avais pas parlé, continua Mlle Holmes, mais après l'affaire Sackville, je suis allée à Somerset House consulter le registre des mariages, puisque le motif le plus probable de sa fausse mort semblait être son époux. Il s'agit d'un certain Moriarty. Lord Ingram ne sait rien à son sujet, mais quand il en a parlé à lord Bancroft, celui-ci s'est, paraît-il, décomposé à la seule mention de ce nom et l'a très sérieusement mis en garde contre cette personne.

— Vous pensez que c'est ce Moriarty qui fait surveiller la maison ?

— Cela me semble l'hypothèse la plus logique.

Mme Watson attendit que Mlle Holmes poursuive. Comme celle-ci gardait le silence, elle comprit qu'elle attendait sa réaction.

— J'espère que Mme Marbleton est en sécurité, répondit-elle, utilisant le nom d'emprunt que Sophia Lonsdale leur avait donné.

Mlle Holmes scruta son visage.

— Vous n'êtes pas inquiète pour vous-même ?

Elle ne lui laissa pas le temps de répondre.

— Bien sûr, où avais-je la tête ? Vous vous pré-occupez avant tout d'autrui.

— Pas par altruisme, détrompez-vous. Je m'in-quiète pour les autres quand j'ignore s'ils seront à même d'affronter les difficultés que la vie leur apporte. Quant à moi...

Mme Watson haussa les épaules. Sa nièce était adulte, l'homme de sa vie n'était plus, et elle avait assuré l'avenir de ses domestiques dans son testament. Quelle importance que le mari de Sophia Lonsdale fasse surveiller sa porte ?

— Tant que cela ne vous affecte pas, vous et Pénélope.

— Je ne pense pas qu'il puisse nous arriver quelque chose, à Mlle Redmayne ou à moi-même. Ni à vous, d'ailleurs. Ce dont je me réjouis, ajouta-t-elle après un silence songeur, car vous m'êtes une conseillère indispensable.

Ces paroles allèrent droit au cœur de Mme Watson, comme un rayon de soleil irradiant dans sa poitrine. Certaines pages heureuses de sa vie étaient désormais tournées, mais avec l'arrivée de Mlle Holmes, un tout nouvel horizon s'ouvrait devant elle. Un horizon plein de découvertes et de promesses.

Elle se pencha vers la jeune femme.

— Avez-vous une heure à m'accorder, mademoiselle Holmes ?

La curiosité de Charlotte était piquée. Mme Watson ne lui avait pas seulement demandé une heure de son temps, mais aussi si elle possédait des vêtements amples permettant une liberté de mouvement. Sa tenue de tennis avait été emportée par erreur pour la saison londonienne – le tennis était un jeu pour la campagne. Elle l'avait suivie dans son exil, avec le maximum de vêtements que pouvait contenir sa valise. Elle aurait toujours la possibilité de les vendre en dernier recours, s'était-elle dit alors.

Mme Watson l'attendait dans la pièce presque vide qui avait été autrefois la chambre d'enfant de Mlle Redmayne. Elle avait revêtu un chemisier ajusté et une jupe qui ne se rétrécissait pas aux genoux.

— Je suppose que vous savez manier des armes à feu, comme vous avez été élevée à la campagne. Est-ce le cas, mademoiselle Holmes ?

Charlotte hocha la tête. Les Holmes ne possédaient pas de chasse privée, mais presque chaque automne ils parvenaient à se faire inviter à une partie de chasse.

— J'ai appris à tirer à la carabine, oui. Et mon père m'a laissée utiliser son revolver une fois.

— Excellent. Toutefois, il est peu probable que vous vous promeniez avec un fusil dans Londres, ou n'importe où d'ailleurs. En revanche, une dame a en général une ombrelle sous la main, qui peut lui servir à se défendre si le besoin s'en fait sentir.

Mme Watson tendit à Charlotte une canne de marche.

— Ce n'est pas une ombrelle, à l'évidence. Mais j'aime trop les miennes – et vous aussi, j'en suis sûre – pour les soumettre à pareil traitement alors qu'il n'y a pas de réel danger. Une canne est bien plus solide pour encaisser les coups. Mon grand-père était maître d'armes. Il a vécu chez nous quelque temps dans son grand âge et s'amusait à nous apprendre l'usage de la canne de combat, à ma sœur et à moi. Je suis arrivée à Londres certaine de savoir me défendre. Or, la première fois que quelqu'un m'a attrapée par-derrière, je suis restée tétanisée. Ma pratique du duel était jusque-là quelque peu stylisée – en garde, prêts, allez ! Mais, dans la vraie vie, un agresseur n'attend pas que vous soyez dans la bonne position et ne va pas forcément vous attaquer de face. Règle numéro un : s'entraîner à surmonter ce moment de paralysie aussi vite que possible et flanquer un bon coup de coude dans les reins de son assaillant. Tandis que celui-ci relâche momentanément sa prise, il faut pivoter vers lui et lui assener un coup avec autant de force que possible, avec le poignet bien rigide, et en y mettant tout le poids du corps.

Charlotte testa l'équilibre de la canne dans sa main. Elle était en malacca, un bois léger mais résistant.

— Ce n'est pas à cause de Moriarty que vous m'entraînez, n'est-ce pas ? Il est peu probable que ses hommes m'enlèvent en pleine rue.

— Non, admit Mme Watson. Vous avez beau vous considérer comme une femme libre, mademoiselle Holmes, vous n'en êtes pas moins une fugitive pour votre famille.

— C'est donc mon père que vous me recommandez de frapper de toutes mes forces.

— Ou ceux qu'il aura chargés de cette sale besogne.

Charlotte ne put réprimer un sourire.

— Je plains le deuxième agresseur qui a eu la mauvaise idée de vous surprendre par-derrière.

Mme Watson lui adressa un clin d'œil.

— Vous devriez plaindre le premier aussi. Je lui ai cassé un doigt.

Elle commença par les positions de base.

— Il faut apprendre à se tenir de façon à être stable, avec les pieds bien ancrés dans le sol. Ainsi, un agresseur aura beaucoup plus de mal à vous renverser ou à vous pousser.

Ces positions tiraient sur les jambes de Charlotte, dont les muscles n'avaient jamais eu à fournir d'effort plus pénible que quelques tours de valse dans une salle de bal.

— Maintenant, le plus important est de tenir fermement votre arme.

Charlotte raffermit sa prise sur la canne.

— Étape suivante, parez cette attaque.

Charlotte leva son arme pour bloquer celle de Mme Watson. Avant qu'elle ait eu le temps de comprendre ce qui se passait, les deux cannes se heurtèrent avec force et la sienne vola à travers la pièce – par chance fort peu meublée. Elle percuta avec fracas le manteau de cheminée.

Sa main vibra douloureusement sous le choc.

— Aïe !

— Vous ne teniez pas votre arme avec assez de force, mademoiselle Holmes, la réprimanda gentiment Mme Watson.

Charlotte ramassa sa canne.

— J'aurais pourtant juré la serrer comme dans un étau.

— Votre assaillant ne connaît peut-être pas des tas de façons futées de désarmer un adversaire, mais un homme peut avoir le dessus grâce à sa seule force physique, à moins que vous ne sachiez profiter de l'effet de levier. Et, pour ce faire, vous devez apprendre à mieux maîtriser votre arme.

Et apprendre à mieux maîtriser son arme n'était pas une partie de plaisir, comme Charlotte ne tarda pas à le comprendre. Au bout d'un quart d'heure, elle soufflait comme un bœuf.

— Pitié ! Je ne sais pas si je vais tenir encore longtemps.

— Allez, mademoiselle Holmes. Considérez cet entraînement comme une parade au Menton Maximum Tolérable. Après, vous pourrez céder plus librement à votre appétit.

— Dans ce cas, il se peut que je trouve un peu plus de volonté, haleta la jeune femme.

Dix minutes avant la fin de l'heure, Mme Watson eut pitié de son élève et décréta la leçon terminée. Charlotte s'adossa contre le mur. Elle avait les bras en compote, même celui qui ne tenait pas la canne, et ses jambes ne valaient guère mieux. Son corps entier lui faisait mal.

— Ce sera encore pire demain matin, la prévint Mme Watson avec un large sourire.

Charlotte en gémit à l'avance.

— Dites-moi, mademoiselle Holmes, continua sa tortionnaire, dont la respiration ne s'était même pas accélérée d'un iota, quand vous m'avez parlé tout à l'heure de la surveillance de la maison, vous avez mentionné lord Ingram. Ai-je manqué ses visites ?

— Non, il n'a pas sonné ici, même si ce matin je l'ai croisé en sortant.

— Pourtant, il avait bien l'intention de nous rendre visite, l'une et l'autre fois ?

Charlotte hésita.

— Il serait raisonnable de le penser.

La voix de Mme Watson se tendit.

— Vous ne pensez pas que c'est parce qu'il a eu vent de la visite de sa femme à Sherlock Holmes ?

Charlotte s'épongea la nuque avec un mouchoir et fit non de la tête.

— Il y a autre chose que je dois vous dire. Lord Bancroft m'a fait sa demande.

Mme Watson en resta bouche bée. Puis elle partit d'un éclat de rire euphorique.

— Voilà quelque chose que je n'aurais jamais imaginé. Je veux dire, cet homme est plutôt singulier, mais je ne le pensais pas capable de bousculer les conventions à ce point. Grâce à son bon goût dans sa façon d'aborder le mariage, il monte dans mon estime. Si ma mémoire est bonne, ce n'est pas la première fois qu'il demande votre main, n'est-ce pas ?

— En effet.

— Il me plaît de plus en plus.

Soudain, le visage de Mme Watson se décomposa.

— Seigneur, vous n'y réfléchissez pas sérieusement, quand même ?

— J'y suis obligée. Ma disgrâce a compliqué la vie de toute ma famille, mais particulièrement celle de mes sœurs. Ce mariage me « rachèterait » suffisamment pour que je puisse m'occuper d'elles. Et si lord Bancroft me garantit assez de liberté et de stimulation intellectuelle, ce qu'il semble décidé à faire, alors je me dois de considérer sa demande.

— Et lord Ingram ? Que pense-t-il de tout cela ?

— Je ne lui ai pas posé la question, marmonna Charlotte. Mais je ne serais pas autrement surprise qu'il ait soufflé l'idée à lord Bancroft.

L'inspecteur Treadles arriva chez lui presque en même temps que son épouse.

— Bonsoir, inspecteur, lui lança Alice lorsqu'ils se retrouvèrent tous les deux sur le perron. Bienvenue à la maison. La journée a été longue ?

Il poussa un soupir.

— Et comment ! Une nouvelle affaire étrange. Un type assassiné, mais nous ignorons tout de son identité et de ce qui a pu mener à son meurtre. J'ai demandé à MacDonald de vérifier si un homme correspondant à sa description avait été porté disparu, mais les recherches pourraient prendre du temps.

— Vous trouvez toujours le coupable, dit son épouse.

C'était vrai, mais pas toujours sans aide. Alors que Treadles se tenait au-dessus du cadavre, perplexe, il s'était surpris à envier le talent d'observation de Sherlock Holmes. Lui aussi aurait aimé deviner d'un seul regard tout ce qu'il y avait à savoir sur une victime.

Il embrassa Alice sur la joue.

— Merci, ma chérie, dit-il sans grande conviction.

Ils entrèrent ensemble dans la maison, cadeau de mariage de son beau-père. Il aurait fallu qu'il soit promu commissaire avec une indemnité de logement de trois cents livres par an pour espérer vivre dans une demeure aussi cossue avec son seul revenu.

— Où étiez-vous ?

C'était presque l'heure du dîner, et il n'avait pas l'habitude de voir Alice rentrer si tard.

— Chez mon frère, répondit-elle avec un soupir. Je ne l'ai vu que brièvement – il était sous morphine. Eleanor est terrifiée. Barnaby refuse de lui dire de quoi il souffre, et il a interdit au Dr Motley d'en parler à quiconque.

— Ce n'est quand même pas...

— Non, je ne pense pas. Mais Eleanor est fermement convaincue que c'est ce qui le ronge. Qu'il l'a attrapée quelque part et la lui a transmise, à elle aussi. J'ai essayé de lui faire comprendre que Barnaby redoute la maladie française encore plus qu'elle, mais elle était dans tous ses états. Pour finir, j'ai dû lui donner un peu de laudanum pour la calmer et pouvoir m'en aller.

Elle secoua la tête.

— Il faudra que je retourne là-bas, au moins pour m'assurer qu'Eleanor va bien.

Une inquiétude se fit jour dans l'esprit de Treadles.

— Je suis sûr que Barnaby sera sur pied en un rien de temps. Dites-moi, si quelque chose venait à mal tourner, qu'adviendrait-il des usines Cousins ?

— Je ne doute pas qu'il se rétablira tôt ou tard, répondit Alice, qui réfléchit, les sourcils froncés. Cela fait longtemps que j'ai lu le testament de mon père, mais il me semble me rappeler que si Barnaby décédait sans héritier mâle, l'entreprise me reviendrait.

Or Barnaby et Eleanor Cousins, comme eux-mêmes, n'avaient pas d'enfants.

Aucun qui ait survécu à la fois au ventre maternel et au monde extérieur, en tout cas.

10

Dimanche

Depuis la fuite de Charlotte, Livia était soumise à d'interminables interrogatoires de la part de lady Avery et de lady Somersby, les deux commères en chef de la haute société. Une des sœurs, quand ce n'était pas les deux, venait toujours lui tapoter l'épaule pour savoir si elle avait des nouvelles de sa scandaleuse petite sœur.

Mais il suffisait qu'elle veuille les trouver pour constater que les insupportables pies jacasses avaient disparu.

Enfin, c'était son impression.

Lorsqu'elle se hasarda à demander à sa mère si elles avaient quitté Londres, celle-ci la traita d'idiote.

— Pourquoi seraient-elles parties alors que tout le monde est encore là ? D'ailleurs, je les ai vues pas plus tard qu'hier.

Ce qui était faux, à l'évidence, car la veille lady Holmes, qui souffrait d'une migraine, avait pris du laudanum et gardé la chambre toute la journée.

Mais Livia ne la contredit pas. Toute discussion avec sa mère était vaine. Autant tenter de convaincre un mur de briques. Le mur de briques était même préférable : quand on en avait assez, on pouvait toujours lui flanquer un coup de pied.

— Espèce de fille stupide, siffla soudain lady Holmes entre ses dents. Quelle idée de parler d'elles ? Vous les avez fait apparaître !

Elle se hâta de prendre la poudre d'escampette. Livia ne repéra les deux mégères qu'à l'instant où elles l'aperçurent aussi, de l'autre côté du lac. Elles se dirigèrent aussitôt vers elle.

Alors qu'elles ne se trouvaient plus qu'à quelques mètres du banc où elle était assise, un miracle se produisit. Le jeune homme – *son* jeune homme – entra dans son champ de vision d'un pas nonchalant et s'assit sur le banc voisin, de l'autre côté de l'allée.

Elle ne pouvait pas avoir autant de chance. Pas elle. Certains gagnaient des gros lots ; d'autres avaient des parents aimants ; d'autres encore rentraient avant la pluie et n'avaient pas besoin de ressortir avant que le soleil brille de nouveau. Livia était celle qui se prenait toujours l'averse sur la tête, celle dont la robe se coinçait dans l'essoreuse, celle qui faisait la queue derrière la personne qui recevait le dernier verre de punch à une réception.

Pourtant, il était là, élégant dans son costume du dimanche, mais pas non plus exagérément sur son trente-et-un, ce qui l'aurait rendue soupçonneuse. Et quel beau reflet cuivré avaient sa barbe et ses cheveux ! Elle n'avait jamais éprouvé la moindre attirance pour les roux, mais s'ils étaient tous aussi séduisants que lui, elle était prête à chanter leurs louanges avec allégresse.

Était-il possible qu'il soit venu au parc précisément pour la voir ? Après tout, ils s'étaient rencontrés à peu près au même endroit le dimanche précédent.

— Mademoiselle Holmes ! Nous souhaitions justement vous voir !

Sapristi, les deux harpies. Elle les avait déjà oubliées. La dernière fois, le bel inconnu s'était éclipsé dès que sa mère avait montré le premier signe de réveil. Cette fois, en la voyant aussi entourée, il ne manquerait pas de décamper de nouveau.

Livia affronta le flot de questions avec un sourire forcé. Deux. Trois. Cinq.

Il était encore là.

Elle se détendit un peu. Constatant qu'à la septième question, il n'avait toujours pas bougé, elle se sentit envahie d'une douce griserie.

Puis elle se rappela qu'elle n'était pas là pour subir docilement un énième interrogatoire : Charlotte l'avait chargée d'une mission. Mais comment aborder le sujet de lady Ingram sans donner l'impression d'avoir une idée derrière la tête ?

Un nouveau miracle se produisit alors. Moins stupéfiant, certes, mais un miracle quand même : lady Ingram, suivie de ses enfants, apparut à quelque distance, superbe dans une robe de promenade abricot et ombrelle assortie.

— Voilà lady Ingram, dit Livia.

— En effet, murmura lady Somersby avec l'intérêt d'une murène pour une nouvelle proie.

Si, ces derniers temps, Charlotte figurait au palmarès des potins mondains, lord et lady Ingram, qui étaient passés du jeune couple le plus admiré au plus désuni de la haute société, étaient un sujet de conjectures depuis des années. Quand il y avait en jeu tant de beauté, d'argent, de prestige et d'amour – tout au moins au début –, tout le monde voulait connaître les causes du fiasco.

Lady Ingram les salua d'un coup de menton, mais ses épaules redressées signifiaient clairement qu'elle ne voulait pas être importunée. Les trois femmes lui rendirent son salut et la regardèrent en silence s'éloigner avec ses enfants.

Livia sauta sur l'occasion.

— Je me demande parfois s'il n'y a pas eu quelqu'un d'autre avant lord Ingram... Voilà qui expliquerait bien des choses, vous ne trouvez pas ?

— Je ne pense pas que ce soit la cause de leur désunion, objecta lady Somersby. Avez-vous vu lord Ingram à un match de polo ? À la place de lady Ingram, j'en aurais instantanément oublié tout autre galant.

— Vieille coquine, la taquina sa sœur.

Lady Somersby rit de bon cœur.

— Merci, ma chère. Cela dit, je crois que vous avez raison, mademoiselle Holmes. Nous avons effectivement entendu dire qu'avant de faire son entrée dans le monde, lady Ingram avait espéré épouser un jeune homme peu fréquentable, non sur le plan des qualités personnelles, mais par sa naissance, disons, irrégulière.

— J'en ai été fort surprise, intervint lady Avery. Jamais je n'aurais imaginé cela de la part de lady Ingram. Elle m'a toujours fait l'impression d'une femme qui regarde vers le haut et non vers le bas, si vous voyez ce que je veux dire.

Livia mourait d'envie de vérifier si son jeune homme était encore là, mais depuis le passage de lady Ingram, elle lui tournait le dos. Elle commençait à se demander comment se tirer d'affaire quand les deux pipelettes aperçurent une autre victime et prirent congé avec une hâte inqualifiable.

Elle ne bougea pas d'un pouce, impatiente de les voir disparaître. Après le scandale causé par Charlotte, elle ne voulait pas que ces pestes s'imaginent qu'elle courait après un homme.

Dès qu'elles furent parties pour de bon et avant qu'elle ait le temps de se retourner, une voix se fit entendre à quelques pas sur sa gauche. *Sa* voix.

— J'ai bien cru qu'elles ne s'en iraient jamais.

Le cœur de Livia s'emballa et un doux frisson lui chatouilla la nuque.

— Et moi donc, parvint-elle à répondre.

Maintenant qu'il lui parlait, cependant, le doute l'envahissait. Londres était une mégalopole de quatre millions d'âmes. Quelles étaient les probabilités de croiser par hasard le même inconnu dans un laps de temps aussi court ? Leur deuxième rencontre aurait encore pu s'expliquer par une coïncidence. Mais celle-ci ? Non, elle était intentionnelle.

Les inconnus, surtout ceux qui possédaient l'élégance et le langage châtié des gentlemen, étaient considérés comme un péril redoutable par lady Holmes. « Des voyous doublés de coureurs de dot, tous autant qu'ils sont », avait-elle coutume d'éructer. En son for intérieur, Livia se moquait de ses craintes : un coureur de dot aurait dû être drôlement idiot pour jeter son dévolu sur les filles Holmes, vu la situation financière pitoyable de la famille.

Elle ne pensait pas que le jeune homme en fût un. Mais il aurait été stupide de ne pas se demander en cet instant quelles étaient ses intentions.

— Puis-je vous proposer une promenade… et peut-être un brin de conversation ? lui demanda-t-il.

Accepter l'offre était risqué. Ils n'avaient pas été présentés. Une promenade en sa compagnie… Même avant l'histoire de Charlotte, lady Holmes l'aurait privée de dîner et enfermée à double tour dans sa chambre pour une telle infraction aux règles de la bienséance.

Mais Livia n'avait pas envie de renoncer à le voir. Pas maintenant, alors que huit longs mois à la campagne sans Charlotte l'attendaient. Le meilleur plan d'action serait de lui poser des questions précises.

Et de prier pour être capable d'évaluer correctement la sincérité de ses réponses.

— Avec plaisir, répondit-elle en se tournant vers lui, le cœur en fête malgré elle à la vue de son regard chaleureux et de son sourire radieux.

Lundi

Chose étrange, depuis que Charlotte avait mis Mme Watson en garde, la surveillance dont elles faisaient l'objet semblait avoir été abandonnée. Elles eurent beau observer les allées et venues dans la rue, personne ne paraissait rôder dans les parages, et pas davantage devant le 18 Upper Baker Street.

Charlotte préféra tout de même opter pour la prudence : elles entrèrent dans l'hôtel des de Blois et en ressortirent par une porte de service, afin de déjouer les plans d'un éventuel poursuivant.

Suivant le conseil de Mlle Redmayne, les trois femmes visitèrent d'abord deux autres maisons de la rue avant de frapper à la porte de service de Mme Woods. Une jeune bonne nerveuse vint leur ouvrir.

— Bonjour, dit Mlle Redmayne avec chaleur. Je suis Mlle Hudson et voici Mme Hudson, ma tante. J'étudie la médecine à l'université de Londres. Notre cursus prévoit des visites d'information à but prophylactique à l'intention des femmes qui n'ont pas aisément accès à un médecin. Puis-je entrer un moment afin d'exposer notre action au personnel ?

La bonne jeta un regard hésitant derrière elle.

— Un instant, je vais demander à Mme Hindle.

Elle referma la porte, qui se rouvrit quelques instants plus tard. Une femme vive et bien charpentée d'une quarantaine d'années apparut sur le seuil.

Mlle Redmayne lui tendit la main.

— Madame Hindle ?

— Oui. Qui êtes-vous ?

Mlle Redmayne se présenta et exposa de nouveau le but de la visite.

— Une femme médecin ? Mince alors.

— Une future femme médecin – j'étudie encore à la faculté. Pouvons-nous entrer ? Je serais ravie de répondre à toutes les questions de santé que le personnel pourrait avoir et de distribuer quelques remèdes le cas échéant. Gratuitement, bien entendu. Tout est pris en charge par notre programme d'aide.

À l'évidence, la perspective d'obtenir des médicaments sans débourser un centime ne laissait pas Mme Hindle insensible. Toutefois, elle n'était pas encore convaincue. Elle désigna Charlotte.

— Qui est-ce ? Une femme médecin, elle aussi ?

Affublée d'une perruque brune et d'une paire de grosses lunettes, Charlotte garda le visage tourné sur le côté.

— C'est ma sœur, Mlle Eloisa Hudson, expliqua Mlle Redmayne d'un air contrit. Elle n'étudie pas la médecine, malheureusement. Comme vous le constatez, elle a besoin qu'on s'occupe d'elle. Il n'y a personne à la maison aujourd'hui, alors nous l'avons emmenée. Elle ne pose aucun problème, tant qu'on garde un œil sur elle.

Charlotte avait décidé de se présenter en double de Bernardine. Au début, sa sœur inquiétait un peu les gens, tout au moins ceux qui la remarquaient, mais ils oubliaient très vite son existence.

Peut-être fut-ce l'abord à la fois aimable et professionnel de Mlle Redmayne qui acheva de convaincre

Mme Hindle, ou la présence maternelle et rassurante de Mme Watson. La qualité de leurs toilettes joua peut-être aussi un rôle – le père de Charlotte était toujours soupçonneux envers les classes inférieures, alors que les seuls hommes à l'avoir jamais volé étaient deux de ses associés en affaires, bien éduqués et bien habillés. Quoi qu'il en soit, Mme Hindle se laissa fléchir.

— Bon, je suppose que vous pouvez entrer.

La pension de Mme Woods était vraiment très bien tenue. La propreté du couloir qui menait à l'office était digne d'un salon de Mayfair, tout comme l'office lui-même, une pièce spacieuse éclairée par deux grandes fenêtres rectangulaires. Charlotte remarqua aussi que les uniformes des domestiques étaient impeccables.

— Je vois que je n'aurai pas besoin de passer du temps à expliquer l'importance de l'hygiène dans cette maison, dit Mlle Redmayne. C'est un modèle de propreté. Quelqu'un a-t-il des questions ? Éruptions cutanées, troubles intestinaux, problèmes féminins ?

Personne ne semblait souffrir des désordres cités, mais il ne fallut pas longtemps aux femmes présentes pour s'absorber dans une conversation animée sur la chute des cheveux. Mme Hindle confia son désarroi de voir sa chevelure devenir de moins en moins fournie, et les plus jeunes enchaînèrent en citant divers cas semblables parmi leurs proches, à la suite de quoi Mlle Redmayne expliqua le rôle des follicules pileux et leurs cycles de croissance.

Charlotte en profita pour s'éclipser et monter par l'escalier de service. Elle s'épargna le rez-de-chaussée : les pièces communes ou l'appartement privé de Mme Woods ne l'intéressaient pas. Elle passa aussi le premier étage, où elle s'attendait à trouver les appartements les plus spacieux et les plus confortables, au-dessus des moyens de M. Finch.

Arrivée sur le palier du deuxième étage, elle s'engagea dans le couloir, heureuse de découvrir sur chaque porte le nom du résident calligraphié avec soin sur une petite plaque. *M. Lucas, M. Kennewick, M. Black, M. Donovan, M. Denham, M. Elvin.*

Elle vérifia une deuxième fois, afin de s'assurer qu'elle n'en avait omis aucune. Mais non. Pas de M. Finch.

Retournant à l'escalier de service, Charlotte monta encore d'un étage. Une porte close l'arrêta. Au-delà se trouvaient sans doute les chambres des domestiques. La porte était là pour prévenir toute fraternisation entre les locataires et le personnel. Elle n'eut pas d'autre choix que de redescendre.

Le premier étage était plus haut de plafond, et une plus belle moquette recouvrait le parquet du couloir sur toute sa longueur. Les portes étaient aussi plus espacées, indiquant des appartements plus vastes. *Dr Vickery, M. Huron...* Ah ! *M. Finch.*

Le couloir était silencieux. Elle s'approcha de la porte sur la pointe des pieds, les semelles de ses bottines s'enfonçant à chaque pas dans l'épais revêtement de sol. Un rapide coup d'œil au battant ne lui donna aucun indice sur le genre de personne que pouvait être M. Finch. Seule certitude : il n'avait rien d'un ivrogne qui aurait l'habitude de massacrer la serrure au retour de ses beuveries.

Elle colla l'oreille à la porte. Pas un bruit. Très doucement, elle tourna la poignée. C'était fermé à clé.

Au moment où elle relâchait la poignée, quelqu'un parla à l'intérieur.

— Tu as entendu ?

Une voix de femme.

Charlotte se précipita vers l'escalier de service. Elle ne s'était pas déplacée aussi vite depuis une éternité. Elle arriva derrière la porte juste à temps pour entendre celle de M. Finch s'ouvrir, puis se refermer.

Elle resta un moment le dos plaqué contre le mur de la cage d'escalier, attendant que les battements furieux de son cœur s'apaisent. Puis elle regagna discrètement l'office. Personne n'avait remarqué son absence, et personne non plus ne prêta attention à elle lorsqu'elle se rassit sur la chaise la plus proche de la porte.

Les femmes discutaient désormais avec animation des messieurs dont elles s'occupaient, s'amusant de leurs manies et de leurs requêtes parfois inexplicables. Par chance, tout le monde s'accorda à reconnaître que Mme Woods n'avait pas sa pareille pour juger les gens : si excentriques qu'ils puissent être, ses clients méritaient le nom de gentlemen, à la différence des locataires d'autres pensions qui se plaisaient à pincer les fesses, ou pire.

— Et elle redistribue leurs pourboires, aussi, souligna Mme Hindle d'un air approbateur. Pas comme certaines logeuses qui demandent des étrennes pour le personnel à Noël et gardent tout pour elles.

— Ce ne sont pas tous de vieux messieurs, je suppose, intervint Mme Watson avec un sourire de conspiratrice. Il y a forcément quelques jeunes gens charmants dans le lot.

— M. Finch est jeune, mais pas aussi séduisant que M. Denham, affirma une des bonnes.

— Il est beaucoup plus gentil, en revanche, fit remarquer une autre. M. Denham n'a rien d'atroce, ce n'est pas ce que je veux dire, mais il est emprunté et tient à sa tranquillité. M. Finch est plutôt bel homme. Sans compter qu'il a toujours un sourire et un bonjour. Mme Woods n'aime pas qu'on parle à ces messieurs, mais nous sommes censées répondre quand ils nous adressent la parole. Prenez un homme comme M. Black, il est poli et tout, mais depuis cinq ans qu'il est ici, je lui ai dit au moins mille fois bonjour et je suis sûre qu'il ne sait toujours pas qui je suis. M. Finch, lui, se souvient de mon prénom, de la rage de dents de ma mère, de la date de mes dernières vacances – j'étais allée à Brighton rendre visite à ma cousine. Et il n'est ici que depuis, quoi ? Trois mois ?

— Quatre tout au plus, précisa Mme Hindle.

— Il est déjà un des préférés de Mme Woods. Il lui a rapporté une jolie meule de cheddar de ses vacances. Quand je suis entrée dans sa chambre l'autre jour pour le ménage, elle la polissait comme un bon gros diamant, raconta la bonne qui gloussa, puis retrouva son sérieux. N'empêche, c'était gentil de sa part. La plupart des résidents n'ont pas plus de considération pour leur logeuse que pour nous, les bonnes.

— C'est un homme à femmes ? s'enquit Mlle Redmayne avec un petit clin d'œil.

— Oh non, rien de la sorte. Il n'y a pas plus convenable que lui. C'est juste qu'il est d'un abord agréable. Il suffit d'échanger deux mots avec lui, et vous êtes de bonne humeur pour toute la journée.

Mme Hindle jeta un coup d'œil à la pendule. Mlle Redmayne comprit le signal : il était temps pour ces dames de retourner à leurs tâches.

— Merci à vous toutes de nous avoir reçues. J'espère que certains de ces remèdes vous seront utiles. Peut-être aurons-nous l'occasion de nous revoir.

La gouvernante assura qu'elles étaient les bienve-nues quand elles le souhaitaient et, après cet échange de civilités, Charlotte tira soudain les manches de Mme Watson et de sa nièce.

— Cheddar ! Je veux du cheddar ! Beaucoup de cheddar !

Les deux femmes la dévisagèrent avec perplexité, puis échangèrent un regard. Mme Watson fut la première à réagir.

— Je vous en donnerai à notre retour à la maison, mon enfant.

Puis, comme Charlotte l'espérait, elle se tourna vers les domestiques.

— À propos, M. Finch a-t-il visité le célèbre village de Cheddar dans le Somerset ? J'ai toujours entendu dire qu'il y avait des endroits pittoresques à voir par là-bas.

— Oui, c'est là qu'il est allé, répondit la bonne la plus loquace. Il m'a parlé des gorges et de la fameuse grotte.

— Merci encore pour votre accueil, dit Mme Watson avec un salut de la tête. Ce fut un plaisir.

— Une femme dans son appartement ? s'exclamèrent Mme Watson et Mlle Redmayne avec un bel ensemble.

Toutes trois se trouvaient dans l'ancienne chambre d'enfant que Mlle Redmayne avait rebaptisé « le gymnase » pour plaisanter, lorsqu'elle s'était jointe à la deuxième leçon d'autodéfense de sa tante.

Forte de ses nombreuses années d'entraînement, Mlle Redmayne se mouvait avec la grâce d'une panthère. La canne de Charlotte avait voltigé en tous sens pendant presque toute la séance, à part une fois, vers la fin, où elle était parvenue à désarmer la jeune femme.

— Ce n'est pas terriblement choquant, fit remarquer Charlotte, essoufflée, le dos contre un mur.

Tout tend à prouver qu'il a tiré un trait sur sa passion de jeunesse pour lady Ingram. Le plus étrange à mes yeux, c'est le moment : que faisait cette femme dans sa chambre au milieu de l'après-midi ?

— Il n'aurait pas été facile de la faire entrer en cachette en plein jour, réfléchit Mlle Redmayne.

— Peut-être sera-t-elle restée là depuis la nuit précédente, suggéra Mme Watson. Mais n'aurait-il pas dû être au travail ? Vous disiez qu'elle semblait s'adresser à quelqu'un.

— Nous n'avons pas été engagées pour découvrir ce que M. Finch fait ou ne fait pas avec une autre femme – ou toutes les femmes qu'il veut, déclara Charlotte. À ce point de notre enquête, nous pouvons répondre à toutes les interrogations de lady Ingram : il n'est pas mort, pas en prison, pas à l'étranger, pas marié. Son comportement montre toutefois qu'il souhaite tourner la page.

— Devons-nous en informer lady Ingram ? demanda Mlle Redmayne.

Silence général.

La question fut réglée quand elles se rendirent à la poste centrale pour relever le courrier de Sherlock Holmes.

Une lettre de lady Ingram les informait qu'elle souhaitait un rendez-vous le soir même à 18 heures.

Mme Watson étudia l'image inversée de lady Ingram, notant son désarroi grandissant.

— Ce n'est pas ce que vous espériez entendre, je le sais, dit Pénélope à la fin de son rapport. Mais c'est le résultat de nos recherches, madame Finch.

À ce nom, Mme Watson tiqua. Mlle Holmes elle-même pinça les lèvres, crut-elle remarquer.

Lady Ingram garda le silence un long moment. C'était difficile à dire par le biais de la *camera obscura*, mais Mme Watson avait l'impression qu'elle tremblait.

— Vous devez faire erreur, finit-elle par dire. Il doit s'agir d'un autre M. Finch.

— Même dans une ville de la taille de Londres, il ne peut y avoir beaucoup de Myron Finch de naissance illégitime et comptables de profession.

— D'après votre rapport, vous avez parlé à sa logeuse et aux domestiques de la pension où il réside. Mais à aucun moment vous ne l'avez vu de vos propres yeux. Moi, je sais à quoi il ressemble. Si vous me donnez son adresse, je pourrai faire en sorte de parler en personne à ce monsieur. Il y a sûrement une erreur.

— Ce n'est pas ce que vous attendiez de Sherlock Holmes, madame. Vous lui aviez demandé de découvrir s'il était mort, en prison, à l'étranger ou empêché pour toute autre raison d'entrer en contact avec vous.

Les mâchoires de lady Ingram se crispèrent.

— Je pensais que cela me suffirait. Or, maintenant que je sais qu'il ne lui est rien arrivé de fâcheux, que toutes mes angoisses hystériques étaient infondées, je… je ne peux me résoudre à renoncer. Nous nous aimions. Et je l'aime encore. Je l'aimerai toujours.

Elle leva vers Pénélope des yeux embués de larmes.

— Je vous en prie, mademoiselle Holmes. J'ai besoin de lui parler. En tête à tête. J'ai besoin d'entendre de sa bouche que nous ne nous reverrons plus. Il me doit bien cela.

— Madame Finch, écoutez-vous, dit Pénélope avec sévérité. Vous êtes une femme mariée, voyons. Et vous vous languissez d'un homme qui, à l'évidence, a tourné la page. Si vous persistez dans cette voie, vous vous exposez à une cruelle désillusion. Rentrez chez vous et reconsidérez la situation.

Lady Ingram se leva d'un bond.

— Vous n'avez aucune idée de ce qui nous unissait.

— Ce que je sais, c'est que vous ne retrouverez pas ce que vous aviez, même si vous le revoyez et renoncez à vos vœux pour devenir sa maîtresse. Vous avez changé. Lui aussi. Au mieux, vous n'aurez qu'un pâle écho de votre jeunesse, un mirage qui ne vous sera d'aucune consolation.

La femme qui ne serait jamais Mme Finch se tenait devant Pénélope, pétrifiée comme une statue de sel, les poings serrés.

Celle-ci lui tendit une enveloppe.

— Voici les honoraires que vous aviez payés d'avance. Cette consultation ne vous sera pas facturée.

11

— Ma tante m'a dit que j'avais eu raison de refuser à lady Ingram toute possibilité de joindre M. Finch, dit Mlle Redmayne d'une voix mal assurée. De mon côté, je n'en suis pas certaine.

Elles étaient de retour chez Mme Watson. Celle-ci se préparait dans sa chambre pour le dîner. Charlotte parcourait les petites annonces dans l'édition du jour, tandis que Mlle Redmayne faisait les cent pas dans le petit salon, pianotant du bout des doigts sur les coins de table, les encadrements des miroirs et les frondes luxuriantes d'une grande fougère en pot.

Charlotte leva les yeux vers elle.

— Non ?

La jeune femme s'assit sur le tabouret du piano, le dos contre l'instrument.

— Je n'arrive pas à savoir si j'ai agi par principe ou si je n'étais pas secrètement motivée par une envie mauvaise de punir celle qui a rendu un ami proche malheureux. Et vous ? Lui auriez-vous donné l'adresse de M. Finch ? demanda-t-elle.

Charlotte réfléchit.

— Probablement.

— Voilà la différence entre nous. Vous ne souhaitez pas qu'elle souffre. Moi si. En tout cas, une partie de moi. Et cette partie de moi, je ne l'aime pas.

Charlotte n'avait aucun intérêt à voir lady Ingram souffrir, mais ce n'était pas par bonté d'âme : les tourments de sa cliente, quelle que soit leur ampleur, n'affectaient en rien la situation et pas davantage les personnes impliquées.

— Je ne lui aurais pas donné l'adresse immédiatement, précisa-t-elle. Je lui aurais demandé d'attendre soixante-douze heures et de revenir à ce moment-là si elle la voulait toujours.

— Elle aurait eu la sagesse de changer d'avis, pensez-vous ?

Charlotte fit non de la tête. Inutile d'être grand clerc pour voir que lady Ingram n'était pas prête à se laisser convaincre. Pour l'instant.

Le regard de Mlle Redmayne se perdit dans la contemplation du tableau en face d'elle : ciel azur, mer turquoise, marbre blanc et jeunes femmes aux yeux de biche et à l'élégance langoureuse – une vision romantique à l'extrême de la Grèce antique par un artiste contemporain.

— Je me souviens d'elle au match de cricket entre Eton et Harrow, l'année où elle a fait son entrée dans le monde. Elle était si belle. Vraiment ravissante. Pourtant, à l'époque, ma tante et moi redoutions déjà qu'il ne l'aime plus que l'inverse.

Elle reporta son regard sur Charlotte.

— Cinq livres qu'elle fait irruption au 18 Upper Baker Street dans moins de soixante-douze heures pour exiger l'adresse de M. Finch.

Charlotte aurait misé jusqu'à son dernier penny là-dessus.

Elle replia le journal avec soin et se leva.

— Le moment est venu pour moi de parler à M. Finch en personne.

Charlotte s'arrêta un instant en passant devant une maison où un thé dansant battait son plein. Des fenêtres ouvertes jaillissaient des accords enjoués de violon et de violoncelle ; elle reconnut les mélodies éternellement virevoltantes des valses de Vienne de M. Strauss. Beaux messieurs et belles dames en tenues de soirée allaient et venaient, une coupe de champagne à la main, au milieu des rires et du brouhaha animé des conversations, ponctuées de temps à autre par une voix masculine qui, au-dessus du chahut, lançait une moquerie amicale.

Charlotte n'avait pas participé à beaucoup de thés dansants – ce genre de réception n'était plus trop à la mode aujourd'hui. Mais, huit saisons durant, les réjouissances sophistiquées et guindées de ce type avaient figuré au premier plan de sa vie. Désormais, elle n'était plus que spectatrice de toute cette beauté artificielle.

Elle comprenait les accusations qui pleuvaient sur la haute société, cette caste de privilégiés dont toute l'existence tournait autour d'incessants déploiements de luxe et d'amusement. Mais elle savait aussi que, pour ceux qui appartenaient à ce monde clos, c'était le seul mode de vie qu'ils aient jamais connu.

Et, au bout du compte, rares étaient ceux qui en défiaient réellement les règles.

Charlotte reprit sa marche. Il était presque 20 heures. Mme Woods servait un dîner sobre à 19 heures ; ses locataires auraient donc sans doute fini de manger. Avec un peu de chance, M. Finch serait à la pension. La présence de la femme, si elle se trouvait encore là, ne l'empêcherait pas de recevoir sa sœur.

Plus elle approchait de la rue, plus elle marchait lentement. Cette rencontre avec M. Finch ne la rendait pas nerveuse, même si elle ne l'enchantait guère non plus. À sa place, Livia aurait hésité, à cause de l'illégitimité de M. Finch. Charlotte n'avait jamais compris qu'on fasse tant d'histoires au sujet des liens de parenté – personne n'avait à endosser le tort, ni le mérite d'ailleurs, des faits et gestes de ses géniteurs avant sa naissance. Sa réticence s'expliquait par l'indissolubilité des liens du sang qui, une fois reconnue, ne pouvait être reniée, et elle ne tenait pas tellement à accorder une place permanente dans sa vie à un inconnu.

Elle tourna au coin de la rue et en remonta la moitié. Plus que trois maisons avant de frapper à la porte de Mme Woods et de se présenter comme la demi-sœur de M. Finch venue lui rendre visite. Plus que deux. Une dernière.

Alors qu'elle s'arrêtait devant la pension, une jeune femme monta d'un pas alerte les marches de l'escalier de service. Charlotte reconnut la petite bonne la plus bavarde. Même si elle ne craignait pas d'être reconnue sans son déguisement, elle se détourna et fit semblant de lire les affiches de théâtre collées sur un réverbère.

La porte s'ouvrit de nouveau.

— Bridget ! appela Mme Hindle. Pouvez-vous rapporter ce panier au salon de thé ?

La bonne rebroussa chemin.

— Oui, madame.

— Bien. Quand M. Finch sera de retour, dites-lui que vous l'avez rendu. Il devrait avoir laissé une pièce à l'intérieur pour vous.

— Encore heureux, plaisanta Bridget avec impertinence. Ce n'est pas sur mon chemin.

Charlotte emboîta le pas à la jeune domestique. Elle craignait d'être repérée au bout de quelques pas, mais la bonne ne prêta guère d'attention à la femme qui marchait derrière elle.

Parvenue au salon de thé, Bridget frappa à la porte de derrière, et une serveuse portant un long tablier vint ouvrir.

— Je vous rapporte le panier de M. Finch. Il ne viendra pas pendant quelque temps – il a été envoyé à Manchester pour son travail.

— Oh, pauvre Bridget, il va vous manquer, la taquina la serveuse.

La bonne pouffa.

— Je mentirais si je prétendais le contraire. Il est si charmant. Et sans idées déplacées derrière la tête, je peux vous assurer.

Charlotte s'éclipsa, tandis que les deux femmes se disaient au revoir.

Elle ignorait à quoi ressemblait la vie d'un comptable. Les avocats voyageaient parfois pour raison professionnelle ; il n'était donc pas déraisonnable de penser que c'était peut-être aussi le cas des comptables. Mais les déplacements de M. Finch ces dix derniers jours commençaient à apparaître calculés. Il était parti en vacances dès la parution des annonces de lady Ingram dans le journal. Et, à peine revenu, le voilà qui repartait déjà.

On aurait presque pu en conclure qu'il cherchait à l'éviter.

Charlotte sirota son thé, sans nul doute le meilleur Darjeeling de Mme Woods servi dans son service en porcelaine Royal Crown Derby.

— Vraiment ? fit-elle avec une moue hautaine. À Manchester ? Pour quel genre d'affaire ?

Elle ne poussa pas le vice jusqu'à prendre tout à fait la voix nasillarde d'Henrietta, mais la moue était parfaitement imitée.

— Je l'ignore, je le crains, madame Cumberland, répondit Mme Woods en se tordant les mains, comme si le fait que M. Finch ne l'avait pas informée du but précis de son déplacement était un échec personnel.

Charlotte laissa échapper un petit sourire parfaitement calibré, entre magnanimité et exaspération, non sans avoir au préalable gratifié d'un regard affligé le salon de Mme Woods, où le chintz régnait en maître.

— Bien sûr, on ne peut pas s'attendre que vous sachiez tout. Cela n'en reste pas moins très contrariant.

— Je veux bien le croire, madame.

La logeuse minaudait presque, alors qu'au premier abord, ce n'était pas du tout son genre.

Henrietta Cumberland, la sœur aînée de Charlotte et la seule de la fratrie Holmes à être mariée, exerçait un type de pouvoir intéressant sur les autres femmes. Les lady Ingram de ce monde possédaient celui d'ouvrir les eaux grâce à leur charme insurpassable. D'autres faisaient elles aussi la course en tête, grâce à leur talent pour composer une liste d'invités jalousée et organiser l'événement le plus mémorable de la saison. De son côté, Henrietta n'avait ni élégance ni carnet d'adresses bien rempli, et sa table avait la triste réputation d'être la plus chiche dans l'histoire des dîners mondains.

Cependant, elle avait ce pouvoir un peu mystérieux de se placer en position dominante dans presque tous les échanges, grâce à une sorte d'agressivité rentrée qui déconcertait la plupart des autres femmes. Celles-ci s'appliquaient donc de leur mieux à la contenter, afin d'éviter toute friction déplaisante.

— Savez-vous où il est censé loger à Manchester ?

— Je ne le sais pas davantage, j'en ai peur.

— La date de son retour ?

— Non plus, madame, répondit Mme Woods d'une voix de plus en plus ténue.

Charlotte manifesta sa contrariété par un nouveau soupir bref.

— Vous n'avez pas non plus l'adresse du cabinet pour lequel il travaille, j'imagine.

— Si, je l'ai. Elle est notée sur sa fiche d'inscription que je garde dans mon bureau. Si vous voulez bien attendre une minute, madame Cumberland.

Mme Woods se précipita dans la pièce voisine. Charlotte en profita pour décontracter son visage, crispé par l'expression de désapprobation à peine contenue qui était la marque de fabrique d'Henrietta. Sa sœur avait souvent recours à cette technique : elle exigeait une série de choses qu'elle savait impossibles à obtenir et réagissait avec un mécontentement grandissant, jusqu'à ce que son interlocutrice acculée saute avec soulagement sur l'occasion de lui prouver ses propres capacités.

Mme Woods revint, deux documents à la main.

— Voici la liste des références qu'il a fournies. J'ai noté l'adresse de son employeur pour vous, madame Cumberland.

Charlotte tendit la main.

— Montrez-moi ces références.

— Bien sûr, madame.

Charlotte parcourut les trois éléments de la liste. Outre le cabinet de Londres, il y avait une propriétaire dans l'Oxfordshire et un avoué dans la même ville.

— Merci, je trouverai la sortie, dit-elle en rendant la feuille à Mme Woods d'un geste sec.

— Souhaitez-vous laisser votre adresse, madame, afin qu'il vous rende visite au cas où il reviendrait avant que vous l'ayez trouvé ?

— Non, répondit Charlotte avec une autorité qui ne souffrait aucune contestation. Il n'est pas question que je laisse mon adresse. M. Finch et moi sommes peut-être en partie du même sang, mais je ne peux décemment le recevoir chez moi. Bonsoir, madame Woods.

— Il s'est écoulé à peine huit jours depuis que lady Ingram est venue nous trouver, et vous voilà déjà passée maîtresse dans l'art de l'imposture, mademoiselle Holmes, dit Mlle Redmayne avec un sourire approbateur.

— Il ne faut pas reculer devant les sacrifices dans la quête de la vérité, répondit Charlotte avec modestie.

Comme elle s'y attendait, la nièce de Mme Watson s'était amusée de son stratagème. Mme Watson, en revanche, avait accueilli son récit de sa visite à Mme Woods avec un mélange de contrariété et d'incrédulité.

— J'ai failli oublier, dit Mme Watson, une fois remise de ses émotions. Une lettre du laboratoire est arrivée au dernier courrier.

— Rien de ma sœur ? s'enquit Charlotte sans trop d'espoir.

Si elle avait reçu une lettre de Livia, Mme Watson le lui aurait déjà dit. Cette dernière fit non de la tête, d'un air compatissant.

— Juste l'analyse du chimiste. Il a pratiqué tous les tests dont il dispose, et les biscuits de Mme Morris se sont systématiquement révélés négatifs.

Charlotte ne fut pas surprise : elle ne croyait pas que Mme Burns ait tenté une manœuvre aussi peu discrète, alors que Mme Morris était déjà sur ses gardes. Mais elle ne pensait pas non plus que celle-ci ait tout inventé. Si elle s'était montrée un peu penaude en décrivant sa robuste constitution, Charlotte la soupçonnait d'être secrètement fière de cette santé de fer, signe à ses yeux que la vie l'avait favorisée.

— Voulez-vous mon avis, mademoiselle Holmes ? dit Mme Watson. Je n'ai pas fait d'études de médecine, comme ma chère nièce ici présente, mais j'ai été mariée à un médecin remarquable et c'est un peu comparable, en quelque sorte. Selon moi, les symptômes décrits par Mme Morris évoquent un cas d'allergie sévère. Rien de plus, rien de moins.

— Il se peut que vous ayez raison, madame, dit Charlotte. Je garderai cette hypothèse en tête.

Tous les biscuits fournis par leur cliente n'avaient pas été déposés au laboratoire. Charlotte retourna dans sa chambre, prit un de ceux qu'elle avait gardés dans une boîte en fer et en mit un petit morceau dans sa bouche. Un biscuit sablé, avec une dose substantielle de beurre en plus du mélange habituel de farine, de sucre et d'œufs. Elle avait l'habitude de recettes plus élaborées, au gingembre et à la cannelle, avec des raisins secs, des zestes d'orange confits ou de la noix de coco râpée. Ceux de Mme Burns étaient nature, avec juste une pointe de citron.

Charlotte goûta un autre morceau ; il était sec, mais encore mangeable. Sans être fin gourmet – pas encore –, elle possédait un palais assez nuancé pour confirmer son jugement premier : il n'y avait rien d'autre dans ce biscuit que de la farine, du beurre, du sucre, des jaunes d'œuf et une pincée de zeste de citron.

Elle termina le biscuit, puis passa en revue le reste du courrier destiné à Sherlock Holmes. Elle se sentait tout à fait bien. Elle s'assit à sa coiffeuse et se brossa les cheveux cent fois. Pas de symptômes naissants. Elle lut le chapitre sur l'antimoine dans *Poisons : effets et détection – Manuel à l'usage des analystes en chimie et experts*. Elle n'éprouvait toujours aucun malaise.

Conclusion : les biscuits ne contenaient pas de substance toxique. Elle supposait que Mme Morris pouvait être allergique à un des ingrédients, mais ceux-ci étaient si communs qu'elle en aurait ingéré quatre sur cinq avec la tuile qu'elle avait mangée lors de sa visite au 18 Upper Baker Street.

Était-il possible qu'elle souffre d'une intolérance au citron ?

Charlotte griffonna une rapide note à son intention.

Chère madame Morris,

Je vous transmets ci-joint le rapport d'analyse. En résumé, il n'a pu être trouvé aucune trace de substance toxique dans les biscuits.

Cela ne réfute pas pour autant la véracité de votre hypothèse.

Si cela vous convient, je souhaiterais que ma sœur inspecte l'office et autres locaux utilisés par les domestiques au domicile de votre père, de préférence durant l'absence de ces derniers à l'occasion de leur demi-journée de repos.

Bien cordialement,

Holmes

La lettre était restée vierge sur le bureau. Le stylo-plume favori de Livia, celui qui glissait comme du velours sur le papier, se dressait toujours à son emplacement près de l'encrier. Assise à son bureau, les pieds remontés sur le fauteuil et les bras autour de ses jambes repliées, Livia se balançait d'avant en arrière, en proie à des pensées morbides.

Elle aurait dû écrire à Charlotte dès son retour du parc la veille. Mais elle en avait été incapable. Dès qu'elle repensait à ce funeste après-midi, elle n'avait qu'une envie : se cacher et pleurer.

Elle était d'une stupidité sans nom. Quand retiendrait-elle enfin la leçon ? Quand réussirait-elle à fourrer dans sa petite tête de linotte que rien de bien ne pouvait lui arriver ?

Quel désastre. Une catastrophe sur toute la ligne.

12

Mardi

Un portier surpris accueillit l'inspecteur Treadles et le sergent MacDonald. Il les conduisit à l'étage dans une salle commune, puis se hâta d'aller frapper à une porte un peu plus loin dans le couloir. Au bout de quelques minutes, un homme d'environ trente-cinq ans, habillé et coiffé avec soin, les rejoignit.

— Monsieur Ainsley ? s'enquit Treadles.

— Mon nom est Temple. Je suis au service de M. Ainsley.

Le valet, donc. Treadles se présenta, ainsi que MacDonald.

— M. Ainsley est-il là ?

— Oui, mais il n'est jamais debout à cette heure, à moins d'être rentré d'une nuit en ville peu avant. Puis-je vous offrir une tasse de thé ?

Le thé était tentant. Treadles avait été interrompu en plein petit déjeuner par MacDonald, venu tambouriner à sa porte, tout excité de sa découverte : une déclaration de disparition remontant à la veille au soir et qui correspondait en tout point à la description de leur victime.

— Oui, merci. C'est très gentil de votre part.

Ils suivirent le valet dans un petit salon dominé par un tableau imposant représentant un éléphant d'Afrique. Avec le thé, Temple servit des toasts beurrés, des muffins, de la confiture et un compotier de fraises et de raisins, avant de courir de nouveau secouer son maître.

— Je ne serais pas contre me faire servir, commenta MacDonald, qui prit un muffin.

De ce point de vue, Treadles n'avait pas à se plaindre. Il n'avait pas de valet, mais depuis son mariage, il n'avait jamais eu à se préoccuper de savoir comment les repas arrivaient sur sa table et si ses costumes avaient besoin d'être envoyés chez le teinturier.

Du fond de l'appartement leur provenaient les supplications étouffées du valet.

— Monsieur Ainsley, vous aviez promis d'être debout à mon retour. Il faut vous lever maintenant. Vous ne pouvez pas faire attendre des policiers. Ce qu'ils font ici ? Je vous l'ai dit. C'est au sujet de M. Hayward.

— Hayward ? fit une voix ensommeillée. Attendez ! Vous ne m'aviez pas dit qu'il s'agissait d'Hayward !

L'homme semblait déjà plus réveillé.

— Si, Monsieur.

— Bien sûr que non. Oh, par pitié, n'ouvrez pas les rideaux. La lumière me fait mal aux yeux. Laissez-moi m'habiller et allez me préparer un café, voulez-vous ?

— Il est déjà dans le percolateur. Dois-je vous raser ?

— Je croyais que nous ne pouvions pas faire attendre ces messieurs les policiers.

— Vous ne pouvez quand même pas les recevoir dans cet état !

— Croyez-moi, des tas de gens m'ont déjà vu dans cet état, et le soleil se lève toujours sur l'Empire britannique.

Quelques minutes plus tard, un jeune homme aux yeux injectés de sang, avec une ombre de barbe blonde sur les joues et un début de bedaine, apparut, en pantoufles et peignoir noir aux broderies chargées. Il serra mollement la main des policiers et s'assit face à eux.

— Que puis-je pour vous, messieurs ? Oh, merci, Temple, vous êtes un ange.

— Vous avez déclaré la disparition d'un certain M. Richard Hayward hier soir, commença Treadles. Selon le rapport, il vit aussi à cette adresse.

La première gorgée de café eut un effet immédiat sur Ainsley. Il paraissait déjà plus alerte et avait la voix moins pâteuse.

— En effet. Hayward loue l'appartement au bout du couloir. Je n'imaginais pas que la police était si efficace. Pourrez-vous le retrouver vite ? Il doit au moins venir chercher son cochon d'Inde.

— Un cochon d'Inde ?

— Oui, le pauvre a bien failli mourir de faim. C'est une gentille bête. Il s'appelle Samson – mais, entre vous et moi, il pourrait s'appeler Dalila, pour autant qu'on sache. Enfin bref, Hayward et moi avions prévu de dîner ensemble à ce nouveau restaurant jeudi dernier. Il était censé passer boire un verre avant qu'on sorte. Je l'ai attendu, mais il n'est jamais venu. Je suis allé frapper à sa porte. Personne. Je me suis dit qu'il avait dû oublier et était sans doute sorti faire la fête avec d'autres amis. Je suis donc allé dîner de mon côté. À mon retour, comme il n'ouvrait toujours pas, j'ai glissé un mot sous la porte pour lui remonter les bretelles. Je m'attendais qu'il passe s'excuser, ou au moins me donner une explication. Il n'en a rien fait. Mais que voulez-vous ? Certains types sont ainsi. Et puis, samedi, la logeuse m'a demandé si j'avais vu Hayward. Quand elle a dit qu'il n'était pas venu régler son loyer pour la semaine, je me suis souvenu que je ne l'avais pas vu depuis jeudi. Inquiets, nous sommes allés frapper à sa porte, et elle a ouvert avec son passe. Figurez-vous que l'appartement était sens dessus dessous. Temple a dû aller chercher des sels pour Mme Hammer. Au moment de ressortir, j'ai aperçu la cage de Samson par terre. Le pauvre était presque mort d'inanition. Il a fallu à Temple le reste de la journée pour le retaper. Une infirmière hors pair, je vous le garantis.

— Mme Hammer n'a pas rapporté l'incident à la police.

Ainsley commença à secouer la tête, puis se ravisa et haussa les épaules.

— Je lui ai conseillé de le faire. Elle a répondu que c'était peut-être Hayward lui-même qui avait saccagé l'appartement. Comment prouver le contraire ? Vous savez ce que c'est – elle craint pour la réputation de son établissement. Je ne pouvais pas la forcer. Mais, quarante-huit heures plus tard, Hayward n'avait toujours pas donné signe de vie, alors je me suis dit qu'il fallait agir. Je suis allé au poste de police faire mon devoir de citoyen.

— Est-il possible de voir les lieux ?

— Bien sûr, mais j'ai demandé à Temple de faire le ménage. J'ai payé la semaine de loyer aussi – au cas où Hayward serait à ramasser à la petite cuillère dans une fumerie d'opium. Ce serait une mauvaise surprise en rentrant chez soi de trouver toutes ses affaires déménagées et un autre locataire dans les lieux, n'est-ce pas ?

Treadles fronça les sourcils.

— C'est un opiomane ?

— Pas que je sache. Mais qui n'a pas perdu une semaine dans ce genre d'endroit pour rigoler ? répondit Ainsley avec la compréhension compatissante de quelqu'un qui semblait avoir une certaine expérience en la matière.

L'inspecteur lui accorda une minute pour avaler un toast.

— Le sergent MacDonald et moi ne sommes pas chargés des enquêtes de routine sur les disparitions. Nous sommes ici parce que votre description de M. Hayward correspond au signalement d'une victime de meurtre non identifiée.

Ainsley faillit s'étrangler avec son café.

— Pardon ?

— Nous allons vous demander de nous suivre pour l'identification du corps.

L'homme les regarda tour à tour, effaré.

— Nom de Dieu ! Excusez mon langage – vous n'êtes pas sérieux, n'est-ce pas ?

Ils eurent tôt fait de le convaincre qu'ils l'étaient. Ainsley partit se raser et s'habiller, désorienté.

Les deux policiers en profitèrent pour aller jeter un coup d'œil à l'appartement d'Hayward.

Temple avait fait de son mieux pour rendre l'endroit présentable, mais il n'était pas restaurateur de mobilier et avait empilé les chaises cassées dans une petite pièce seulement meublée d'un ensemble d'étagères et d'un petit lit – la chambre réservée au valet, pour les locataires qui en avaient un.

À l'évidence, l'intrus cherchait quelque chose de valeur. Un objet assez petit pour être dissimulé dans le pied creux d'une chaise – sauf que ceux qu'il avait sciés étaient en bois massif.

Près de la fenêtre, MacDonald glissa un doigt à travers les barreaux de la cage et caressa le cochon d'Inde entre les oreilles.

— Si seulement tu pouvais parler, Samson.

Ils passèrent encore dix minutes à inspecter l'appartement, puis partirent pour la morgue avec un Ainsley vêtu d'un costume sobre et rasé de frais.

Mme Watson avait pris l'habitude de relever le courrier au 18 Upper Baker Street le matin. Les deux premières lettres glissées dans la fente les avaient prises au dépourvu, si bien qu'elles avaient marché dessus en arrivant pour leurs rendez-vous. Il s'agissait encore souvent de prospectus ou de brochures, mais les mots de remerciements et les paquets de la part de clients se multipliaient.

Deux jours plus tôt, elles avaient reçu deux billets pour l'opéra, qu'elles avaient offerts aux filles de Blois. Et, trois jours auparavant, une excellente bouteille de whisky. Personne n'avait encore songé à offrir un cake aux fruits confits à Mlle Holmes, mais ce n'était sans doute qu'une question de temps.

Aujourd'hui, cependant, le courrier ne plut guère à Mme Watson. Elle dut prendre sur elle pour ne pas claquer l'enveloppe sur la table du petit déjeuner à son retour.

Déjà habillée pour sortir, Mlle Holmes reconnut l'adresse tapée à la machine et soupira. Elle finit l'œuf poché dans son assiette, s'essuya les doigts et prit la lettre.

Mme Watson en connaissait déjà la teneur :

Chère mademoiselle Holmes,

Je vous concède l'argument de la morale et accepte votre réprimande : chercher à savoir où se trouve

un homme qui a témoigné à ce point son absence
d'intérêt pour ma personne est à la fois une insulte
à mon intelligence et un mauvais point pour ma
conduite de femme mariée.

Néanmoins, peu m'importe ce qu'on peut penser
de moi. Je dois parler à M. Finch, voilà tout ce qui
compte.

Je vous en conjure, donnez-moi son adresse.
Bien à vous,

Mme Finch

Mlle Holmes se leva.

— J'aurais aimé un autre muffin avant de quitter cette table, soupira-t-elle, mais un muffin en appelle toujours un autre. C'est sans fin.

Elles se rendirent au salon, où Mme Watson écrivit une courte note sous la dictée de Mlle Holmes.

Chère madame Finch,

M. Finch a quitté Londres pour deux semaines.
À son retour, je me renseignerai pour vous.
Bien à vous,

Holmes

Mme Watson scella la missive.

— Avons-nous la certitude qu'il sera parti aussi longtemps ?

— Mme Woods m'a confié hier qu'il avait payé deux semaines de loyer d'avance. Je peux donc affirmer qu'il sera absent tout ce temps, répondit Mlle Holmes avant de consulter sa montre. Commençons-nous notre journée ?

Au moins, maintenant, le cadavre avait un nom. Richard Hayward, de Londres.

Malheureusement, l'ami du mort était un puits d'imprécision. M. Ainsley ne se rappelait plus exactement depuis quand M. Hayward était son voisin. Quatre mois ? Six ? Cette année, mais quand ? Mystère et boule de gomme. Quant à l'endroit où il vivait avant… Le Norfolk, peut-être. Ou était-ce le Suffolk ? Et lorsque Treadles lui demanda la profession de la victime, Ainsley s'exclama, à demi horrifié, que jamais il ne se serait permis de lui poser une question aussi indiscrète. Pour commencer, ç'aurait été insinuer qu'il avait besoin de travailler pour subvenir à ses besoins.

L'inspecteur Treadles s'impliquait dans son travail avec un tel dévouement qu'il lui était facile d'oublier que, pour une certaine partie de la population, gagner sa vie était une marque de déshonneur. On pouvait avoir des centres d'intérêt sérieux, même des vocations. Mais l'échange d'un honnête labeur contre une rémunération, c'était pour les classes inférieures.

— Je ne pense pas qu'il ait parlé de travail – je ne l'ai jamais entendu se plaindre de devoir se lever tôt. Mais, pour être totalement franc, je ne jurerais pas que c'était un gentleman. De naissance, je veux dire. Non qu'il ne fût pas tout à fait digne de confiance, cela s'entend.

Treadles comprit qu'Ainsley voulait surtout dire qu'Hayward ne faisait pas partie du même monde que lui.

Il retourna à la pension vérifier les références qu'Hayward avait données à sa logeuse pour découvrir qu'en fait, elle n'en exigeait pas des locataires qui avaient les moyens de payer un trimestre d'avance.

Peut-être aurait-il plus de chance avec le valet. Il trouva Temple dans la petite pièce où il effectuait la plupart de ses tâches. Le domestique répondit aux questions du policier tout en cirant les bottines de son maître et en repassant ses chemises.

Selon ses déclarations, corroborées par les registres de Mme Hammer, M. Hayward avait emménagé la première semaine d'avril. Le valet s'en souvenait, car il l'avait appris de Mme Hammer alors qu'il revenait de la boutique du tailleur avec les nouveaux costumes d'été de M. Ainsley, ce qu'il faisait toujours la première semaine d'avril.

Trois semaines plus tard, M. Ainsley avait invité M. Hayward à dîner chez lui. Temple était sûr de la date parce qu'il avait inscrit les achats dans son agenda, qu'il montra de bonne grâce à Treadles. Une bouteille de bordeaux, une bouteille de champagne, trois bouteilles d'eau minérale, des côtelettes de veau, une selle de mouton, et pour finir une tarte aux fraises et un gâteau roulé de chez *Harrod's*.

— Je me débrouille avec la pâtisserie simple, mais les gâteaux plus sophistiqués, nous les achetons, expliqua le valet sur un ton d'excuse.

— J'économise pour un de ces gâteaux meringués pour l'anniversaire de ma sœur, confessa MacDonald. Elle en a envie depuis une éternité.

— Ils sont presque trop beaux pour être mangés, ne trouvez-vous pas ?

Treadles s'éclaircit la gorge, histoire de remettre l'interrogatoire sur la bonne route.

— Monsieur Temple, savez-vous où vivait M. Hayward avant de s'installer ici ?

— Je ne me serais jamais permis de lui poser la question. Il était l'ami de M. Ainsley, pas le mien.

— M. Ainsley pense qu'il n'était pas un gentleman de naissance. Êtes-vous d'accord avec cette affirmation ?

— En effet. Je pense qu'il avait étudié dans une bonne école – il n'avait pas d'accent. Mais il ne devait pas y avoir beaucoup d'armoiries sur l'écusson de sa famille, si vous voyez ce que je veux dire. Peut-être même aucune.

— Comment le savez-vous ?

Temple fit une moue.

— Difficile à dire. Je le sais, c'est tout. Par exemple, le soir du dîner, il a apporté à M. Ainsley une bouteille d'un excellent cognac et tout s'est très bien déroulé. Mais, au moment de partir, il m'a donné un pourboire.

À l'air navré avec lequel il secoua la tête, on aurait pu croire que M. Hayward avait fait la roue dans le vestibule.

— J'ai apprécié la générosité du geste, mais ce n'était qu'un dîner. S'il était resté chez nous quelques jours et m'avait donné l'occasion de le servir, cela se serait compris. Là, c'était exagéré. Et il m'a donné beaucoup trop. J'en ai déduit que son aisance était très récente. Ce n'était même pas un nouveau riche, ce qui aurait impliqué une fortune paternelle. Si tel avait été le cas, il aurait su comment se comporter avec un valet. Je suppose qu'il avait fait un héritage inattendu ces dernières années.

La facilité avec laquelle il était possible de déterminer les origines de chacun ne cessait de surprendre Treadles – et de l'affliger, d'une certaine manière. Voilà un homme qui avait à peine échangé trois phrases avec la victime et qui était pourtant capable de livrer une analyse affûtée de l'historique de sa fortune.

Il remercia Temple et lui redemanda la clé de l'appartement d'Hayward, que la propriétaire avait accepté de lui laisser afin qu'il prenne soin de Samson, plus à son aise dans son environnement habituel.

— Monsieur Temple, à votre avis, qui aurait pu vouloir du mal à M. Hayward ? demanda l'inspecteur en sortant.

Le valet réfléchit un instant.

— Je ne vois pas. Mais, quand j'y pense, je me dis que M. Hayward lui-même le savait peut-être.

— Que voulez-vous dire ?

— Eh bien, j'ai des horaires réguliers, voyez-vous. M. Ainsley aussi, même si ses journées sont décalées de trois bonnes heures par rapport à tout le monde. Donc, je sors et je rentre tous les jours à peu près aux mêmes heures pour vaquer à mon service. Toutefois, il arrive à M. Ainsley d'avoir une envie imprévue. Ou bien je me souviens que j'ai oublié le bacon en faisant les courses. Bref, ces situations-là m'obligent à une sortie impromptue. Et bizarrement, chaque fois que cela se produisait, j'entendais à mon retour M. Hayward entrebâiller sa porte. Le temps que je me retourne, il l'avait déjà refermée. Chaque fois, je vous dis. Sur le moment, je n'y ai pas prêté attention – certaines personnes sont vite inquiètes. Mais, sachant maintenant qu'il a été tué, je ne peux m'empêcher de me demander s'il ne craignait pas que quelque chose de grave ne lui arrive. Oui, c'est sûr, conclut-il après réflexion avec un hochement de tête. Cet homme-là devait avoir peur.

— Eh bien, c'était rapide, dit Mme Watson lorsqu'elles sortirent du cabinet Norton & Pixley, experts-comptables.

Apparemment, M. Finch avait quitté sa place au bout de six mois seulement, ce qui signifiait que depuis deux mois, il ne travaillait pas – tout au moins pas chez Norton & Pixley.

Mme Watson ne voulait pas parler en mal d'un parent de Mlle Holmes, mais elle commençait à être convaincue que lady Ingram se trompait sur toute la ligne au sujet du caractère de M. Finch. Peut-être était-il apprécié dans la pension où il résidait, mais il n'était assurément pas ce qu'on pouvait appeler une personne fiable.

— Chez *Harrod's*, s'il vous plaît, indiqua Mlle Holmes à Lawson, lorsqu'elles remontèrent dans la berline de Mme Watson.

— *Harrod's* ? s'étonna celle-ci. Avons-nous des courses à y faire ?

— Nous sommes suivies, annonça Mlle Holmes en s'installant sur la banquette. *Harrod's* sera un bon endroit pour se débarrasser de cette arrière-garde importune. Et puis, il y a un moment que je n'ai pas fait un tour dans leur rayon fromages.

Le cœur de Mme Watson s'emballa. Tout en se préparant à l'éventualité d'une reprise de la surveillance dont elles semblaient faire l'objet, elle avait espéré avec ferveur que ces manigances potentiellement liées à cet inquiétant Moriarty avaient cessé pour de bon. Et voilà qu'on espionnait maintenant leurs faits et gestes jusque dans leurs déplacements !

Alors que la berline ne possédait pas de fenêtre à l'arrière, elle se retourna quand même vers la paroi tapissée de brocart bordeaux, le ventre noué par l'angoisse.

— Ne vous inquiétez pas, la rassura Mlle Holmes, sereine. Nous ne tarderons pas à les semer.

— Il leur suffira de retourner à la maison et d'attendre la prochaine occasion de nous filer.

Mlle Holmes ne répondit pas.

Elles gardèrent le silence jusqu'à ce qu'elles soient à l'intérieur du magasin, où elles arpentèrent au pas de charge divers rayons avec un bref arrêt au comptoir des fromages. Fidèle à elle-même, quand Mlle Holmes l'entraîna vers une issue de secours, elle avait à la main une boîte de biscuits. Elles s'engouffrèrent dans un cab.

— Cette visite, c'était à cause du cheddar que M. Finch a offert à Mme Woods, n'est-ce pas ?

Mlle Holmes confirma d'un hochement de tête.

— Excellente déduction, madame. Ce petit tour m'a confirmé que non seulement il était possible d'acheter une meule de cheddar primé sans mettre les pieds dans le Somerset, mais que c'était simple comme bonjour.

Leur étape suivante fut la maison du Dr Swanson, le père de Mme Morris. À leur arrivée, Mlle Holmes annonça qu'elles avaient semé leurs poursuivants. Néanmoins, Mme Watson avait conscience que son soulagement ne serait que de courte durée.

Mme Morris les accueillit chaleureusement. Ce n'était pas la demi-journée de congé des domestiques, mais la gouvernante était allée offrir son aide quelques heures à la soupe populaire. Elle avait emmené les bonnes, ce qui laissait le champ libre pour une visite discrète de l'office et du cellier.

— Vous vous portez bien, je suppose, madame Morris ? s'enquit Mlle Holmes.

— Oui, quel soulagement, répondit celle-ci, tout heureuse. Mais je dois dire que je n'ai plus avalé aucun aliment préparé par Mme Burns.

Le cellier était magnifiquement organisé : pots de confitures et de gelées, conserves de fruits et de légumes s'alignaient en rangs impeccables sur les rayonnages, étiquetés avec soin. Il y avait aussi des bocaux de gingembre cristallisé, d'ananas et d'écorces d'agrumes confits.

Mlle Holmes examina tout de près, en particulier les fruits confits.

— Voilà le secret d'un délicieux cake aux fruits.

Mme Watson ne comprenait pas comme elle pouvait se concentrer sur le problème de leur cliente, sans doute une simple allergie, alors qu'elle se trouvait sous la menace d'un homme si dangereux que son épouse avait simulé sa propre mort pour lui échapper.

Un homme si brutal que la mention de son nom faisait tiquer l'inébranlable lord Bancroft.

Mme Morris fit une grimace.

— Je n'aime pas les fruits secs. Surtout les raisins de Corinthe, mais les autres ne valent guère mieux. Je suis surprise de voir de l'ananas, cependant, fit-elle remarquer. Personne dans la famille n'aime les fruits exotiques.

Voilà qui expliquait sans doute l'abondante collection de bocaux de Mme Burns. Les stocks ne diminuaient pas vite.

— Ah bon ? fit Mlle Holmes, qui passa la main sur plusieurs bobines de ficelle.

Histoire de se changer les idées, Mme Watson l'imita. Pour la plupart, il s'agissait de jute, sauf la ficelle de la dernière bobine, dont la texture était un peu différente. Plus raide et rêche. De la fibre de coco, peut-être.

— Je suis née aux Indes. Mais, selon mon père, le sous-continent ne convenait à personne dans la famille. Ma mère a contracté la malaria et mon père, la dengue. De mon côté, j'ai souffert là-bas de terribles éruptions provoquées par la chaleur. Quant aux mangues, aux jaques et autres fruits de là-bas, très peu pour nous.

Mme Watson avait un peu pitié de Mme Burns. Cette femme semblait être une gouvernante hors pair. Pourtant, elle était soumise à son insu à des investigations qui pouvaient conduire à son renvoi immédiat sans lettre de recommandation.

Néanmoins, elle n'avait rien à redire à l'attitude de Mme Morris. Celle-ci paraissait reconnaissante d'être prise au sérieux, mais n'en profitait pas pour se complaire dans son statut d'infortunée victime. En réalité, Mme Watson avait la nette impression qu'elle aurait préféré que rien de tout cela ne se produise.

Mlle Holmes désigna un poêlon près du moulin à café.

— Mme Burns torréfie les grains de café ?

— En effet, et je dois admettre qu'elle le fait très bien. En règle générale, je ne bois jamais de café, mais ici j'en prends une tasse à l'occasion.

— Garde-t-elle une réserve de café moulu à disposition ?

— Non, elle fait de l'essence de café qu'elle mélange avec le lait pour le petit déjeuner de mon père. Il est presque aussi bon que le café au lait servi à Paris. Sinon, elle torréfie et moud les grains au jour le jour, en général avant le déjeuner.

— Quel luxe, dit Mlle Holmes, impressionnée.

— Je sais, soupira Mme Morris. Cette raison à elle seule fait qu'il est compliqué de se débarrasser d'elle. Mon père est très exigeant avec son café. Il n'a guère d'aptitude pour les tâches domestiques – à quoi bon, me direz-vous ? –, mais il lui arrivait autrefois de préparer lui-même son café. Plus maintenant, évidemment, puisque Mme Burns le fait si bien.

Mlle Holmes se tapota le menton avec l'index.

— J'ai vu tout ce que j'avais besoin de voir, merci beaucoup, madame Morris. Nous inviterez-vous pour le thé – ou le café – un jour où Mme Burns sera présente ? Mon frère souhaiterait que je l'observe au travail.

— Bien entendu, mais pas dans les jours qui viennent. Père et moi prenons de courtes vacances, expliqua Mme Morris, ragaillardie. Voyez-vous, il est toujours persuadé que l'air de Londres ne me vaut rien et que je me sentirai mieux dans un endroit moins pollué. Nous partons donc tous les deux demain au bord de la mer.

— Vous passerez un agréable séjour, j'en suis sûre.

— Oui, comme au bon vieux temps. Mais, dans l'intervalle, je serais ravie que vous restiez boire le thé, mesdames. J'ai quelques délicieux biscuits de *Fortnum & Mason*.

— À condition que nous apportions aussi notre contribution, répondit Mlle Holmes. Je viens d'en acheter chez *Harrod's* et j'adorerais faire la comparaison.

La proposition décontenança Mme Morris : ce n'était pas tous les jours qu'un invité demandait qu'on serve ses propres biscuits.

— Eh bien, pourquoi pas ?

Le salon du Dr Swanson semblait avoir été redécoré récemment. Le style choisi était d'une étonnante sobriété, avec un mobilier aux lignes simples, presque épurées, et une sélection limitée d'objets qui frappa Mme Watson. Elle trouvait la pièce un peu vide, estimant qu'un peu de bric-à-brac donnait l'impression aux lieux d'être habités.

— Une pièce très moderne, observa Mlle Holmes.

Elle ouvrit sa boîte de sablés au citron et la tendit à Mme Morris, qui se servit.

— Je préférais comme c'était avant, confessa-t-elle avec une petite moue. Je peux comprendre qu'on n'expose pas tous les bibelots accumulés par ma mère au fil des années, mais de là à tout remiser au grenier... Je ne peux m'empêcher de me sentir un peu blessée pour elle, voyez-vous. Sans aucun doute l'influence de Mme Burns.

Mlle Holmes l'écoutait avec son habituelle neutralité.

— Mon père trouve qu'elle a bon goût... Mmm, ce biscuit est délicieux. J'en ai perdu le fil. Où en étais-je ? Ah oui. Je ne l'ai jamais entendu faire ce genre de compliment au sujet d'une autre femme. Je vous le dis, mademoiselle Holmes, elle lui a mis le grappin dessus.

Comme si leur conversation l'avait fait apparaître, la porte d'entrée s'ouvrit et, un instant plus tard, un homme passa la tête dans l'entrebâillement de la porte du salon.

— Ah, tu es là, Clarissa. Je ne dérange pas, j'espère.

Le Dr Swanson était un homme de haute stature, avec une démarche rapide et une épaisse chevelure poivre et sel. Mme Watson ne comprenait pas pourquoi elle avait imaginé un vieillard un peu gâteux. Mme Morris leur avait pourtant dit qu'il avait soixante-trois ans, seulement dix ans de plus que son âge à elle – et elle ne s'imaginait pas sombrer dans la sénilité en une petite décennie.

Mme Morris présenta ses invitées comme de nouvelles amies du club de tricot de la paroisse. Mme Watson rit intérieurement. Habituée à confectionner des costumes de théâtre pour elle-même et pour d'autres, elle cousait très bien. En revanche, elle était incapable d'aligner deux mailles de tricot.

Quant à Mlle Holmes... il faudrait qu'elle lui demande plus tard si elle possédait une quelconque habileté dans les travaux d'aiguille.

Le Dr Swanson leur serra la main – il avait une poigne franche, mais pas au point de vous broyer les doigts.

— Si j'avais su que Clarissa attendait des invités, j'aurais fait du café.

— J'adore le café, dit Mlle Holmes.

— Notre gouvernante en fait un excellent. Malheureusement, c'est son jour de bénévolat à la soupe populaire.

Mlle Holmes feignit la déception avec un soupir exagéré.

— Quel dommage. Si seulement ma gouvernante maîtrisait l'art de faire le café. Hélas, le sien a un goût de lavasse amère.

— Nous avons beaucoup de chance avec Mme Burns. Je ne me plains pas de ma précédente gouvernante, une femme très consciencieuse. Mais son café n'était pas à recommander.

Mme Morris, qui en avait sans doute assez entendu sur Mme Burns, posa une main sur la manche de son père.

— J'étais en train de parler à ces dames de nos prochaines vacances.

Le reste du temps qu'ils passèrent ensemble s'écoula en agréables bavardages sur le voyage à venir.

— Vos biscuits, mademoiselle Holmes, dit Mme Morris quand les deux femmes se levèrent pour prendre congé. Ne les oubliez pas.

— Gardez-les, répondit celle-ci. Vous les apprécierez davantage que moi, j'en suis sûre.

Charlotte et Mme Watson occupèrent la fin de la journée à vérifier les autres références de M. Finch, toutes deux dans l'Oxfordshire. L'une et l'autre aboutirent à une impasse.

L'adresse qu'il avait donnée comme domicile précédent était bien une pension pour messieurs célibataires, mais la propriétaire n'avait aucun souvenir d'un M. Myron Finch, et encore moins de lui avoir écrit une lettre de références.

L'autre, un avoué, avait pris sa retraite six mois plus tôt et embarqué pour un grand voyage à travers l'Europe et le Levant. Son retour n'était pas attendu avant au moins un an et demi.

Elles rentrèrent affamées et courbaturées de leurs pérégrinations – ou, plus précisément, Charlotte avait faim et Mme Watson se plaignait de son dos vieillissant. Elle eut droit à un massage prodigué par sa nièce, tandis que Charlotte s'isolait dans sa chambre avec un sandwich au pâté – une recette secrète de Mme Gascoigne.

Elles se retrouvèrent plus tard au salon, l'une et l'autre revigorées.

— Je ne peux qu'espérer être un jour aussi utile que ce sandwich au pâté, vu les services héroïques qu'il rend, plaisanta Mlle Redmayne.

— Vous êtes jeune et pleine d'ambition, rétorqua Charlotte. Moi, j'ai déjà compris que je n'aurai jamais la valeur d'un sandwich au pâté.

— Dans ce cas, je dois me fixer un nouvel objectif. Voyons voir... Ah, je sais ! Ne jamais devenir aussi pénible que M. Finch.

— Dans des circonstances normales, je serais tentée de réprimander ma nièce pour son franc-parler. Mais, ce soir, je dois avouer que je suis d'accord avec elle. Je suis très heureuse, mademoiselle

Holmes, que vous ne soyez pas allée trouver ce monsieur quand vous aviez besoin d'aide.

Pour Mme Watson, c'était une condamnation vigoureuse.

Depuis le début, Charlotte avait la sensation que quelque chose clochait dans cette affaire. Si seulement elle réussissait à mettre le doigt dessus ! Elle entreprit de trier le courrier arrivé en leur absence, se demandant si elle aurait un jour des nouvelles de Livia.

— Je ne prendrai pas la défense de M. Finch, mais il n'en reste pas moins mon frère. Et la situation n'est pas du tout normale.

— Quels sont vos plans pour la suite ? demanda Mlle Redmayne.

— J'aimerais jeter un coup d'œil à son appartement. Une visite me donnerait peut-être une petite idée de ce qu'il mijote. L'une de vous deux connaîtrait-elle quelqu'un qui saurait crocheter une serrure ?

— C'est drôle que vous posiez la question, dit Mme Watson. À votre arrivée ici, vous m'aviez prévenue que M. Lawson avait passé du temps en prison. Devinez pour quelle activité.

Charlotte lui prêta à peine attention. Une lettre de Livia !

— Si vous voulez bien m'excuser une minute, dit-elle en déchirant l'enveloppe. Ma sœur a peut-être des informations à nous communiquer au sujet de lady Ingram.

En cet instant, elle se moquait comme d'une guigne de lady Ingram. Livia lui avait écrit. Enfin.

Chère Charlotte,

S'il te plaît, pardonne-moi d'avoir tant tardé à t'écrire.

J'ai croisé lady Avery et lady Somersby dimanche au parc. Le hasard a voulu que lady Ingram passe à ce moment-là avec ses enfants. Sa présence m'a facilité la tâche. Les sœurs ont confirmé qu'en effet, le bruit courait qu'avant son entrée dans le monde, lady Ingram avait espéré un temps épouser un jeune homme qui n'avait pas l'heur de plaire à ses parents.

J'en ai été triste pour toutes les parties impliquées.

Et maintenant, voici une nouvelle que tu n'attendais sans doute pas. Une fois lady Ingram partie et les deux pies jacasses envolées vers de plus verts pâturages, un jeune homme m'a abordée. Il m'a annoncé qu'il était, tiens-toi bien, Myron Finch, notre demi-frère illégitime !

Deux jours après, je ne trouve toujours pas les mots pour décrire ma stupeur. Apparemment, un des avoués de père avait tenté de le rencontrer quelques jours plus tôt, alors qu'il était parti en vacances. D'après sa logeuse, l'homme n'avait pas voulu laisser de message, car il venait pour une affaire privée réclamant quelque discrétion.

J'ai compris, m'a dit M. Finch, que cette visite avait un rapport avec Mlle Charlotte, pour savoir si elle avait demandé mon aide dans son exil.

— Vous êtes au courant ? n'ai-je pu m'empêcher de m'exclamer.

— Oui. Malheureusement, je n'ai aucune nouvelle. J'espère qu'elle va bien.

— Nous l'espérons tous, ai-je répondu.

— Si vous avez le moyen de la joindre, s'il vous plaît, dites-lui qu'elle peut s'adresser à moi quand elle veut. Je serais plus qu'heureux de lui apporter mon aide.

Sur ces mots, il m'a souhaité une bonne journée et a pris congé. Quel choc ! J'en suis encore toute

retournée. Mais, au moins, cela t'offre une solution
supplémentaire.

Avec toute mon affection,

Livia

P.-S. : M. Finch loue un appartement à la pension
pour messieurs de Mme Woods, sur Fountain Lane.
P.-P.-S. : Le bal de Mme Montrose a lieu ce soir.
Ensuite, il ne restera plus que celui des Ingram avant
notre départ. J'en ai plus qu'assez de Londres, mais
je ne sais pas comment je pourrai tenir huit mois
sans toi.

Assise un peu à l'écart d'un groupe d'autres
jeunes filles qui, comme elle, faisaient tapisserie,
Livia détestait tout de cette soirée.

Tout de sa vie.

Elle avait fini par réussir à écrire à Charlotte.
Mais quelle torture de coucher sur le papier les
événements de cette journée calamiteuse ! À ce souvenir, elle se consumait de honte ; son estomac se
tordait de dégoût, au bord de la nausée.

Son frère ! Elle était tombée amoureuse de son
propre frère ! Le pire, c'était que chaque fois qu'elle
pensait à lui, son premier élan était de ressentir le
même espoir indigne, la même fièvre répugnante.

— Mademoiselle Holmes ? Mademoiselle Olivia
Holmes ?

Une jolie jeune femme au sourire engageant se
tenait devant elle.

— Euh… oui ? fit Livia, hésitante.

— Mais oui, c'est bien vous. Quel plaisir de
vous revoir ! Venez, trouvons un endroit plus tranquille pour parler. Il y a beaucoup trop de bruit
ici, n'est-ce pas ?

Sans attendre la réponse de Livia, la jeune femme lui prit la main et la força à se lever. Décontenancée mais ne voulant pas faire une scène, Livia se laissa entraîner par l'inconnue, qui glissa un bras sous le sien et se pencha vers son oreille.

— Je viens de la part de Mlle Charlotte. Elle a besoin de vous voir. Acceptez-vous de me suivre dehors ?

Livia fut aussitôt alarmée.

— Elle va bien ?

— Oui, très bien, n'ayez crainte. Elle a juste des questions à vous poser au sujet de votre lettre. Au fait, je suis Pénélope Redmayne, la nièce de Mme Watson.

— Euh... d'accord. Enchantée.

Livia ne pouvait qu'espérer qu'elle n'avait pas laissé transparaître son amour non partagé et – Seigneur ! – incestueux pour M. Finch. Parfois, il était terrifiant d'avoir une sœur comme Charlotte.

Les rues autour de l'hôtel particulier des Montrose étaient encombrées de voitures. Les deux jeunes femmes durent marcher un peu avant d'atteindre celle où attendait Charlotte.

— Je ne vais pas te retenir longtemps, dit celle-ci, quand Livia eut pris place à l'intérieur. Nous devons te ramener avant que mère remarque ton absence.

Lady Holmes était un chaperon incohérent. Parfois, elle était trop prise par son propre amusement pour surveiller ses filles. D'autres fois, peut-être pour expier sa culpabilité, elle ne les quittait pas des yeux. Ce soir, elle semblait plutôt alerte ; impossible de dire de quel côté la balance pencherait.

— Tu te trouvais près du lac dans les jardins de Kensington quand tu as rencontré lady Avery et lady Somersby, disais-tu ? Où, exactement ?

Quelle importance cela pouvait-il avoir ?

— Du côté est.

— À l'angle de l'allée centrale ?

— Oui.

— Et lady Ingram, de quelle direction venait-elle ?

— Du sud, par rapport à nous. La gouvernante portait un voilier d'enfant. Ils avaient dû le faire naviguer sur le lac un peu plus loin.

— Où se dirigeaient-ils ?

— Vers l'allée centrale. Pour rentrer, je suppose.

— Dans ta lettre, tu dis que M. Finch t'a abordée après le départ des sœurs. Lady Ingram était-elle partie à ce moment-là ?

— Oui.

— Donc il ne l'a pas vue ?

L'interrogatoire de Charlotte troublait Livia. Elle ne voyait pas où elle voulait en venir.

— Il était déjà assis sur un banc pas très loin du mien quand lady Avery et lady Somersby sont venues vers moi. Comme il avait l'intention de me parler, il les a forcément vues. J'ignore s'il a aussi vu lady Ingram, mais en général les hommes ont tendance à remarquer une belle femme dans les parages.

Charlotte resta silencieuse un moment.

— Mademoiselle Redmayne, pouvez-vous allumer la lanterne de poche ?

Une allumette craqua, et l'odeur piquante du soufre assaillit les narines de Livia. Mlle Redmayne orienta la lanterne afin que la lumière éclaire le carnet de Charlotte ouvert sur ses genoux.

Elle dessina un ovale, la forme réelle du lac.

— Donc, tu te trouvais ici, sur la rive côté est. Et le banc de M. Finch ?

De l'index, Livia désigna l'endroit approximatif sur le schéma.

— À l'angle nord de l'allée, à une dizaine de pas.

— Orienté vers le sud ?

— Oui.

— Tu en es sûre ?

Livia hocha la tête. Malheureusement, elle se rappelait avec précision où il s'était assis.

— Et tu disais que lady Ingram venait du sud avec ses enfants et la gouvernante ?

— Oui.

Mlle Redmayne retint une exclamation de surprise.

— Comment était lady Ingram quand tu l'as vue ?

Livia haussa les épaules.

— Belle et plutôt distante, je dirais, comme d'habitude.

— Ne donnait-elle pas l'impression d'être lasse, malheureuse ou... surprise ?

— Je n'ai rien remarqué de la sorte, en tout cas.

— T'a-t-elle vue ?

— Elle nous a saluées d'un hochement de tête. Très digne.

— À quelle distance est-elle passée devant toi ?

— À cinq ou six mètres, je dirais.

Charlotte referma son carnet. Personne ne pipa mot pendant quelques instants. Puis elle souffla la flamme de la lanterne.

— Des jours difficiles pour toi, n'est-ce pas ? murmura-t-elle.

Cette gentillesse dans sa voix... Livia faillit fondre en larmes. *Oh, tu n'as pas idée !*

Elle avait omis autant que possible les faits gênants de sa rencontre avec M. Finch. En réalité, il n'avait pas immédiatement avoué être son demi-frère. Un quart d'heure durant, ils avaient bavardé de tout et de rien avec animation, riant ensemble plus souvent qu'à leur tour. Elle avait l'impression d'être sur un petit nuage. C'était sans doute le cas, car le retour sur terre avait été violent.

— C'était un choc, comme tu peux l'imaginer, se força-t-elle à répondre d'une voix égale, soulagée de la pénombre qui régnait maintenant dans la voiture.

Elle tendit la main vers la portière. Charlotte posa une main sur sa manche sans un mot.

Au bout d'un moment, elle la retira.

13

Mercredi

Il pleuvait déjà lorsque Charlotte arriva aux jardins de Kensington. Le ciel était plombé et les bourrasques, glaciales. Journée d'été en Angleterre... Armée des bottes en caoutchouc et de l'imperméable de Mme Watson, elle se sentait aussi insubmersible qu'un canard et dépassait d'un pas vif les malheureux qui s'efforçaient de tenir leurs parapluies ouverts malgré un vent qui changeait de direction toutes les deux secondes.

Les alentours du lac étaient déserts, à l'exception d'une nourrice aussi bien équipée qu'elle, accompagnée d'un petit garçon qui semblait du genre à considérer qu'une journée enfermé était une punition divine.

De près, l'endroit faisait penser à un miroir ovale encadré d'une moulure un peu ornementée. Du côté est, Charlotte se plaça derrière le banc à l'angle nord où s'était assis M. Finch. Un peu plus loin se dressaient des arbres, mais le lac se situait au milieu d'une étendue de pelouse manucurée qui ne gênait en rien la vue.

Étant donné les distances indiquées par Livia, il était extrêmement difficile d'imaginer que lady Ingram et M. Finch ne se soient pas vus.

À moins que Livia, les deux sœurs et leurs ombrelles n'aient fait obstacle ?

Peu probable, mais pas impossible. Et puis, M. Finch ne devait pas regarder tout le temps dans la direction de Livia pour ne pas paraître grossier ou malintentionné.

Pas impossible, mais la probabilité du scénario était si proche de zéro qu'il ne méritait pas d'être pris plus longtemps en considération.

Ils s'étaient *forcément* vus.

Et alors ? Lady Ingram se trouvait avec ses enfants et leur gouvernante. Et même si elle avait demandé à celle-ci de les ramener seule à la maison, elle n'aurait pu aborder M. Finch à ce moment-là et à cet endroit. Pas avec les deux pires commères de Londres dans les parages.

Était-ce cette rencontre qui avait motivé la lettre dans laquelle elle la suppliait presque de lui donner l'adresse de son bien-aimé ? En avait-elle été si bouleversée qu'elle était prête à courir tous les risques pour un tête-à-tête ?

Et la réaction de M. Finch ? L'épisode ne paraissait pas avoir affecté sa conversation avec Livia. Pourtant, le lendemain soir, il avait quitté la ville précipitamment. Ce départ pouvait-il s'expliquer par le fait qu'il avait vu lady Ingram au parc ? Avait-il mauvaise conscience, après tout ?

Quant à lord Ingram, où se trouvait-il ? D'ordinaire, c'était lui qui emmenait les enfants en promenade le dimanche après-midi. Était-il en mission quelque part pour la Couronne, risquant sa vie pour la reine et le pays, tandis que sa femme tombait par hasard sur le seul homme qu'elle avait jamais aimé ?

« Cesse donc d'inclure lord Ingram dans tes réflexions », se réprimanda-t-elle. Qu'aurait-il pu faire s'il avait été au courant ? Interdire tout contact entre son épouse et un ami de longue date qui échangeaient un regard une fois l'an en tout bien tout honneur ?

« Il pourrait t'en vouloir », lui souffla la petite voix dans le recoin de son cerveau qui, de temps en temps, prenait les émotions humaines en considération.

Là résidait en réalité le fond du problème à ses yeux.

Quittant les jardins de Kensington, Charlotte se rendit aux bureaux du journal auquel étaient abonnés ses parents. Elle avait une annonce à passer.

KHUHAUARSTXHDMIDODMRDASNH

C'était un chiffrement simple que Livia et elle avaient inventé quand elles étaient enfants. Il consistait à remplacer le *b* par un *x* et à avancer toutes les autres lettres d'une place dans l'alphabet. Elles l'avaient baptisé « code Khuha », pour « Livia ».

LIVIAVASTUBIENJEPENSEATOI

La veille, Livia allait mal. Charlotte l'avait sentie au bord de l'hystérie. Ses articulations étaient blanches tant elle avait les mains crispées. Les sorties en public étaient toujours éprouvantes pour elle, et plus encore dans les circonstances actuelles. Toutefois, sa présence à un bal où elle ne s'amusait pas ne pouvait expliquer son profond désarroi.

Même une rencontre avec leur frère illégitime n'aurait pas dû l'affecter à ce point.

— Voilà, mademoiselle, dit l'employé qui revint avec un reçu. Votre message paraîtra dans l'édition de demain.

— Merci, répondit Charlotte. Dites-moi, quelle est la marche à suivre si je veux passer une annonce sans venir en personne ?

— Vous pouvez nous transmettre votre message par courrier ou télégramme, en précisant les dates de publication, et nous faire parvenir un mandat postal pour le règlement. Il n'y a pas plus simple.

— Si je souhaite passer une annonce différente tous les jours, je dois vous écrire chaque fois ?

— Je vous le déconseille, car il vous faudrait payer chaque jour l'affranchissement. C'est plus économique de les envoyer toutes en une fois.

— Et si j'ignore à l'avance ce que je veux écrire ?

L'employé la regarda d'un air perplexe.

— À vous de voir, mademoiselle. Faites comme bon vous semble.

— Vous arrive-t-il d'avoir des clients qui font paraître une annonce différente chaque jour ?

— Non, répondit l'employé, catégorique.

Les frais supplémentaires pour l'affranchissement ne dérangeraient certes pas lady Ingram, mais sans doute les parutions groupées étaient-elles plus pratiques pour elle, peut-être une ou deux fois par semaine au lieu de chaque jour.

Charlotte sortit sa montre à gousset. Une montre d'homme. Quoique plus élégantes, les montres pour femmes manquaient souvent de fiabilité. 9 h 15. Une femme du monde recevait les visiteurs l'après-midi. Et, durant la saison, les obligations mondaines ne manquaient pas, chargeant d'autant l'emploi du temps.

La matinée, cependant, devait être un peu plus tranquille.

Les deux dernières lettres de lady Ingram n'avaient pas été déposées par coursier, mais oblitérées au bureau de poste de Charing Cross. Un endroit pratique où elle pouvait aussi passer chercher du courrier adressé poste restante. Si elle avait reconnu M. Finch au parc sans avoir la possibilité de lui parler, ne serait-elle pas tentée de multiplier les passages à la poste, au cas où Sherlock Holmes finirait par accepter de lui donner son adresse ?

Par chance, il y avait un salon de thé presque en face de la poste, en diagonale. Charlotte choisit une table près de la vitrine. La vue de la poste était en partie bloquée par les allers-retours sous la pluie d'un malheureux homme-sandwich qui faisait de la réclame pour une marque de brillantine. Néanmoins, la position était plutôt stratégique ; c'était toujours mieux que d'attendre dehors sous la pluie ou de traîner à l'intérieur de la poste.

La surveillance était une mission fastidieuse, d'autant que surveiller lady Ingram n'avait pas de sens, à moins d'être prêt à accepter la théorie très dérangeante qu'en réalité elle ne connaissait pas du tout M. Finch. Toutefois, Charlotte était prête à accepter toute théorie qui collait aux faits, même la plus abracadabrante.

Mais si lady Ingram ne connaissait pas M. Finch, pourquoi s'intéressait-elle à ses faits et gestes ? Charlotte n'avait aucune hypothèse valable à fournir. Pour l'instant, elle devait s'assurer par elle-même que l'angoisse de lady Ingram était sincère et non une comédie qu'elle réservait à l'assistante de Sherlock.

Elle commanda une autre tasse de thé et avala sans enthousiasme une bouchée de pancake. Même pour quelqu'un doté d'un solide appétit comme elle, il y avait des limites à ce qu'elle pouvait ingurgiter d'une seule traite. Et là, elle s'en approchait dangereusement. En prime, sa chaise était plutôt inconfortable. Et elle commençait à avoir envie de faire un tour aux toilettes.

Soudain, elle sursauta. Elle reconnaissait cette femme qui passait devant la vitrine : c'était celle qui, d'après lord Ingram, surveillait la maison de Mme Watson, le jour où ils étaient allés ensemble à Hounslow.

Devait-elle la suivre ? Charlotte avait conscience de son manque d'expérience en matière de filature. Et, à la différence de la dernière fois au *Claridge*, elle n'avait pas de voilette sous la main pour dissimuler son identité.

L'inconnue entra dans le bureau de poste.

À la réflexion, elle passait plutôt inaperçue dans l'imperméable de Mme Watson, qu'elle ne serait pas obligée d'enlever à l'intérieur, et le chapeau qu'elle avait choisi de porter sous la capuche était si petit et sobre qu'il n'y avait pas plus discret.

En outre, elle avait une lettre à poster pour Livia dans son sac à main.

Avec un soupir, elle laissa le montant de l'addition sur la table et sortit en hâte. Traverser la rue encombrée de voitures lui prit davantage de temps qu'elle ne l'aurait voulu, mais la chance continua de lui sourire dans le bureau de poste : au comptoir, la femme lui tournait le dos. Charlotte se faufila jusqu'au présentoir où les formulaires de télégrammes étaient à la disposition des clients et fit semblant d'en remplir un.

Un employé revint de la salle de tri et tendit une lettre à l'inconnue, qui se dirigea vers un autre présentoir, à l'opposé de celui où se trouvait Charlotte, qui continua de griffonner avec application sur son formulaire.

Une fois le sien rempli, la femme s'avança jusqu'à un guichet disponible. Charlotte n'entendit pas ce qu'elle dit, mais le préposé lui réclama un shilling et deux pence. Elle achetait un télégramme. Le tarif avait baissé l'année précédente : il coûtait désormais six pence pour les six premiers mots et un penny pour deux mots supplémentaires. La femme avait pris le maximum de vingt-quatre mots.

Un peu long pour un télégramme, mais pas non plus exceptionnel.

Charlotte attendit le départ de la femme pour se hâter vers l'autre présentoir. Vu l'état du pupitre en bois sur lequel les clients étaient censés écrire, la femme avait dû remplir son télégramme sur la pile de formulaires afin que la mine ne perce pas le papier.

Elle eut tôt fait d'identifier le formulaire qui s'était trouvé juste sous le sien. Hélas, les sillons laissés sur le papier n'étaient pas assez marqués pour être lisibles. Même dehors, à la lumière du jour, elle ne put déchiffrer avec certitude que deux mots : « Le Seigneur ».

Sans perdre un instant, Charlotte fit la queue devant le guichet où la femme avait acheté le télégramme.

— Excusez-moi, monsieur, dit-elle quand ce fut son tour, ma tante pense avoir commis une erreur dans le télégramme qu'elle vient d'expédier. Elle a indiqué comme destinataire l'*Illustrated London News* alors qu'elle voulait l'envoyer au *Times*.

— Si vous parlez de la dame qui a payé un shilling et deux pence, rassurez-vous, mademoiselle. Elle l'a bien envoyé au *Times*.

— Ouf, quel soulagement ! Vous n'imaginez pas dans quel état de panique elle était. Elle se sentait trop gênée pour venir vérifier elle-même.

— Pas de problème, mademoiselle.

— Juste pour être sûre, nous parlons bien du télégramme avec le verset de la Bible, n'est-ce pas ?

— En effet, mademoiselle.

— Merci pour votre obligeance, monsieur.

Lorsqu'elle se retourna, quelle ne fut pas sa surprise de découvrir une autre tête connue : Mott, le valet de la famille Holmes qui leur servait d'intermédiaire, à Livia et à elle, pour leur correspondance secrète. Et elle avait raison sur sa myopie : il portait une paire de lunettes à fine monture métallique.

Décidément, c'était le jour des rencontres inattendues. Mott parut tout aussi étonné de la voir, mais la rejoignit sans se faire prier dès le premier signe qu'elle lui adressa, tout en ôtant discrètement ses lunettes.

— Avez-vous des nouvelles de ma sœur pour moi ?

— Non, mademoiselle Holmes. Je venais justement voir s'il y avait du courrier de votre part pour elle.

Elle sortit la lettre de son sac et la lui tendit.

— Je ne l'avais pas encore postée. Elle pourra garder le timbre. Comment va-t-elle ?

— Elle tient bon, répondit-il avec diplomatie.

— Et Bernardine ?

— Elle, je ne la vois pas. Et je n'entends pas non plus beaucoup parler d'elle. Je peux me renseigner pour vous, la prochaine fois que je serai à l'office.

— Vous feriez cela ? Merci beaucoup.

Elle lui donna une pièce pour sa peine, prit congé et sortit pour retourner dans le salon de thé.

Quelques minutes plus tard, elle vit Mott sortir à son tour, faisant le dos rond sous la pluie dans sa pèlerine de cocher. Mais à aucun moment elle n'aperçut lady Ingram, malgré les longues heures de surveillance qu'elle s'infligea.

Charlotte arriva chez Mme Watson peu après 13 heures – et pour la première fois de sa vie se dit que non seulement elle était capable de se passer de déjeuner, mais qu'elle pourrait aussi sauter le thé.

Elle monta dans sa chambre, ferma la porte et se laissa choir sur la chaise de son bureau. Depuis le début, elle savait que quelque chose clochait dans cette histoire entre lady Ingram et M. Finch. Désormais, *plus rien* ne tenait debout.

Son esprit logique l'incitait à enquêter à la fois sur les deux protagonistes. En pratique, elle devait se concentrer sur M. Finch. Il était l'élément inconnu de l'équation, la clé qui permettrait d'assembler toutes les pièces de ce puzzle absurde.

La veille, quand Mlle Redmayne lui avait demandé quel était son plan, elle avait répondu qu'elle souhaitait jeter un coup d'œil à son appartement. Maintenant, c'était devenu une nécessité absolue. Il lui fallait à tout prix comprendre précisément ce qui se passait.

Peut-être l'hystérie de lady Ingram finissait-elle par déteindre sur son humeur. Ou la détresse de sa sœur Livia. Le sentiment d'urgence qui l'étreignait n'avait pas de fondement rationnel, mais il n'en paraissait que plus sinistre.

Elle trouva Mme Watson dans le petit salon, plongée dans la lecture du journal.

— Madame, si j'ai bien compris ce que vous sous-entendiez hier soir, M. Lawson s'y connaît en crochetage de serrures, n'est-ce pas ?

Mme Watson se leva, les mains crispées sur le journal.

— Voyons, mademoiselle Holmes, vous n'envisagez quand même pas…

— Si, la coupa celle-ci d'une voix tranquille mais déterminée. Plus nous en apprenons sur M. Finch, plus l'affaire devient incompréhensible. J'en ai assez de procéder au coup par coup. Si nous voulons découvrir la vérité, le moment est venu de frapper fort.

La peur assombrit les beaux yeux de Mme Watson. Elle garda le silence un moment, les mâchoires serrées, froissant le journal entre ses doigts. Puis elle redressa les épaules.

— Ce n'est pas ce que j'aurais conseillé ou voulu, mais cette affaire me perturbe de plus en plus, moi aussi. Si vous êtes certaine qu'il n'y a pas de danger…

— Je ne peux faire de promesses sur les risques encourus – je ne les connais pas. Je ne suis sûre que d'une chose : j'ai beaucoup moins peur de forcer la serrure de M. Finch que de ce que je pourrais apprendre si je ne le fais pas.

Avec une brusque détermination, Mme Watson lâcha son journal froissé.

— Alors il n'y a pas un instant à perdre.

M. Lawson avait une peur bleue de retourner derrière les barreaux. Mais quand sa patronne lui révéla le montant de la rétribution prévue, il écarquilla les yeux : sa décision était prise. Il se renseigna sur les types de serrure qu'il rencontrerait, puis demanda le reste de la journée pour se préparer.

Charlotte, elle, sortit s'acheter une tenue adaptée, une robe bleu-gris foncé qui n'entraverait pas ses mouvements – elle n'était pas rétrécie aux genoux, comme c'était la mode.

Au crépuscule, la pluie avait cessé, mais une purée de pois avait envahi les rues de Londres. Charlotte s'en réjouit : le brouillard dense réduirait la circulation et inciterait les habitants à se coucher tôt.

M. Lawson et elle partirent peu après minuit, conduits par M. Mears, qui leur servirait aussi de guetteur. Chez Mme Woods, Charlotte guida M. Lawson jusqu'à la porte de service, qu'il força sans bruit en un quart d'heure.

Plongé dans le noir, le rez-de-chaussée était silencieux. L'escalier de service aussi. Charlotte ne ressentait aucune peur. Cette expédition était assurément plus criminelle que ses incursions d'autrefois dans le bureau de son père, mais pas si différente, au fond.

Elle ouvrit la marche jusqu'au premier étage. Il flottait dans l'obscurité une odeur d'huile de lin et de cire d'abeille qui conférait à l'endroit une atmosphère domestique rassurante. L'épaisse moquette étouffait leurs pas. Une lueur presque imperceptible filtrait par la haute fenêtre située à l'extrémité du couloir : la lueur tamisée des réverbères qui réussissait par miracle à percer le brouillard.

Ils s'arrêtèrent devant la porte de M. Finch, à l'affût du moindre bruit. M. Lawson colla l'oreille contre le battant. Quand il fut rassuré, Charlotte monta un peu la lumière de la petite lanterne de poche qu'elle avait apportée. M. Lawson déroula sa pochette d'outils et se mit à l'œuvre.

À l'étage au-dessus, quelqu'un tapait avec lenteur sur une machine à écrire. De temps à autre, la maison grinçait, comme si elle se recroquevillait dans la fraîcheur de la nuit. Et par deux fois leur parvint le coup de sifflet distant d'une locomotive.

Hormis cela, tout était silencieux, au point que la petite flamme de la lanterne donnait l'impression de crépiter comme un feu de joie. La respiration de M. Lawson, qui avait le nez un peu bouché, évoquait à Charlotte le loup soufflant en vain sur la dernière maison des trois petits cochons. Ses outils, si discrets au début, lui faisaient maintenant penser à sa canne de marche se fracassant contre celle de Mme Watson.

Soudain, M. Lawson se redressa, manquant de percuter Charlotte. À la lumière vacillante de la lanterne, elle remarqua son visage tendu.

— Qu'y a-t-il ? articula-t-elle sans un son.

Il plaqua de nouveau l'oreille contre la porte. Elle l'imita, des picotements au bout des doigts, le cœur battant.

Seuls les claquements étouffés de la machine à écrire troublaient ponctuellement le silence. Charlotte se figea brusquement. Un bruit de pas ! Là, un autre. Plus près.

Il y eut une succession de déclics – le son reconnaissable entre mille du chien d'un revolver que l'on arme.

Charlotte et M. Lawson échangèrent un regard et s'enfuirent à toutes jambes.

14

Jeudi

— C'est intolérable. Complètement inadmissible, s'indigna Charlotte avec une moue outrée pour faire bonne mesure.

Elle était de retour dans le salon de Mme Woods, arborant une robe écarlate et or que Livia, qui appréciait davantage de sobriété, avait qualifiée d'horreur vestimentaire. À l'époque, Charlotte n'avait pas réfléchi à l'utilité de ladite robe. Elle lui plaisait, voilà tout – son œil était souvent attiré par des tenues que Livia jugeait de mauvais goût. Or, cette toilette ostentatoire se révélait l'arme parfaite pour intimider toutes les Mmes Woods de la terre en imposant sans coup férir stature et autorité.

La logeuse, qui avait sans doute espéré ne plus revoir « Mme Cumberland » avant un millénaire au moins, se tordit les mains de plus belle.

— Pardonnez-moi, madame, mais que trouvez-vous inadmissible, exactement ?

— Un certain nombre de choses, madame Woods. Un nombre certain, même. Bien entendu, vous n'êtes pas la seule à blâmer – mon frère est un adulte, après tout. Je suis néanmoins profondément déçue. J'attendais mieux de cet établissement.

— Madame, si vous ne me dites pas...

— J'y viens. Je me suis rendue au cabinet de mon frère avant-hier. Il a donné sa démission il y a deux mois, et ils n'ont pas la moindre idée de l'endroit où il a bien pu passer. Vous n'y êtes pas pour grand-chose, me direz-vous. Mais je me suis aussi intéressée aux deux autres références fournies par vos soins. La logeuse dans l'Oxfordshire n'a jamais entendu parler de lui. Quant à l'avoué, il est parti à la retraite il y a six mois. N'aviez-vous donc pas pris la peine de vérifier ?

Mme Woods ouvrait et refermait la bouche comme un poisson hors de l'eau, honteuse sans doute d'avoir été prise en flagrant délit de négligence dans sa procédure de sélection. Et aussi sidérée de se voir injustement reprocher le comportement bien peu louable de M. Finch.

C'était en grande partie ainsi qu'Henrietta asseyait sa domination, car les accusés étaient souvent trop déconcertés pour se défendre – et trop polis pour lui dire son fait.

— Euh... la semaine où M. Finch s'est présenté devait être très chargée. Et vous devez comprendre, madame Cumberland, que c'est un jeune homme on ne peut plus charmant. Jamais je n'aurais imaginé qu'il...

— C'est justement là l'utilité des références, madame Woods : elles permettent de ne pas se laisser fourvoyer par de fausses impressions. J'ai aussi été offusquée d'apprendre, en menant ma petite enquête sur cet endroit, que selon certaines sources vous autorisez les visites nocturnes féminines. À quoi rime cette répugnante permissivité ? N'avez-vous donc aucune moralité ? Est-ce donc à ces turpitudes que mon frère passait son temps ? À recevoir des femmes dans sa chambre, au lieu d'aller au travail comme tout bon chrétien ?

L'horreur de Mme Woods fut totale.

— Certainement pas ! Ce sont des rumeurs sans fondement. Je suis une bonne chrétienne et cette maison est, je vous l'assure, éminemment respectable.

— Alors montrez-moi son appartement, ordonna Charlotte avec une sévérité à peine forcée. Laissez-moi m'assurer par moi-même qu'il ne fricote pas avec des créatures de mauvaise vie.

Mme Woods se précipita dans l'escalier à la vitesse d'un lévrier de course au galop. Tout en la suivant, Charlotte songea avec amertume qu'elle aurait dû opter pour cette tactique en premier. Pourquoi enfreindre la loi quand quelques calomnies suffisaient ?

Par chance, rien de grave n'était arrivé la veille. M. Lawson et elle s'étaient précipités dehors et avaient regagné la berline au pas de charge. Témoin de leur cavalcade, M. Mears avait démarré sans perdre une seconde. Aussitôt engloutis par la purée de pois, ils avaient vite échappé à d'éventuels poursuivants.

M. Lawson avait eu la peur de sa vie. Charlotte était désolée d'en avoir été la cause. Et, ce matin, elle avait dû se montrer très convaincante pour que Mme Watson accepte de la laisser partir.

Mme Woods frappa à la porte de M. Finch.

— Vous le disiez parti, fit mine de s'étonner Charlotte.

— En effet. C'est par habitude, madame. Je frappe toujours. Je ne voudrais pas tomber sur un de mes locataires par surprise et ils ne le souhaitent pas davantage, j'en suis sûre.

La porte s'ouvrit sur un salon assez spacieux tapissé de motifs orientaux qui avaient dû être la grande mode à l'époque de la Régence. Une pièce attenante, plus petite, semblait servir de bureau. Un bloc-notes vierge était posé sur le sous-main.

Mme Woods ouvrit la porte de la chambre d'un grand geste théâtral.

— Vous voyez ! Pas de femme ici !

Elle montra à Charlotte la salle de bains privative avec la même véhémence outragée. Celle-ci lui décocha un petit sourire en coin, comme pour dire : « Fort bien, mais je reste sceptique. »

Ce qui l'intéressait surtout, c'étaient les photographies dans le salon. Quand Mme Woods eut terminé sa visite express, Charlotte se dirigea droit vers la cheminée avec un coup de menton hautain que n'aurait pas renié Henrietta.

Le format des tirages était petit : quatre centimètres sur cinq. Que des paysages, pas de portraits.

Charlotte ne pouvait en détacher les yeux.

— Franchement, madame Cumberland, je ne vois rien à reprocher à ces photos, se défendit Mme Woods.

Sauf qu'elles n'étaient pas inconnues à Charlotte. Elle les avait déjà vues dans la suite de Mme Marbleton, au *Claridge*. Mme Marbleton, le nom d'emprunt de Mme Moriarty, née Sophia Lonsdale.

Ces clichés avaient été pris par deux jeunes gens inscrits dans le registre de l'hôtel sous les noms de Frances et Stephen Marbleton. Tandis qu'ils sillonnaient le pays comme photographes itinérants, ils avaient multiplié les photographies de paysages. Des paysages si banals, sans repères géographiques, qu'il était presque impossible de les identifier. Cela ne signifiait pas pour autant que Charlotte ne les *reconnaissait* pas.

Elle entreprit de sortir les photos de leurs cadres.

— Madame Cumberland...

— Chut.

Elle devenait plus imbuvable qu'Henrietta. Mais il n'y avait pas à dire, le genre « pas de quartier » fonctionnait à merveille. Mme Woods tint docilement sa langue.

Charlotte ne trouva ce qu'elle cherchait qu'une fois tous les cadres défaits : une autre photographie, cachée sous celle exposée. Un portrait, cette fois. Deux personnes dont l'une tournait le dos à l'objectif tandis que l'autre lui faisait face. Elle reconnut aussitôt cette dernière. Elle portait une barbe, un costume d'homme et même une canne, mais c'était une femme. Frances Marbleton.

Elle montra le cliché à Mme Woods.

— M. Finch ressemble-t-il à ceci aujourd'hui ?

— Non, non, ce n'est pas lui. Mais j'ai déjà vu ce monsieur. C'est M. Carraway, l'ami de M. Finch.

Cela expliquerait la voix de femme. Charlotte possédait une excellente mémoire des voix, mais la seule fois où elle avait entendu celle de Frances Marbleton, la jeune femme s'exprimait avec un fort accent cockney, nasillard de surcroît. C'était peut-être elle qui se trouvait dans la chambre la nuit précédente, armant son revolver derrière la porte.

— M. Finch est-il de taille moyenne, mince, avec des yeux bruns et un léger reflet roux dans les cheveux ?

— Oui. Il s'est laissé pousser la barbe depuis son arrivée, mais oui, c'est ainsi que je le décrirais.

Charlotte reposa la photographie.

Stephen Marbleton et Myron Finch étaient-ils une seule et même personne ? Elle supposait que c'était possible. Elle ignorait tout de la vie de M. Marbleton avant et après sa brève irruption dans la sienne au début de l'été. Il pouvait très bien avoir passé la majeure partie de son existence sous l'identité de Myron Finch, fils illégitime de sir Henry Holmes, courtisan malheureux de lady Ingram quand cette dernière était encore Mlle Alexandra Greville, jusqu'à ce qu'il s'acoquine avec Mme Marbleton.

Toutefois, cette probabilité était infime par rapport à celle qu'il ne soit tout bonnement *pas* Myron Finch.

Voilà qui expliquerait bien des choses... Stephen Marbleton ne s'était pas rendu au rendez-vous de lady Ingram parce qu'il ignorait tout du pacte secret entre celle-ci et l'homme dont il avait usurpé l'identité. Pour la même raison, il avait conservé son entrain insouciant tandis que lady Ingram plongeait chaque jour un peu plus dans le désespoir. Et, en toute logique, ils avaient pu se voir dans les jardins de Kensington sans que cette rencontre ait la moindre signification pour l'un ou l'autre.

Mais pourquoi se faisait-il passer pour Myron Finch ?

Et où se trouvait le vrai Myron Finch ?

Où était son frère ?

Charlotte serra le poing. Elle comprenait à présent son malaise face à cette affaire, le sentiment d'urgence qui s'était emparé d'elle la veille, au mépris de toute prudence. Et il y avait une explication rationnelle à sa décision de retourner le plus vite possible sur le lieu de son échec.

Mais n'était-il pas trop tard ? Stephen Marbleton aurait-il osé endosser ouvertement l'identité de Myron Finch s'il n'avait pas su déjà, avec une absolue certitude, que celui-ci n'allait pas débouler comme un chien dans un jeu de quilles et mettre un terme à la supercherie ?

En supposant que Stephen Marbleton fût vraiment parti, comme il l'avait dit à sa logeuse, si

Charlotte avait été à la place de Frances, qui s'était crue à l'abri dans un endroit qu'elle jugeait plutôt sûr, et qu'elle eût entendu un intrus crocheter la serrure au milieu de la nuit, comment aurait-elle réagi ? Elle aurait commencé par faire disparaître toute trace susceptible de l'incriminer – elles ne devaient guère être nombreuses, puisque les agissements clandestins des Marbleton duraient depuis un moment. Ensuite, aurait-elle laissé un message à son complice ?

Si tel était le cas, sachant que l'endroit pourrait être fouillé, elle aurait opté pour un moyen discret.

Charlotte se souvint du bloc-notes sur le bureau dans la pièce adjacente. Elle retourna l'examiner de plus près. Les pages étaient toutes blanches. Cependant, en observant la tranche, elle constata qu'une page vers le milieu semblait légèrement plus épaisse que les autres. Elle remarqua que ladite page était percée de petits trous d'aiguille.

Elle glissa le bloc-notes dans son sac à main.

— Vous informerez M. Finch de ma part que je suis extrêmement déçue, madame Woods. Il va avoir beaucoup d'explications à fournir.

Charlotte s'attendait à un code en morse. Mais, lorsqu'elle étudia les piqûres avec attention, elle reconnut du braille.

Du braille.

Ce détail n'aurait pas été particulièrement intrigant en lui-même si elle n'avait découvert, à peine quelques jours plus tôt, un autre message en braille dans la doublure du veston d'un mort.

D'un geste lent, elle referma le calepin avec l'impression d'abaisser le couvercle d'un cercueil. Elle se considérait comme une personne toujours prête au pire. Mais avoir conscience qu'un drame pouvait se produire et acquérir la certitude que le drame avait déjà eu lieu étaient deux choses entièrement différentes. Il y avait entre elles le même abîme qu'entre la lecture d'un manuel sur la canne de combat et l'harassante réalité de la chose, avec les chocs dans les bras, les cuisses en compote et le souffle court.

Elle s'accorda une minute pour se calmer, puis frappa au plafond du cab.

— Je descends ici ! annonça-t-elle au cocher.

Elle avait quitté St. James pour rentrer chez Mme Watson, mais le carrefour entre Duke Street et Oxford Street était l'endroit idéal pour un changement de plan.

Puisqu'elle se rendait désormais à Portman Square.

15

Il était rare que l'inspecteur Treadles regrette qu'un témoin soit *trop* bavard. Mais impossible d'arrêter Mme Egbert, une petite veuve aux cheveux gris douée d'un sens de l'organisation sans faille.

Dès l'arrivée des policiers, elle les avait fait entrer dans son bureau et leur avait présenté une pile de documents – « Je sonnerai pour le thé quand vous aurez examiné ceci », avait-elle ajouté.

Elle et son défunt mari avaient possédé presque une soixantaine de biens immobiliers dans les environs de Londres. Décédé six ans plus tôt, son époux lui avait légué l'ensemble des propriétés, alors qu'ils avaient des fils adultes.

— Il savait très bien que nos garçons n'avaient pas le sens des affaires. De bons enfants, mais aucun n'aurait été capable de faire prospérer ce que nous avions bâti.

L'espace d'un instant, Treadles ne vit plus la frêle Mme Egbert derrière son imposant bureau, mais sa propre épouse, si endurcie et efficace qu'elle ne pouvait prendre le temps de leur offrir une tasse de thé ou d'échanger avec eux quelques civilités.

Pour la première fois de sa vie, il pria pour la santé et la longévité de son beau-frère.

— La maison qui vous intéresse a été construite en 1869, expliqua Mme Egbert. Les premières années, elle a été louée à une jeune famille. Durant l'hiver 72, le mari et les enfants sont tous morts de la grippe. La veuve a déménagé l'été suivant. Nous avons remis la maison en location et passé une annonce dans les journaux. D'habitude, les personnes intéressées prennent rendez-vous par courrier pour une visite. M. de Lacy, lui, voulait juste savoir si nous accepterions un mandat postal pour un an de loyer. Nous n'avions aucune objection contre un an de loyer payé d'avance. Une fois le mandat encaissé, nous lui avons fait parvenir les clés poste restante à la poste centrale, comme il nous l'avait demandé. Il était entendu qu'un de nos agents inspecterait la maison au moins une fois par an – plus souvent en cas de problème. Cette clause avait été acceptée de bonne grâce.

Elle leur montra les lettres écrites par de Lacy et les duplicatas de celles que son époux et elle lui avaient envoyées, les bordereaux des mandats et les chiffres dans un livre de comptes qui répertoriaient les sommes reçues et l'argent dépensé pour l'entretien du bien.

— Nous n'avons pas eu plus de contact avec M. de Lacy. Chaque année, un mois avant l'échéance, il nous envoyait un mandat sans faute. Et, comme vous le constatez, chaque année nous lui écrivions pour l'état des lieux. Il acceptait toujours la date proposée, disant qu'il ne serait pas à Londres à ce moment-là et que notre agent n'hésite pas à entrer avec la clé mise en dépôt chez lui. J'ai ici tous les rapports d'état des lieux. Maintenant que je sais qu'il est arrivé quelque chose de terrible, M. de Lacy me semble un peu trop beau pour être vrai. Mais j'ai eu des centaines de locataires, dont certains plutôt pénibles, et je n'étais que trop heureuse de fermer les yeux sur quelques bizarreries de la part de quelqu'un qui ne posait jamais problème et payait toujours en temps et en heure.

Face à toutes ces pages de comptes rendus méticuleux, Treadles se surprit à regretter que Mme Egbert ne se montre pas un peu plus réticente. S'il avait soupçonné quelque cachotterie, il aurait eu l'impression de progresser. Mais, face à la transparence de la vieille dame, la conclusion qu'il redoutait s'imposait d'elle-même : son enquête était de nouveau dans l'impasse.

Il fit mine d'étudier tous les documents avec soin et posa même quelques questions, puis finit par prendre congé, sans le moindre bout de piste à se mettre sous la dent et avec le sentiment désespérant d'être à mille lieues de réussir ne serait-ce qu'à entamer la surface du mystère.

— Si j'ai bien compris, mademoiselle Holmes, dit lord Bancroft, vous avancez que, un, Finch est le nom de la victime découverte à Hounslow, que, deux, cet homme était votre demi-frère illégitime et que, trois, son identité a été usurpée par Stephen Marbleton.

Tous deux avaient pris place dans le salon à la décoration hallucinante grâce auquel il avait espéré remporter la mise lorsqu'il avait demandé Charlotte en mariage la première fois. D'ordinaire, elle se sentait bien dans cette maison. Lord Bancroft n'avait pas été très loin de taper dans le mille quant à ses goûts en matière d'intérieur. Aujourd'hui, cependant, elle ne voyait que le visage grimaçant du mort d'Hounslow, déformé par la souffrance et la sidération.

Avait-ce été sa première et dernière rencontre avec M. Finch ?

— Exactement, confirma-t-elle. Si son ancienne bien-aimée n'était pas venue demander de l'aide, persuadée qu'un drame lui était arrivé, personne n'aurait jamais rien su de sa disparition et la police se serait retrouvée avec un corps de plus non identifié sur les bras.

— La victime a été identifiée par un ami. Il s'agirait d'un certain Richard Hayward, objecta lord Bancroft.

Première nouvelle pour Charlotte.

— Laissez-moi deviner. Ce M. Hayward vivait à Londres depuis peu – ou son ami ne le connaissait que depuis une date récente. Il ignore tout de ses origines et la police n'a rien découvert à son sujet non plus.

— C'est… en effet le cas.

— Alors le nom sous lequel la victime a été identifiée importe peu.

— Mettons provisoirement de côté le nom de cet homme. Ce qui m'échappe, c'est la raison pour laquelle Stephen Marbleton s'est présenté à Mlle Livia. Cette prise de contact allait forcément éveiller votre attention et, dès que vous le verriez, sa couverture serait grillée – ce qui s'est plus ou moins produit. Voulez-vous me faire croire que les Marbleton ignoraient le lien entre Livia Holmes et Sherlock Holmes ?

Bien. Il ne réfutait pas sa théorie d'emblée. Il la contestait sur des points fondés et lui donnait une chance de justifier ses affirmations.

— Dans la longue lettre qu'elle m'a envoyée peu avant la fin de l'affaire Sackville, Mme Marbleton finissait par, je cite, « tous mes vœux de réussite dans la peau de Sherlock Holmes ». Étant donné l'ingéniosité dont fait preuve cette bande, il serait pour le moins insouciant de présumer qu'ils ignorent ma véritable identité. Quant à la raison pour laquelle M. Marbleton a abordé Livia, je ne peux que supposer qu'il s'agissait d'une question d'absolue nécessité, tout comme la décision de se débarrasser de M. Finch et de prendre sa place. Peut-être croyait-il que ses proches savaient quelque chose. Une information cruciale.

— Vous venez de me dire que personne dans votre famille n'a jamais eu la moindre relation personnelle avec M. Finch, objecta lord Bancroft. Votre père communique avec lui uniquement par le biais de son avoué, et vos sœurs sont hostiles à l'idée de fréquenter leur frère illégitime. Que pourraient-ils savoir sur un homme qu'ils n'ont jamais rencontré ?

— Parfois, on sait des choses dont on ne mesure pas l'importance. Par exemple, sans avoir jamais rencontré M. Finch, on pourrait dire que j'étais au courant de son décès depuis plusieurs jours – j'ai même examiné son corps. Mais, jusqu'à ce que d'autres éléments apparaissent, j'ignorais ce que je savais. Peut-être M. Marbleton cherche-t-il un chaînon manquant et est-il persuadé qu'un membre de ma famille le détient sans le savoir.

Lord Bancroft fronça les sourcils, et Charlotte se dit que, décidément, il ne manquait pas de charme.

— Je ne suis pas sûr d'être tout à fait convaincu par votre théorie, mademoiselle Holmes, mais je vais étudier de plus près cette affaire avec M. Finch.

Encore un point en sa faveur : non seulement il savait écouter, mais il était prêt à agir – même s'il s'agissait d'un simple ordre donné à un subalterne.

— Le vrai ou l'imposteur ?

— Les deux.

Charlotte n'en avait pas encore fini avec ses théories. Elle était curieuse de voir ce que Bancroft penserait de la suivante.

— Après l'affaire Sackville, je suis allée à Somerset House consulter le registre des mariages et j'ai appris que Sophia Lonsdale était l'épouse d'un certain Moriarty. Quand lord Ingram a évoqué ce nom devant vous, vous l'avez expressément mis en garde contre ce personnage.

— En effet.

— Officiellement, Sophia Lonsdale est décédée voici des années. D'un accident de ski, d'après les informations que j'ai pu trouver. Quand j'ai appris que ce Moriarty était un homme peu recommandable, j'ai supposé qu'elle avait fini par trouver la vie à ses côtés insupportable et mis en scène sa propre mort afin de lui échapper. Désormais, je n'en suis plus si sûre. Et s'il s'agissait plutôt d'un stratagème mis au point et exécuté à deux ? Peut-être se sont-ils rendu compte qu'elle était son talon d'Achille – que les ennemis de son mari pouvaient lui nuire en s'en prenant à elle. Si les ennemis en question la croyaient morte, ce point faible était supprimé.

Lord Bancroft se pencha vers elle.

— Insinuez-vous que Moriarty est impliqué dans cette affaire ?

— Insinuer ? Le mot est faible, répondit Charlotte. Je l'affirme haut et fort. Ce message chiffré en Vigenère m'a toujours paru excessif. Et le braille sur le costume de la victime d'Hounslow, ridiculement compliqué. Puis je me suis souvenue des messages codés que m'avait présentés Mme Marbleton lors de notre premier entretien. Ils étaient beaucoup plus simples, certes, mais avaient aussi ce petit côté un peu baroque. Il est possible que pour ceux qui gravitent autour de Moriarty, communiquer en langage codé soit aussi indispensable que porter un chapeau pour sortir. D'après moi, le texte prétendument archéologique, loin de transmettre des informations vitales, était en fait un test pour voir si le destinataire trouverait son chemin jusqu'à la maison d'Hounslow. Je suis aussi d'avis que le message en braille découvert sur la victime ne s'adressait pas à la police, mais à un autre membre de l'organisation, un individu habitué à chercher ce genre d'indice dans les endroits les plus incongrus.

— Vous pensez que la victime – M. Finch, selon vous – faisait partie de cette organisation ?

— Oui.

— Cela impliquerait qu'il y a eu une scission dans l'organisation. Que cette mort était fratricide.

— Oui.

Un soudain intérêt s'alluma dans le regard de lord Bancroft.

— J'aimerais que vous ayez raison. Toute division dans une organisation est toujours une bonne nouvelle.

— Mais, une fois les dissensions réprimées, ces gens pourraient devenir plus efficaces, plus impitoyables, objecta Charlotte.

— Ou l'organisation entière pourrait être entraînée dans un cercle vicieux de dissidences et de représailles. Je suis un opportuniste, mademoiselle Holmes. Je dois être prêt à saisir toutes les occasions.

Comme celle où une femme qui avait repoussé ses avances ne se trouvait plus en position de le faire ? songea Charlotte.

— Naturellement, répondit-elle.

— Et, en opportuniste que je suis, je dois saisir l'occasion de vous inviter à rester déjeuner.

Charlotte consulta sa montre. En effet, c'était presque l'heure du repas de midi. Un bon point de plus : il ne négligeait pas son estomac, ni celui de son interlocutrice.

— Merci. C'est avec plaisir que je me joindrai à vous.

Il fallait bien se nourrir, même le jour où elle apprenait qu'elle avait rencontré son frère, malheureusement trop tard.

Dans la famille des repas, le déjeuner était le laissé-pour-compte. Le petit déjeuner était une nécessité, le dîner jouait la star, et tout le monde aimait l'heure du thé. Le déjeuner, lui, faisait souvent grise mine avec quelques restes de la veille, plus une malheureuse tartine et un bout de fromage pour boucler l'affaire.

Celui que lui offrit lord Bancroft ne se rangeait pas du tout dans cette catégorie. Elle eut droit à un menu de premier choix : un excellent pâté en croûte, de fines escalopes de poulet délicatement saisies, une part de pudding plus délicieux encore et une profusion de baies d'été à déguster d'une manière que Charlotte ne connaissait pas encore, trempées dans une petite coupelle de lait condensé.

Elle savait que le lait condensé, qui avait fait partie des rations militaires durant la guerre de Sécession, était très populaire en Amérique. Ici, toutefois, il avait une réputation quelque peu douteuse. Néanmoins, elle ne pouvait nier qu'une fraise agrémentée d'une toute petite goutte de lait condensé sucré était un délice à damner un saint.

— J'ignorais que le lait condensé avait d'autres usages que l'alimentation des nourrissons privés de lait maternel, dit-elle.

— Chez moi, mon cuisinier a une recette plus exquise encore, assura lord Bancroft, tout à fait à son aise dans une salle à manger au décor aussi délicieusement kitsch que celui du salon, pas loin de l'image qu'elle se faisait d'un bordel un peu ambitieux. Cuit plusieurs heures au bain-marie, le lait condensé se transforme en une sorte de confiture de lait qui a une saveur de caramel très doux.

— Sapristi !

— J'ai eu exactement la même réaction, dit-il, observant Charlotte. Voilà qui, je l'espère, fera pencher un peu plus la balance en ma faveur.

— Assurément, dut admettre Charlotte.

À ses yeux, les élans du cœur ne primaient pas tout. Elle considérait l'amour avec un grand A comme une denrée périssable, au sommet de sa fraîcheur et de sa saveur pour une durée limitée avant de tourner, voire carrément de pourrir. La logique aurait donc voulu qu'elle soit particulièrement sensible à la proposition de lord Bancroft.

Hélas, la petite question des préférences entrait aussi en ligne de compte, et elle préférait infiniment être seule plutôt que mariée à lord Bancroft. L'unique question qui comptait en cet instant était la suivante : quelle importance devait-elle accorder à sa préférence, si arrêtée fût-elle ?

— Bien, dit-il. Peut-être Mme Watson, Mlle Redmayne et vous accepteriez-vous une invitation à dîner un de ces soirs ? Je serais ravi de vous recevoir toutes les trois chez moi.

Lorsqu'il lui avait confié qu'il ne verrait aucune objection à ce qu'elle continue à fréquenter Mme Watson, elle avait supposé qu'il ne lui interdirait pas de lui rendre visite en toute discrétion, comme pour un rendez-vous clandestin. Elle n'avait pas imaginé qu'il accepterait de recevoir celle-ci ou sa nièce sous son toit.

— Je leur transmettrai votre invitation avec grand plaisir.

Elle craignait presque de lui demander s'il avait changé d'avis au sujet de son activité sous le nom de Sherlock Holmes.

Lord Bancroft inclina la tête sur le côté.

— Et vos sœurs, vont-elles bien ?

En fin stratège, il savait exactement où appuyer pour pousser son avantage. Elle n'allait pas le lui reprocher. Après tout, ils étaient deux adultes dans un face-à-face qui s'apparentait à une négociation. Il était libre de lui rappeler les atouts dont il disposait.

L'arrivée d'un domestique ne laissa pas à Charlotte l'occasion de répondre.

— Lord Ingram souhaite vous voir, milord, annonça-t-il.

Lord Ingram entra, vêtu d'un complet gris plutôt ample coupé dans un tissu sobre – quelqu'un qui ne l'aurait pas connu l'aurait pris pour un coursier à bicyclette. Ses bottines et les jambes de son pantalon portaient aussi les stigmates révélateurs de cette profession. Cependant, les éclaboussures de boue étaient trop nombreuses pour avoir été faites à Londres, qui s'enorgueillissait avec raison de ses chaussées pavées et de son réseau d'égouts performant.

La boue provenait de la campagne. Et les éclaboussures n'avaient pas plus de deux heures.

La rubrique météorologique des journaux pourrait sans doute la renseigner sur les endroits qui avaient subi des averses à deux heures de train du centre. Elle y apprendrait peut-être même la raison qui avait poussé lord Ingram à rentrer précipitamment à Londres pour parler à son frère en personne au lieu d'utiliser l'habituel télégramme codé.

À la différence de Livia, Charlotte trouvait la presse merveilleusement éclairante. À condition de savoir où chercher : on tombait rarement sur des pépites dans les unes ou dans les vingt premières lignes d'un article.

Lorsque lord Ingram l'aperçut à la table de son frère, il eut une réaction de surprise, comme elle s'y attendait – et aussi une trace d'inquiétude ? Mais il se ressaisit aussitôt.

— Bonjour, mademoiselle Holmes. Bancroft, il faut que je vous parle.

Lord Bancroft présenta ses excuses à Charlotte, et les frères quittèrent la pièce. Quelques minutes plus tard, lord Ingram revint, seul, et s'assit.

— Bancroft est désolé, Holmes. Une affaire urgente, vous comprenez.

Elle n'aurait pas dû être aussi soulagée qu'il l'appelle « Holmes », mais c'était plus fort qu'elle. « Holmes » signifiait qu'ils étaient en bons termes. Ou tout au moins normaux.

— Bien entendu. Comment allez-vous, milord ?

Ils ne s'étaient pas revus depuis leur expédition à Hounslow. Dans l'intervalle, il s'était fait couper les cheveux, mais elle le remarqua surtout parce que la structure osseuse de son visage lui apparaissait plus nettement ainsi.

— Bien. Et vous ?

Elle revit le drap, sa main qui le soulevait, révélant le cadavre qu'il recouvrait. À ce moment-là, elle n'avait rien ressenti. Rien du tout.

— Moi de même. J'imagine qu'il est inutile de vous demander ce que vous avez fait depuis votre départ précipité samedi dernier.

— Vous pouvez toujours demander, mais je ne serai pas en mesure de répondre, pardonnez-moi. Et vous, quoi de neuf ?

Charlotte songea à la lettre paniquée de son épouse et à l'incrédulité désespérée dans ses yeux, la dernière fois qu'elle l'avait vue. *Vous devez faire erreur. Il doit s'agir d'un autre M. Finch.*

Et elle avait raison.

— Chose intéressante, je ne peux pas vous répondre, moi non plus. J'espère que vous me pardonnerez.

Le regard de lord Ingram sonda celui de Charlotte. Son esprit ne fonctionnait pas du tout comme le sien. Chez lui, point de froide logique, de déductions fondées et d'analyses factuelles. Ses raisonnements faisaient davantage appel à l'instinct – un instinct solide et bien aiguisé, elle devait le reconnaître –, et même s'il n'était souvent pas capable d'en retracer les étapes, les conclusions auxquelles il parvenait n'en étaient pas moins valables.

— Ce ne sont pas des excuses d'ordre général, comme les miennes, observa-t-il. Vous avez fait quelque chose et vous me demandez de vous pardonner cette chose, *précisément*.

Elle plongea une fraise dans la coupelle de lait condensé… et l'y laissa.

— Vous avez raison.

Il se cala contre le dossier de son fauteuil.

— Est-ce là la seule réponse à laquelle j'aurai droit ?

Lord Ingram gardait les yeux rivés sur les doigts de Charlotte, qui promenait toujours la fraise dans son bain laiteux. Il étendit un bras sur le dossier du fauteuil voisin, un geste faussement détendu dont se dégageait une force latente. Sous son gilet brun et sa chemise blanche sans prétention, son torse se soulevait et s'abaissait régulièrement. Il attendait.

Elle le fit patienter encore un peu, grignotant la fraise à la vitesse d'un escargot anémique. Cette fois, le fruit pourtant exquis n'eut aucun goût.

Lord Ingram haussa les sourcils.

Charlotte soupira intérieurement.

— À proprement parler, je n'ai rien fait de mal. Mais la situation est complexe, et il se peut qu'on me reproche certaines décisions qui auront placé mon intégrité professionnelle au-dessus de ma loyauté d'amie.

— D'habitude, quand vous vous exprimez, vous allez droit au but sans mâcher vos mots, dit-il, plongeant son regard dans le sien. Dois-je conclure de ce verbiage que vous avez agi d'une façon pouvant être interprétée comme déloyale envers *moi* ?

Elle confirma d'un signe de tête, distraite un instant par le mouvement de son pouce qui caressait lentement le haut du dossier.

— Dans le cadre de votre travail de détective ?

Nouvel acquiescement muet.

— Soyez plus précise.

À regret, elle détourna les yeux de sa main.

— Impossible. Je ne peux pas vous en dire plus.

— Vous pensez que j'en concevrais de la colère ?

Si les hochements de tête avaient pu faire fondre les doubles mentons, le sien aurait bientôt disparu, tant elle y mettait de l'énergie.

— Cependant, ne pas être au courant ne vous nuit pas, précisa-t-elle.

Il planta un regard sombre et froid dans le sien.

— Me demandez-vous de vous faire confiance ?

— Je vous informe juste que je suis au milieu de quelque chose et que ce quelque chose ne vous plairait pas si vous étiez au courant.

Il fronça les sourcils.

— Il y a beaucoup de choses qui ne me plaisent pas. Mais perdre un match de polo, par exemple, ce n'est pas pareil que de voir ma maison détruite par un incendie.

— Je ne peux rien dire de plus, je regrette.

Il s'enferma dans le silence. Du bout des doigts, un par un, il pianotait sans bruit sur le dossier du fauteuil.

— Je ne me souviens plus de vos paroles exactes, reprit-il enfin, mais il y a des années, vous m'avez dit qu'un homme, tout à fait sensé par ailleurs, peut parfois succomber à l'illusion d'être capable de trouver la femme parfaite. Que le problème ne réside pas tant dans cette quête que dans la définition de la perfection elle-même : à savoir une femme d'une beauté irréprochable qui s'intégrera sans heurt dans la vie de cet homme, y apportera la dose voulue d'intelligence, d'esprit et des centres d'intérêt correspondant aux siens, afin d'illuminer chaque minute de son existence.

Charlotte se rappelait cette conversation, une des plus orageuses qu'ils avaient eues au sujet de la future lady Ingram.

— Vous m'avez mis en garde contre cette illusion, et j'en ai été terriblement irrité. Je n'en ai rien dit, mais lorsque nous nous sommes quittés, j'ai pensé fort peu charitablement que vous, en tout cas, ne risquiez pas d'être prise pour une femme parfaite. Il était plus qu'évident que vous ne vous intégreriez jamais sans heurt dans la vie d'un homme et que votre but ne serait pas d'illuminer chaque minute de son existence. La colère m'habitait. Un certain venin, même. Mon opinion à votre sujet n'a pas changé, si vous tenez à le savoir. Mais aujourd'hui, je la considère avec beaucoup de résignation et encore plus d'admiration.

Leurs regards se croisèrent de nouveau. Il y avait encore dans celui de lord Ingram cette noirceur énigmatique, mais aussi une chaleur, une affection profonde, teintée comme il venait de le dire de beaucoup de résignation et d'encore plus d'admiration.

— Je suis sûr que je sortirai de mes gonds et que je vous accuserai de toutes sortes de perfidies quand j'apprendrai ce que vous trafiquez dans mon dos. Mais qu'il ne soit pas dit que j'ignorais à quoi je m'exposais. Nous sommes souvent en désaccord, c'est une réalité de notre amitié.

Il tendit les mains à travers la table et s'empara des fruits et du lait condensé.

— Pour votre punition, et parce que j'ai plus faim que vous, je vous confisque ceci.

Charlotte le regarda en silence dévorer son dessert. Comment les préférences naissaient-elles ? De l'harmonie particulière d'un visage ? De la modulation d'une voix ? Assurément, on ne pouvait soutenir que lord Bancroft fût moins intelligent ou moins puissant que lord Ingram. Pourtant, l'un des frères suscitait chez elle une approbation un peu molle et plutôt distante, tandis que l'autre...

— Vous ne pouviez pas le savoir, mais c'étaient des fruits défendus, lui dit-elle. Et j'exigerai une compensation en échange.

— Vraiment ?

— Je crois savoir qu'il y a une chambre noire dans cette maison. Tout comme je sais aussi que vous développez des négatifs pour Bancroft quand vous en avez le temps. J'aimerais une copie d'une photographie.

— Quelle photographie ?

— Un tirage net du visage de la victime d'Hounslow.

Il posa sa fourchette.

— Pourquoi donc ?

Elle le lui expliqua, sans citer lady Ingram ni exposer le contexte général. Il l'écouta avec une certaine incrédulité.

— Vous avez conscience qu'il est très improbable que cet homme soit votre demi-frère, n'est-ce pas ?

— Je sais. Toutefois, tant que je n'ai pas la preuve du contraire, je suis obligée d'envisager cette hypothèse. J'ai l'intention de montrer cette photo à ceux qui le connaissaient vraiment. Ainsi, j'en aurai le cœur net.

— Vous ne devriez pas vous impliquer autant dans cette affaire. Si, comme vous l'affirmez, Moriarty et ses complices sont mêlés à…

— Je m'efforce seulement de découvrir s'il s'agit de mon frère.

— Et que ferez-vous si c'est bien le cas ?

— Je demanderai à Bancroft de tirer cette affaire au clair d'urgence. Il n'est pas question que je me précipite sur les traces du tueur moi-même, si c'est ce qui vous préoccupe.

— Vous me le promettez ?

— Oui.

— Beaucoup de promesses, ces derniers temps, fit-il remarquer en lui décochant un regard ouvertement soupçonneux. Attendez ici.

Il revint quelques minutes plus tard avec une enveloppe.

— N'abusez pas de ma confiance.

— Je n'en abuserai pas.

Elle voulut prendre l'enveloppe, mais il refusa de la lâcher.

— Vos excuses, ce n'était pas pour cette raison, n'est-ce pas ?

— Non.

— Vous ne me regardez pas en face.

Elle plongea son regard droit dans le sien, et ce fut lui qui, curieusement, détourna les yeux.

Charlotte lui prit l'enveloppe des mains.

— Merci, milord. Ne vous dérangez pas, je connais la sortie.

Mme Watson avait depuis longtemps l'habitude de faire des dons en faveur de la soupe populaire de Great Windmill Street et avait pour cette raison eu droit à une visite des locaux. Il ne lui serait donc pas impossible de découvrir quand Mme Burns y serait de nouveau présente. Dans un premier temps, elle envisagea d'envoyer un simple mot, puis décida de s'y rendre en personne, afin d'acquérir un semblant d'expérience de bénévole pour le jour où elle y rencontrerait Mme Burns.

Sans en avoir l'absolue certitude, elle fut soulagée de constater que personne ne semblait la suivre. La chance lui sourit encore à la soupe populaire. La femme soucieuse en charge du personnel lui jeta un bref coup d'œil.

— Heureusement, Mme Burns est là aujourd'hui. Elle vous dira ce qu'il faut faire.

Mme Watson avait à peine traversé la moitié de la grande cuisine qu'elle transpirait déjà à grosses gouttes. Elle avait pris la précaution de s'habiller légèrement, sachant qu'il régnait dans ces endroits une atmosphère d'étuve. Malgré tout, la chaleur et l'humidité la frappèrent de plein fouet, au point qu'elle avait du mal à respirer.

— Madame Burns ? appela la femme en passant la tête dans une pièce attenante. J'ai ici une donatrice qui vient faire du bénévolat. Pouvez-vous lui montrer le travail, s'il vous plaît ?

Le ton était suppliant. Mme Burns, aux prises avec un tas de navets, ne parut guère honorée par cette requête. Elle se leva néanmoins de son tabouret et laissa la femme faire les présentations. Lorsque celle-ci fut repartie au pas de charge, elle demanda à Mme Watson si elle saurait éplucher des navets avec un couteau sans se blesser.

Mme Watson hésita. Enfant, elle avait eu l'habitude d'aider à la cuisine. Toutefois, elle n'avait pas effectué ce genre de tâche depuis des années.

— Si vous ne savez pas éplucher les légumes, je peux vous confier le brossage et le lavage, mais c'est plus dur comme travail.

— J'ai épluché mon lot de pommes de terre et de navets, mais pas récemment. Puis-je faire un essai pour voir si je n'ai pas perdu la main ?

Par bonheur, les vieux tours de main revinrent vite – autrefois, elle était même capable d'éplucher une pomme en une seule pelure. Mme Burns ne cacha pas sa surprise, mais ne se donna pas la peine de féliciter Mme Watson de ne pas être une nullité complète dans une cuisine.

— Bien. Nous avons du pain sur la planche.

Mme Burns ne donna pas d'emblée l'image d'une belle femme à Mme Watson, mais celle-ci nota vite sa silhouette déliée et la finesse de ses traits. Elle épluchait les navets avec un sérieux que d'autres réservaient à la prière – ou à la planification de batailles.

Mme Watson se concentra, elle aussi, sur les navets, jusqu'à ce qu'elles aient réduit le tas des deux tiers. Quelqu'un vint chercher le lourd récipient qui contenait les légumes épluchés, et les deux femmes aidèrent à le porter jusqu'à la table de la cuisine, où les légumes seraient coupés et versés dans d'imposantes marmites.

De retour sur leurs tabourets dans la pièce voisine, Mme Watson jugea le moment propice pour entamer la conversation.

— Êtes-vous employée ici, madame Burns ?

Celle-ci fit non de la tête.

— Je suis une bénévole.

— Vous ne semblez pas manquer d'expérience, cependant. Venez-vous souvent ?

— Une fois par semaine.

— J'admire votre dévouement.

Mme Burns haussa les épaules. Il y avait un certain raffinement dans son geste. Habillée comme il convenait, elle n'aurait pas paru moins distinguée que les épouses des collègues du Dr Swanson. Mme Watson avait eu tendance à trouver les soupçons de Mme Morris un peu exagérés, mais maintenant qu'elle avait rencontré Mme Burns – et qu'elle avait entendu les compliments du Dr Swanson à son sujet –, une chose était claire : si celle-ci espérait devenir la prochaine Mme Swanson, elle avait toutes les chances d'y parvenir.

— Seriez-vous domestique, madame Burns ?

Cette question valut à Mme Watson un regard légèrement méfiant.

— Oui.

— Vous sacrifiez une partie de votre demi-journée de repos pour venir ici.

— Pas aujourd'hui. Mon employeur est en vacances, donc mon temps m'appartient.

— Vous n'avez pas profité de l'occasion pour prendre vous aussi un peu de vacances ?

— Il y a des bonnes à la maison – quelqu'un doit garder un œil sur elles. Et puis, les vacances coûtent cher, répondit Mme Burns avec un soupçon de regret. Plus j'économise maintenant, plus vite je pourrai quitter le service.

Si Mme Burns avait espéré arriver à ses fins en épousant son employeur, aurait-elle été aussi précautionneuse avec son argent ?

— À votre jeune âge, vous devez être encore loin de la retraite.

Pour la première fois, une étincelle s'alluma dans le regard de Mme Burns.

— D'après mes estimations, et je suis très prudente, il ne me reste plus que trois ans.

— Vraiment ?

Mme Watson savait que les domestiques avaient parfois la possibilité de mettre des sommes décentes de côté, puisqu'ils ne payaient ni le gîte ni le couvert. Cependant, rares étaient ceux qui parvenaient à limiter leurs dépenses au strict minimum. Certains, surtout ceux dont le travail était monotone, trouvaient un dérivatif dans les plaisirs de la vie. Parfois un peu trop.

— J'ai été femme de chambre chez une lady et j'étais très douée comme coiffeuse. Ses amies demandaient même à profiter de mes services. Je pense rester un peu à Londres et enseigner mes connaissances en coiffure à quelques jeunes filles. Mais, même sans cela, je devrais avoir assez d'argent.

Mme Watson n'en revenait pas.

— C'est merveilleux.

— N'est-ce pas ? Plus que trois ans. Même si j'ai parfois l'impression que chaque jour dure autant.

— Vos maîtres sont trop exigeants ?

— Monsieur est très bien. Il n'y a pas de madame – il est veuf. Mais sa fille est venue s'installer chez lui et elle m'a prise en grippe depuis le premier jour, expliqua Mme Burns en pinçant les lèvres. Elle n'est pas désagréable ni quoi que ce soit, mais ce sont des choses qui se sentent. Son mari est en mer. J'ai

276

hâte qu'il rentre et qu'elle s'en aille. Plus que trois ans à tenir. Je n'ai pas envie de changer de maison.

Elle lança un navet épluché dans le récipient.

— Mais si je n'ai pas le choix, je le ferai.

16

— Vous pensez que votre frère est *mort* ? s'exclamèrent Mme Watson et Pénélope à l'unisson.

Tandis qu'elles prenaient le thé, Mlle Holmes leur
avait raconté ce qu'elle avait appris le matin même
chez Mme Woods et sa découverte de la semaine
précédente à Hounslow, à la suite du déchiffrement
d'un message codé que lui avait fait parvenir lord
Bancroft en guise de distraction.

— Lord Bancroft n'est pas encore convaincu. Et
je ne l'en blâme pas. Il n'y a pas de preuve directe.
Jusqu'à présent, rien ne permet de savoir pourquoi
M. Finch aurait été étranglé et abandonné dans une
maison déserte, vêtu d'un veston qui dénonce son
assassin. Donc, je dois d'abord m'assurer de l'identité
de la victime.

Mme Watson eut l'impression qu'une main glacée
venait de lui enserrer la nuque.

— Comment ?

— J'ai écrit à lady Ingram pour lui demander de
venir ce soir, répondit Mlle Holmes.

Elle sortit une enveloppe de son sac à main.

— J'ai là une photographie du mort. J'ai l'intention de la lui montrer.

La main de lady Ingram tremblait.

Pénélope avait l'impression qu'un étau lui enserrait la poitrine. Les morts ne la perturbaient pas – elle avait eu trop de leçons de dissection pour cela. Les photographies de morts l'affectaient encore moins. Mais, ce soir, elle ne parvenait pas à garder le détachement d'une étudiante en médecine. Ce soir, la violence de la mort lui apparaissait dans toute son horreur, ainsi que l'effet potentiellement dévastateur de son annonce à quelqu'un qui avait aimé le disparu.

Lady Ingram souleva le rabat de l'enveloppe, puis la lâcha sans en avoir sorti le contenu. Elle la reprit et la laissa retomber sur ses genoux.

— Excusez-moi, mais je ne suis pas sûre d'avoir compris ce que vous venez de me dire.

Sa voix aussi tremblait. Les perles en cristal brodées sur la jupe de sa robe sophistiquée tintaient entre elles, jouant une petite symphonie dirigée par ses genoux fébriles. Il était très tard – elle avait prévenu qu'elle n'arriverait à Upper Baker Street que peu avant minuit, quand elle pourrait s'échapper quelques minutes du bal auquel elle assistait –, et les lampes faisaient ressortir davantage encore son teint blafard.

— Lors de notre dernier rendez-vous, vous affirmiez que M. Finch allait bien. Qu'il était en vacances et que sa logeuse était sous son charme. Pourquoi cette brusque hâte à vous rendre à la police ?

Pénélope avait expliqué avoir obtenu la photographie grâce à un contact à Scotland Yard, ce qui, tout bien réfléchi, n'était pas entièrement faux.

— Comme vous insistiez, nous avons décidé de pousser plus avant nos investigations. Et si nous nous trompions de personne ? S'il était arrivé quelque chose au vrai M. Finch ? Dans le pire des cas, la police finirait par en être informée tôt ou tard. En l'absence de déclaration de décès au nom de M. Finch, Sherlock nous a demandé de nous intéresser aux corps non identifiés apportés à la morgue. Le jeune homme en question semblait avoir une existence respectable avant sa fin tragique. Il ne correspondait pas au profil d'un disparu que personne ne vient réclamer.

— Où a-t-il été retrouvé ?

— On ne nous a pas communiqué cette information. Il nous a déjà été difficile d'obtenir cette photographie. Mais nous avons pensé qu'il vous serait plus facile de la regarder ici plutôt qu'à Scotland Yard. Vous avez certainement envisagé de vous y rendre, n'est-ce pas ? ajouta Pénélope après un silence.

Lady Ingram détourna le regard.

— Évidemment. Après ce que vous m'aviez révélé sur ses manières insouciantes, j'avoue avoir souhaité sa mort. Et maintenant... j'ai l'impression de lui avoir porté malheur.

Émue par le désespoir qui perçait dans sa voix, Pénélope refoula les larmes qui lui montaient aux yeux.

— Je suis navrée de vous causer autant de peine, madame. Gardez à l'esprit qu'il ne s'agit peut-être pas de M. Finch sur ce cliché. Nous tenons juste à éliminer cette possibilité.

Lady Ingram esquissa un petit sourire triste.

— L'alternative qui s'offre à moi n'est guère réjouissante : soit il est mort, soit il s'amuse comme un fou sans moi.

— Je suis désolée, madame.

— Inutile de vous excuser. Je me doutais que cette affaire ne pourrait pas connaître un dénouement heureux. Mais, au fond de moi, je gardais quand même l'espoir qu'il y ait une petite chance que...

Elle serra les poings, puis saisit l'enveloppe et en arracha la photographie. Une expression indescriptible se peignit sur son visage, un mélange entre révulsion et euphorie.

— Ce n'est pas M. Finch !

Pénélope relâcha l'air bloqué dans ses poumons.

— C'est vrai ? Merci, mon Dieu !

Lady Ingram laissa tomber l'enveloppe et le cliché, le souffle court, les paupières pressées de toutes ses forces.

— Je ne croyais ne jamais voir le jour où je préférerais qu'il m'ait oubliée, mais nous y sommes.

Pénélope ramassa la photo sur le tapis, frissonnant à la vue de l'expression grotesque du mort.

Alors qu'elle venait de la glisser dans l'enveloppe, lady Ingram la surprit en lui prenant celle-ci des mains. Elle ressortit le cliché et, comme il était à l'envers, le retourna avant de l'examiner de nouveau.

— Pardonnez-moi, dit-elle au bout de quelques secondes. L'espace d'un instant, le doute m'a assaillie. Et si je n'avais pas bien regardé ? Et si, toute à mon désir de le savoir en vie, je m'étais trompée ?

Elle rendit le tout à Pénélope.

— Mais non. Ce n'est pas M. Finch, j'en suis sûre maintenant.

La nièce de Mme Watson se demanda si l'épreuve n'avait pas été trop dure pour lady Ingram. Après tout, malgré ses peines de cœur, c'était une femme qui avait été préservée des vicissitudes de l'existence. Ne sachant quoi dire, elle tourna sa cuillère dans son thé et laissa lady Ingram reprendre ses esprits.

Au bout de quelques minutes, celle-ci se leva avec une grimace sans doute causée par son mal de dos.

— Je ferais mieux de partir, sinon mon absence risque d'être remarquée.

— Oui, bien sûr.

Lady Ingram soupira.

— À ma dernière visite, vous m'avez réprimandée. Je pense avoir compris votre point de vue, mademoiselle Holmes. C'est vrai, je n'ai rien à gagner à m'acharner. Je me réjouis que M. Finch soit encore en vie et j'espère qu'il va aussi bien que vous me l'avez décrit. Je me rendrai l'année prochaine à notre rendez-vous devant l'Albert Memorial. Peut-être le reverrai-je un jour. Peut-être pas. En tout cas, je ne dérangerai plus M. Holmes avec cette histoire.

— M. Finch est donc encore en vie, dit Mme Watson, ivre de soulagement. Ou, tout au moins, l'homme assassiné à Hounslow n'est pas lui.

Après le départ de lady Ingram, les trois femmes se remettaient de leurs émotions devant une tasse de thé et des biscuits. Enfin, Mlle Holmes – Mme Watson et Pénélope avaient préféré un doigt de whisky. L'horloge de parquet avait sonné les douze coups de minuit quelque temps auparavant, mais personne ne semblait avoir envie de se retirer.

Mlle Holmes engloutit une madeleine.

— Je feraïs mieux de prévenir lord Bancroft que les faits ont balayé ma brillante hypothèse.

Elle paraissait aussi indifférente qu'à son habitude. Pourtant, plus tôt dans la chambre de Sherlock, elle avait laissé échapper un léger soupir qui trahissait toute l'ampleur du soulagement qu'elle avait éprouvé en apprenant que l'homme sur la photo n'était pas son frère.

— Qu'allons-nous faire au sujet de M. Finch ? s'enquit Mme Watson. Lady Ingram a beau être revenue à la raison, il faudrait quand même savoir ce qu'il est advenu de lui.

— Vous vous souvenez de maître Gillespie, l'avoué pour lequel s'est fait passer M. Mears ? dit

Mlle Holmes qui se versa une autre tasse de thé. Je me suis rendue à son étude cet après-midi et j'ai pris rendez-vous pour demain, même si j'ignore encore quelle histoire je vais lui servir pour lui soutirer le maximum d'informations sans alerter mon père.

— J'ai une idée, intervint Pénélope. Je pourrais endosser le rôle de lady Ingram – sous un autre nom, bien sûr. Je reprendrais la trame de son histoire et je m'arrangerais pour lui tirer les vers du nez.

— L'idée me plaît, approuva Mlle Holmes d'un ton résolu avant de se tourner vers Mme Watson. Je n'ai pas eu l'occasion de vous poser la question plus tôt, madame, mais avez-vous appris quelque chose à la soupe populaire aujourd'hui ?

Mme Watson lui rapporta sa conversation avec Mme Burns.

— Elle ne m'a pas paru du tout intéressée par son employeur. Bien sûr, on pourrait alléguer qu'elle est maligne et prudente. Que jamais elle ne vendrait la mèche devant une parfaite inconnue. Mais je l'ai trouvée franche. Plutôt directe, même.

Mlle Holmes hocha la tête et ne fit aucun commentaire sur l'observation de Mme Watson. Elles mirent ensuite leurs plans au point. Mme Watson retournerait samedi à la soupe populaire – Mme Burns avait indiqué qu'elle avait prévu d'y donner de son temps ce jour-là. Mlle Redmayne déclinerait une excursion à Bath avec les de Blois pour rencontrer maître Gillespie.

— J'accompagnerai Mlle Redmayne, annonça Mlle Holmes. La présence d'une amie rendra le scénario plus convaincant.

— Croyez-vous qu'il soit sage de vous montrer à un proche associé de votre père ?

— Maître Gillespie et moi ne nous sommes jamais rencontrés, et même s'il sait à quoi je ressemble, au point où nous en sommes, c'est un risque que je suis prête à courir.

Le silence se fit autour de la table. Mme Watson en profita pour réfléchir à la façon dont elle pourrait utiliser du maquillage de théâtre pour modifier l'apparence de Mlle Holmes.

Pénélope s'éclaircit la gorge.

— Mademoiselle Holmes, j'espère ne pas vous choquer en vous apprenant que je suis informée des intentions matrimoniales de lord Bancroft.

Mme Watson se figea sur son siège, embarrassée à l'idée de passer pour une commère. Mlle Holmes se contenta d'attendre la suite.

— Vous avez vu lord Bancroft aujourd'hui – enfin hier, puisqu'il est plus de minuit. Je suis curieuse... Vous a-t-il demandé une réponse ?

— Pas en des termes aussi explicites, mais il l'a fait, oui.

Mlle Holmes sirota une gorgée de thé tout en couvant des yeux le reste des madeleines avec un mélange d'envie et de regret.

— J'ai cru comprendre que lord Bancroft me considérait comme la femme parfaite pour lui.

— Voilà qui ne semble pas vous enchanter, observa Pénélope.

— Être considérée comme la femme parfaite pour un homme n'est pas un compliment pour une femme. C'est plus révélateur de la personnalité de l'homme et de ses besoins, philosopha Mlle Holmes avec un soupir. Si nous devions nous marier, soit je m'épuiserais à m'efforcer de garder l'illusion intacte, soit lord Bancroft serait gravement déçu par son choix. Sans doute les deux.

Mme Watson ne put se retenir.

— Et lord Ingram ? Que pense-t-il de vous ?

— Lord Ingram ? répéta Mlle Holmes avec un petit sourire teinté de regret. Lui a toujours su que j'étais l'une des femmes les plus imparfaites sur cette terre. Dieu merci.

17

Vendredi

Livia contemplait les pages, ébahie. Elle s'était attelée à la rédaction de son histoire de Sherlock Holmes, et les mots coulaient sous sa plume à une vitesse sidérante, telles les dernières confessions d'un condamné à mort s'apprêtant à affronter la potence.

Deux décisions avaient contribué à cette libération. D'abord, elle avait choisi de ne pas commencer par les origines du crime. Après tout, le héros, c'était Sherlock Holmes. Ensuite, après avoir tenté de faire de lui le narrateur – et échoué –, elle avait inventé l'équivalent masculin de Mme Watson pour remplir ce rôle.

Et cette nouvelle organisation fonctionnait à merveille. Watson incarnait tous ceux qui avaient toujours considéré Charlotte comme un prodige un peu inquiétant et s'émerveillaient de ses déductions, lorsqu'elle les expliquait à grand renfort de détails.

Le duo s'était rendu sur la scène de crime. Le policier auquel ils avaient parlé n'avait pas compris que le rôdeur ivre aperçu sur les lieux était en réalité l'assassin en personne, tentant de récupérer un objet qui avait pour lui une valeur sentimentale et qu'il avait perdu dans le feu de l'action (Livia n'avait pas encore décidé ce que serait cet objet. Un camée ? Un médaillon ? Elle verrait plus tard). Sherlock Holmes avait donc fait passer une annonce dans la presse signalant cet objet perdu dans le but d'attirer le criminel à lui.

Celui-ci tomberait-il dans le piège ?

Livia bâilla. Elle s'était levée à 4 h 15 et avait écrit depuis sans faire de pause. Il était maintenant presque 7 heures. Elle n'avait pas faim, mais elle avait envie d'un thé.

Elle descendit dans la petite salle à manger et se servit une tasse avant de s'asseoir avec le journal. Elle remarqua presque immédiatement le code Khuha en dernière page.

KHUHAOARMNSQDEQDQDLAHROQDMCRFAQCD
LIVIAPASNOTREFREREMAISPRENDSGARDE

Livia se plaqua les mains sur la bouche. Son inconnu n'était pas leur frère ! C'était la meilleure nouvelle qu'elle apprenait depuis longtemps.

Elle remonta à l'étage quatre à quatre, se jeta sur son lit et resta allongée là, éperdue de soulagement. Rien ne collait dans cette histoire, mais au moins ses sentiments n'étaient plus incestueux.

Au bout de cinq bonnes minutes, elle finit par s'asseoir, en proie à une soudaine interrogation. Évidemment, elle serait prudente. Mais si cet homme n'était pas leur frère, qui était-il ?

De Lacy, l'assassin présumé de M. Richard Hayward, était un homme de bonne taille, mais après son séjour prolongé dans la Tamise, il était devenu difficile de savoir s'il avait été bien bâti et musculeux ou juste corpulent et adipeux.

Sans doute quelque part entre les deux. L'inspecteur Treadles n'aurait pas aimé le rencontrer dans une ruelle sombre. Mais si cela s'était produit, il n'aurait pas non plus été effrayé outre mesure.

— Intéressant, ce foulard, commenta le sergent MacDonald.

L'homme portait des vêtements passe-partout, à l'exception du foulard d'été blanc et rouge autour de son cou. Les couleurs étaient si vives qu'on distinguait sans peine les rayures malgré la couche de boue.

L'inspecteur palpa le tissu entre ses doigts. Il était léger et résistant à la fois. De la soie, sans aucun doute.

— Vous avez lu le rapport préliminaire, MacDonald. Est-ce le foulard avec lequel le médecin légiste dit qu'il a été étranglé ?

— C'est sa théorie, en effet, monsieur. D'après lui, les hématomes autour du cou indiquent un étranglement. Toutefois, il ne pourra se prononcer sur la cause de la mort qu'après l'autopsie. Il doit vérifier l'état des poumons avant de pouvoir exclure la noyade.

Treadles fit un dernier tour de la table sur laquelle était étendu le cadavre.

— Allons interroger quelques témoins.

Charlotte avait décliné l'offre de Mme Watson, qui se proposait de lui faire un visage boutonneux qui la vieillirait d'au moins quinze ans.

— Je serai assise à un mètre de maître Gillespie, pas beaucoup plus. Avec la figure tartinée de maquillage, je risquerais davantage d'attirer son attention, plutôt que l'inverse, avait-elle objecté.

Or, maintenant qu'elle se retrouvait derrière le bureau de l'avoué, Charlotte en venait presque à regretter de ne pas avoir une épaisse couche de maquillage sur la figure. Sans aller jusqu'à la dévisager, l'homme avait cligné des yeux plusieurs fois quand Mlle Redmayne et elle étaient entrées. Et même s'il semblait accorder toute l'attention nécessaire à la tirade de sa compagne, il ne cessait de réarranger les affaires sur son bureau, comme l'aurait fait un secrétaire trop zélé.

— M'écoutez-vous, maître Gillespie ? lui demanda même carrément Mlle Redmayne à un moment.

L'avoué lui adressa un sourire crispé.

— Bien sûr, mademoiselle. Je vous en prie, continuez.

À son air, pourtant, il était évident qu'il n'avait pas la tête à son récit. Il avait beau se forcer à faire semblant de l'écouter, il clignait souvent des yeux, fronçait les sourcils et dodelinait même du chef comme quelqu'un qui, dans une situation extraordinaire, se demande s'il n'est pas en train de rêver.

Pas vraiment la réaction compatissante qu'on aurait attendue de la part d'un homme d'un certain âge face à la détresse d'une jolie jeune femme au bord des larmes.

À la fin de la litanie de malheurs exposée par Mlle Redmayne, il l'observa avec attention.

— Je ne comprends pas, mademoiselle...

— Gibbons.

— Oui, mademoiselle Gibbons. Il s'agit sûrement d'une plaisanterie.

— Pardon ? Comment osez-vous dire une chose pareille ? s'offusqua Mlle Redmayne avec une consternation tout à fait convaincante.

— Parce que vous n'êtes pas la première à venir me raconter exactement la même histoire au sujet de M. Finch.

— Comment ? Mais c'est impossible ! hurla Mlle Redmayne d'une voix stridente, avant de tomber en pâmoison sur les genoux de Charlotte.

— Mon Dieu ! s'écria celle-ci, jouant le rôle de l'amie affolée.

— Dois-je prévenir un médecin ? demanda maître Gillespie, sans trop savoir s'il devait rire de cette scène burlesque ou s'en alarmer.

— La pauvre serait trop gênée. Voyons si elle revient à elle toute seule.

Charlotte tapota les joues de Mlle Redmayne. Comme celle-ci ne semblait pas décidée à « reprendre connaissance », elle comprit qu'elle lui passait le relais pour la suite de la conversation.

— J'ai essayé de la dissuader, voyez-vous. Je lui ai dit qu'il était insensé de rechercher un homme qui ne veut pas être trouvé. Mais à quoi bon essayer de raisonner une jeune femme ?

— Vous avez bien raison. De nos jours, c'est impossible.

Il semblait avoir recouvré un semblant de sang-froid. Avait-il décidé lui aussi de continuer cette farce ?

— La femme qui est venue vous voir était-elle une grande brune mince aux yeux noirs, d'environ vingt-cinq ans, avec un grain de beauté au coin de la bouche ?

— Euh... oui, en effet.

Charlotte serra les poings sur les boutons de son corsage.

— Oh, le mufle ! Nous l'avons vu une fois en compagnie de cette femme, et il avait juré ses grands dieux que c'était sa cousine de Stokes, venue en visite.

— Je suis navré d'apprendre que M. Finch se révèle aussi infidèle. Mais n'oublions pas qu'il est né hors mariage. C'était une erreur de la part de votre amie de le tenir en si haute estime.

Charlotte poussa un soupir exagéré.

— Elle est très jeune, vous savez. J'espère que ce sera une leçon qui portera.

On frappa à la porte. Le secrétaire de maître Gillespie passa la tête dans l'entrebâillement.

— Maître, M. Malcolm est ici et voudrait vous voir d'urgence.

À ces mots, Mlle Redmayne reprit ses esprits comme par enchantement et se redressa mollement sur son siège.

— Mon Dieu, je me sens toute chose, dit-elle d'une petite voix. Que m'est-il arrivé ?

— Je vous raconterai plus tard, ma chère, répondit Charlotte, qui se leva et voulut l'entraîner.

— Attendez, l'arrêta Mlle Redmayne. Avez-vous la dernière adresse connue de M. Finch ? demanda-t-elle à l'avoué. J'en ai besoin.

Maître Gillespie parut hésiter.

— Il me la faut ! s'emporta Mlle Redmayne en tapant du pied. Je ne partirai pas d'ici avant que vous me l'ayez donnée !

— Oui, oui, bien sûr. Je suis ravi de pouvoir vous rendre ce service.

Charlotte sut aussitôt que le service n'en était pas un.

— Vous pouvez jeter ce bout de papier dans la première poubelle, dit-elle à Mlle Redmayne dès qu'elles eurent quitté l'étude.

Celle-ci en fut décontenancée.

— Il nous a donné une fausse adresse ?

— En effet. Mais j'ai vu la bonne sur le dossier qu'il a sorti, prétendument pour la copier.

— Il avait pourtant pris soin de la cacher avec sa main.

Quelques secondes avaient suffi à Charlotte pour la déchiffrer à l'envers et la mémoriser lorsque l'avoué avait posé le dossier sur son bureau.

— En tout cas, bravo pour vos talents de comédienne, mademoiselle Redmayne. Je trouve que nous nous en sommes bien tirées.

Le pub sans charme sentait la bière bon marché et le graillon. Cependant, l'endroit était beaucoup mieux tenu que ce à quoi on aurait pu s'attendre, à l'image de la tenancière, une femme qui, sans être belle, était apprêtée avec la précision d'une montre suisse.

Treadles ignorait d'où lui venait cette impression, mais cette femme avait été une prostituée à un moment de sa vie, il en était certain.

Et il n'aimait pas interroger les prostituées, c'était le moins qu'on puisse dire.

— Madame Bamber, le corps de la victime s'est échoué tout près d'ici, pour ainsi dire derrière votre pub. Quand un de vos clients parmi les badauds a déclaré avoir vu cet homme dans votre établissement deux soirs plus tôt et avoir bavardé avec lui une bonne heure, vous l'avez contredit en affirmant qu'il n'avait jamais mis les pieds ici.

— C'est ce que j'ai dit, oui.

— Redoutiez-vous des problèmes si vous disiez la vérité ?

— C'était la vérité. Les habitués, je les connais. Je fais plus attention aux étrangers, au cas où ils déclencheraient une bagarre ou partiraient sans payer. Avant-hier soir, un type a parlé un moment avec le jeune Boyd, mais ce n'était pas votre mac-chabée.

— Pourquoi devrais-je croire quelqu'un avec votre passé, madame Bamber ?

La femme se figea, puis décocha à Treadles un regard méprisant.

— Si vous n'avez pas l'intention de me croire, il vaut mieux ne pas me faire perdre mon temps, inspecteur. Le jeune Boyd est là-bas. Allez prendre sa déposition. Et tant que vous y êtes, demandez-lui un peu de vous lire les gros titres du journal.

Treadles fut vexé qu'elle ose se montrer dédaigneuse avec lui. C'était le monde à l'envers. Il avait l'impression de se sentir... inférieur, en quelque sorte. Il la remercia sèchement et s'approcha de la table où était assis Boyd, occupé à boire une pinte avant même l'heure de midi.

— Monsieur Boyd, nous avons besoin de votre déposition au sujet de l'homme que vous avez rencontré il y a deux jours.

Le jeune Boyd correspondait à la description d'un aimable pochard. Il tendit une main tremblante au policier, tout sourire et empressement – sans doute dans l'espoir d'avoir une pinte à l'œil. À contrecœur, Treadles fit signe à la patronne.

— C'était un chic type. Il arrêtait pas de payer sa tournée. On s'en était déjà jeté quelques-uns derrière la cravate quand il m'a demandé si je savais garder un secret.

Treadles ricana intérieurement. Boyd était sans doute l'homme le moins capable de garder un secret qu'il eût jamais rencontré.

— Bien sûr, je lui ai dit ! On pourrait me torturer à la Tour de Londres que je resterais muet comme une tombe. C'est là qu'il m'a dit qu'il était tueur à gages. Que c'était plutôt un bon gagne-pain, pas la vie de château non plus. Mais quelque chose avait mal tourné, et il était sur le point de partir en cavale. Je lui ai demandé si c'était des flics qu'il avait peur. Il a rigolé en disant qu'il était pas une lavette. Non, il avait peur des types qui l'avaient engagé. Ils voulaient un boulot discret, et voilà que, sans qu'il sache comment, la police avait flairé sa piste à Hounslow. Bref, ils avaient mis un contrat sur sa tête pour que les flics puissent pas remonter jusqu'à eux.

— Avez-vous demandé qui étaient ces gens ?

— Des criminels, il a dit. Pas des pickpockets. Même pas des tueurs à gages comme lui. Non, des gros bonnets. Des rois du crime, pas du genre à se salir les mains. Ce type – de Lacy, il a dit qu'il s'appelait – pensait que ses jours étaient comptés. Pauvre gars, il croyait pas si bien dire.

Jusqu'à ce qu'il prononce le nom de la victime, Treadles se demandait si ce Boyd ne brodait pas à partir des informations diffusées. Mais ce nom-là, il venait de l'apprendre lui-même. L'information n'avait pas été rendue publique.

— Il vous a dit son nom ?

— Il a ajouté que c'était pas son vrai nom. Et qu'il n'était pas le premier à se faire appeler comme ça.

— Et ensuite ?

— Ensuite, il est parti. Je pensais plus jamais le revoir. Je me disais qu'il réussirait à se planquer quelque part et à sauver sa peau. Et ce matin, il était là, raide mort, gonflé comme une outre. C'était pas beau à voir.

Treadles essaya de glaner davantage d'informations, mais le jeune Boyd commençait à se répéter. Une autre bière n'y changea rien : il se contentait de broder sur ce qu'il avait déjà raconté. L'inspecteur le remercia et se leva.

— Au fait, monsieur Boyd, dit MacDonald, pourriez-vous lire ce titre pour nous ? Vous savez lire, je présume ?

— Évidemment.

Le sergent lui tendit le journal, et Boyd plissa les yeux devant les grandes lettres capitales à la une. Il tenta encore de les déchiffrer avec une grimace, puis, en bougonnant, sortit de sa poche une paire de lunettes à la monture cabossée.

— La reine se rend à Balmoral.

Treadles jura intérieurement.

— Portiez-vous vos lunettes le soir de votre rencontre avec de Lacy ?

— Bien sûr que non. Je les sors jamais, sauf pour lire – et je lis pas beaucoup. Mais j'y vois assez pour trouver mon chemin jusqu'ici et j'ai vu son foulard classieux comme je vous vois.

— Franchement, je ne devrais pas être surprise que lady Ingram ne nous ait pas tout raconté, dit Mme Watson, libérant enfin le flot de pensées qui se bousculaient dans sa tête depuis qu'elle avait appris la visite de leur cliente à maître Gillespie. Tout bien réfléchi, c'était même logique qu'elle épuise toutes les options avant de s'adresser à un détective privé. Malheureusement, cela signifie que cette adresse ne nous mènera nulle part.

Elle resserra les rubans de son chapeau avec une énergie plutôt inutile.

— Enfin bref, s'il vous plaît, ne m'écoutez pas jacasser à propos de choses que vous savez déjà, mademoiselle Holmes.

Elles étaient de retour dans l'Oxfordshire. L'adresse la plus récente qu'avait maître Gillespie les avait conduites jusqu'à un village pittoresque. Londonienne de longue date, Mme Watson adorait la verdure, les grandes étendues campagnardes et la beauté propre à un hameau anglais niché autour d'une modeste église en pierre. Ayant vécu dans un endroit semblable durant son adolescence, elle avait été témoin des préjugés des autochtones à l'égard des étrangers. Mais il n'était pas dans sa nature de mettre tous les petits villages dans le même panier, sous prétexte que l'un d'eux avait failli. Elle préférait imaginer que la plupart avait des habitants aussi charmants que leurs paysages et que la paix et la tranquillité de la vie à la campagne coexistaient avec un esprit curieux et magnanime.

Au pub du village, elle commanda une assiette de saucisse-purée – pudding au steak et aux rognons pour Mlle Holmes. Les plats, simples mais copieux, furent arrosés d'une pinte de bière maison légère et rafraîchissante. Lorsque la patronne vint leur demander si elles souhaitaient autre chose, une discussion animée s'engagea : devaient-elles choisir le diplomate aux fruits de saison, comme l'été touchait à sa fin, ou le roulé à la confiture avec sa crème anglaise, un dessert que ni l'une ni l'autre n'avaient eu l'occasion de savourer depuis longtemps ? Elles tranchèrent le débat en commandant une portion de chaque.

— Si vous avez une minute, madame Glossop, dit Mme Watson quand la patronne revint, puis-je vous poser une question sur un jeune homme qui aurait vécu dans ce village il y a quelque temps ?

Mme Glossop écarquilla les yeux.

— Ce ne serait pas Myron Finch qui vous intéresse, par hasard ?

Cette fois, Mme Watson eut la grâce de ne même pas être surprise. Après tout, si elle avait été à la place de lady Ingram et qu'elle ait eu l'adresse de M. Finch, ne s'en serait-elle pas servie ?

— En effet. Nous menons des investigations de la part d'une cliente de M. Sherlock Holmes qui tente de localiser M. Finch.

Le nom de Sherlock Holmes ne produisit aucun effet sur Mme Glossop, mais elle observa ses deux clientes avec un mélange de curiosité et d'inquiétude.

— Vous êtes enquêtrices ?

— Mon frère est détective privé, répondit Mlle Holmes. Mme Hudson et moi-même l'assistons dans son travail. En ce moment, sa santé n'est plus ce qu'elle était. Nous nous chargeons donc des enquêtes qui nécessitent des déplacements.

— Quel courage vous devez avoir.

— Nous essayons de ne pas accepter d'affaires qui exigeraient des voyages trop lointains, dit Mme Watson avec modestie. Pour en revenir à M. Finch, son absence inattendue suscite l'inquiétude. Comme nous n'avons pas réussi à le retrouver à Londres, nous essayons de voir si quelqu'un a eu de ses nouvelles ici.

— J'aimerais vous aider, répondit Mme Glossop. Malheureusement, je ne sais rien. Et si quelqu'un devait être informé dans ce village, c'est bien moi, n'est-ce pas ? Après la visite de cet homme qui posait des questions sur M. Finch, il y a un mois, ma curiosité a été piquée. J'en ai parlé à mon mari. Son oncle tenait ce pub avant lui et avait épousé la veuve Finch il y a vingt ans. Elle n'était pas d'ici – elle a habité un vieux cottage, seule avec son garçon, dans Sweetbriar Lane pendant dix ans avant de se marier avec le vieux M. Glossop. Les gens d'ici n'ont pas grand-chose à dire sur elle, et encore moins sur son fils. Il a été envoyé tôt au pensionnat. À ce qu'il paraît, il jouait au cricket à l'école, mais il n'a jamais participé à un seul match avec les gamins du village quand il rentrait pour les vacances. Il s'occupait juste des chevaux du vieux M. Glossop et lisait des livres. La dernière fois qu'on l'a vu par ici, c'était il y a plus de douze ans, aux obsèques du couple – ils sont morts tous les deux à deux jours d'intervalle. Il y a eu beaucoup de pneumonies cet hiver-là. Mon mari et moi ne connaissions pas tellement son oncle – nous ne savions même pas qu'il était mort. Ce fut un choc quand un courrier de son notaire nous a annoncé qu'il nous avait légué le pub. Mon mari culpabilisait que le jeune Finch ne reçoive même pas une part. Il lui a écrit qu'il était le bienvenu chez nous quand il le désirait.

— À quelle adresse a-t-il écrit ? demanda Mlle Holmes.

— À son pensionnat. Il était dans une école de garçons près d'Oxford. M. Finch a répondu par une lettre polie dans laquelle il remerciait mon mari, ajoutant qu'il ne pensait pas revenir de sitôt. M. Glossop a réessayé au bout d'un an ou deux, mais la réponse a été la même. Depuis, nous n'avons plus eu de nouvelles.

— La seconde fois, était-il encore au pensionnat ? s'enquit Mlle Holmes.

— Nous avons écrit à l'école, mais il est possible qu'ils aient fait suivre notre courrier. L'adresse de l'expéditeur était différente cette fois-là : c'était une adresse à Oxford même. C'est celle que j'ai donnée à l'homme venu se renseigner sur lui. Lors de notre dernière visite à Oxford, nous sommes allés voir où c'était, avec tous ces gens qui s'intéressaient à lui.

— Attendez, l'interrompit Mlle Holmes. D'autres gens se sont intéressés à lui ?

— Je ne vous l'avais pas encore dit ? Alors voilà. Après la visite de l'homme, j'ai commencé à poser des questions à droite et à gauche sur M. Finch. Personne ne savait rien. Le seul que je n'ai pas pensé à interroger, c'est mon mari – je pensais qu'il n'était pas plus au courant que moi. C'est seulement plus tard que le sujet est venu sur le tapis et qu'il m'a parlé des deux hommes qui avaient demandé après M. Finch en avril dernier. Ce jour-là, j'étais au lit avec un gros rhume et c'est lui qui a servi les clients. Les jours suivants, il a eu beaucoup de travail et n'y a plus pensé jusqu'à ce que je lui parle de l'autre homme.

Mlle Holmes sortit une petite photo.

— M. Glossop serait-il en mesure de me dire s'il s'agit d'un des deux visiteurs d'avril ?

— Je peux lui poser la question.

Mme Glossop revint deux minutes plus tard, tout excitée.

— Mon mari n'est pas certain à cent pour cent, mais il pense que oui.

Mme Watson tendit la main pour récupérer la photo. C'était celle des jeunes Marbleton que Mlle Holmes avait trouvée chez Mme Woods, avec Frances Marbleton face à l'objectif.

— D'autres personnes sont-elles encore venues pour M. Finch ? Des dames ?

— Non. À notre connaissance, personne d'autre.

— Pourriez-vous décrire l'homme qui s'est présenté il y a un mois ?

— Il avait une quarantaine d'années, je dirais. Taille moyenne. Mince. À un moment, il s'est essuyé le crâne avec un mouchoir – il avait une calvitie. Sinon, je ne me souviens pas trop de la tête qu'il avait. Un visage passe-partout, vous voyez.

Mlle Holmes hocha la tête.

— Tout à l'heure, vous vouliez nous parler de votre dernière visite à Oxford avec votre mari.

— Oui. Nous avons décidé d'aller voir à l'adresse que M. Finch nous avait donnée. L'endroit n'existe plus. Enfin, je veux dire, le bâtiment est toujours debout, mais ce n'est plus une pension. C'est une couturière qui y est installée. Elle a sa boutique et son atelier au rez-de-chaussée. L'étage abrite son appartement et les chambres des petites mains.

Le visage de Mme Glossop s'éclaira.

— M. Glossop m'a acheté une belle étole en fourrure là-bas, vu qu'en ce moment les affaires marchent bien.

Après leur départ du pub, Mme Watson et Mlle Holmes visitèrent l'église du village et le cimetière. Le registre des mariages confirma la date de celui de la veuve Finch avec le vieux M. Glossop, et leurs tombes, celle de leurs décès rapprochés. Le pasteur, un homme frêle et sympathique qui dirigeait la paroisse depuis seize ans, donna du poids aux déclarations de Mme Glossop : lui aussi paraissait tout ignorer de Myron Finch.

— Il semble y avoir une certaine froideur dans le caractère de M. Finch, ne trouvez-vous pas, mademoiselle Holmes ? À ce que je sais, l'illégitimité peut agir comme une barrière à l'amitié. Mais quand même, une enfance entière passée dans ce village et pas la moindre relation avec quiconque ?

Mme Watson n'appréciait guère le village où elle avait vécu quelque temps après être devenue orpheline. Cependant, lorsqu'elle l'avait quitté pour découvrir le vaste monde, elle avait conservé une relation épistolaire avec une jeune femme qui lui avait témoigné de la gentillesse, jusqu'à la mort de celle-ci en couches.

— Enfin bon, soupira-t-elle, il faut croire qu'il est possible d'aimer passionnément une personne et d'ignorer, dans le même temps, les gens parmi lesquels on a grandi, conclut-elle, répondant elle-même à sa question.

Elles prirent la route pour Oxford et s'arrêtèrent en chemin devant la demeure familiale de lady Ingram. Le petit domaine était coquet et impeccablement entretenu – grâce à la fortune de lord Ingram.

Dans le village voisin, personne n'avait entendu parler de Myron Finch. Et personne n'était non plus au courant d'une quelconque histoire d'amour compliquée concernant l'ancienne Mlle Greville. Toutefois, les rumeurs semblèrent se confirmer au sujet du grand voyage des Greville dans le sud de la France et en Italie : en réalité, ils auraient résidé dans une maison plutôt délabrée du centre-ville d'Oxford.

— C'est sans doute là qu'a eu lieu la rencontre, hasarda Mme Watson.

Mlle Holmes n'avança aucune opinion personnelle. Mme Watson fut à la fois plutôt contente et un peu triste de ce silence. Les premiers temps après son installation, la jeune femme faisait davantage d'efforts pour communiquer. Maintenant, consciente que le silence était dans sa nature, Mme Watson était soulagée qu'elle se sente assez à son aise pour ne pas prendre la parole si rien ne l'y obligeait.

À Oxford, elles se rendirent à l'adresse indiquée par Mme Glossop et eurent la confirmation que l'endroit avait été autrefois une pension pour jeunes gens célibataires. Comme le déjeuner était derrière elles depuis plusieurs heures, Mme Watson s'attendait que Mlle Holmes jette son dévolu sur un joli salon de thé.

— Avez-vous déjà visité l'université d'Oxford ? demanda celle-ci à sa surprise.

— Je n'ai pas eu ce plaisir, non.

— Une rapide visite vous tente-t-elle ? Je n'y ai jamais mis les pieds, moi non plus.

Mme Watson devina en elle le regret de ne pas avoir fait d'études. Assurément, elle aurait adoré l'enseignement prodigué dans les facultés que les grandes universités du pays réservaient aux femmes.

Elles passèrent un agréable après-midi à flâner dans les vastes jardins des différentes facultés et à admirer les superbes façades ouvragées, et achevèrent leur visite par une promenade en barque sur les eaux paisibles de la Cherwell River.

Ce fut seulement dans le train du retour que Mme Watson repensa à l'homme venu poser des questions un mois plus tôt.

— Croyez-vous que lady Ingram ait engagé quelqu'un d'autre avant de s'adresser à nous ?

— J'ignore qui est cet homme, répondit Mlle Holmes. Mais il ne semble pas s'agir de lord Ingram, ce dont je me réjouis, ajouta-t-elle après une pause.

Mme Watson la fixa avec de grands yeux sidérés.

— Vous pensez qu'il pourrait être impliqué dans cette affaire ?

— Pour l'instant, ma seule certitude, c'est que nous ne savons pas grand-chose. Lady Ingram ne nous dit pas toute la vérité. Pourquoi devrions-nous croire que lord Ingram n'est au courant de rien ou n'est pas impliqué d'une façon ou d'une autre ? Mais, comme je l'ai dit, conclut-elle avec un lent soupir, je suis contente qu'il ne semble pas s'agir de lui.

L'inspecteur Treadles reçut le rapport officiel du médecin légiste peu avant de quitter les bureaux de Scotland Yard en fin de journée : il n'y avait pas d'eau dans les poumons de la victime. L'homme était mort par strangulation.

Il pianota sur la chemise cartonnée. Il n'y avait rien d'inattendu dans ce dossier. Et franchement, « de Lacy » serait mort noyé, ce serait du pareil au même.

Durant la moitié de la journée, il avait rédigé son rapport dans sa tête.

Richard Hayward, un jeune homme apparemment aisé, vivait à Londres sous une fausse identité. Il tirait ses revenus d'activités illicites. Rattrapé par ces activités, il est mort de la main d'un tueur à gages connu sous le nom de de Lacy. Ayant attiré l'attention de la police, de Lacy redoutait une vengeance de la part des criminels qui souhaitaient la mort d'Hayward. Sous l'emprise de l'alcool, de Lacy a fait des confidences sur sa vie à M. Lucas Boyd, de Lambeth, dont le témoignage est joint en annexe.

S'il soumettait cette version des événements, ses supérieurs seraient plus que satisfaits. *Bien joué, Treadles. Vous avez poussé l'enquête à son maximum. Classez l'affaire et jetez un coup d'œil à ce nouveau dossier qui vient d'arriver.*

Sauf qu'il savait que cette version des événements, sans être un mensonge éhonté, n'en était pas moins tronquée. Quelqu'un s'était donné beaucoup de mal pour s'assurer qu'un âne bâté de l'envergure de Boyd, à moitié aveugle de surcroît, raconterait cette histoire à la police. Sans compter que cette même personne avait dû tuer un homme – ou au moins dénicher un corps – et veiller à ce qu'il finisse au bon endroit afin qu'un témoin providentiel aussi improbable que Boyd reconnaisse son foulard repérable au possible.

Bien qu'il fût conscient de ne pas jouer franc jeu, Treadles n'avait pas la certitude qu'il ne remettrait pas ce rapport.

Il entra dans le vestibule de son élégante demeure. Le claquement de la porte qu'il referma derrière lui résonna dans la maison vide. Son épouse devait participer à une réunion du groupe de femmes qu'elle avait rejoint six mois plus tôt. D'ordinaire, elle lui manquait quand elle était partie. Ce soir, cependant, il préférait qu'elle ne soit pas là.

Qu'elle ne le voie pas se battre – et peut-être perdre la lutte – contre ce désir irrépressible d'apparaître éminemment compétent et efficace aux yeux de ses supérieurs.

Ce désir qui le taraudait, ce n'était pas Alice qui en était à l'origine. C'était Sherlock Holmes. L'idée qu'une femme puisse le surpasser dans son travail lui était insupportable. Pourtant, Alice... Depuis qu'elle lui avait confié avoir nourri un jour des ambitions sans aucun rapport avec leur vie domestique – peut-être y songeait-elle même encore –, il n'était plus le même homme.

Il voulait réussir si brillamment qu'elle ne rêverait plus jamais de diriger les usines Cousins. Il voulait lui donner tant d'enfants qu'elle n'en aurait plus jamais le temps. Mais, de ce côté-là, la vie ne leur souriait pas.

De là à rédiger un rapport trompeur dans l'unique but de se rapprocher d'une nouvelle promotion, il y avait un pas.

Était-il prêt à le franchir ? Il n'en savait rien.

Et c'était ce qui le terrifiait le plus.

Il était plus de 23 heures, et Charlotte était de mauvaise humeur. Cela ne lui arrivait pas très souvent, mais quand cette étrange fébrilité s'emparait d'elle, elle n'était guère armée pour la contrôler : impossible de se raisonner ou de l'étouffer sous une avalanche de gâteau.

Elle arpenta sa chambre un moment de long en large. Puis elle se rhabilla et se glissa hors de la maison. Elle avait envie de relire *Un été dans les ruines romaines*, et l'opuscule se trouvait en ce moment dans la petite bibliothèque de Sherlock Holmes.

Le vestibule du 18 Upper Baker Street était plongé dans le noir. Elle chercha la lampe à gaz à tâtons et tourna la molette. La flamme de la veilleuse prit de la vigueur et illumina l'escalier.

Un bruit assourdi lui parvint de l'étage. Un craquement de la maison qui se contractait dans la fraîcheur nocturne ? Une souris dans le grenier ? Charlotte monta les marches et entra dans le salon.

— Bonsoir, mademoiselle Holmes.

L'applique de l'escalier jetait un rai de lumière ambrée d'un côté de la pièce. La voix provenait de l'obscurité qui enveloppait le reste de la pièce. Charlotte se tourna dans cette direction.

— Monsieur Marbleton, je présume ?

Petit rire étouffé.

— Je vois que le génie de Sherlock Holmes n'est pas un vain mot.

— Point besoin de génie. Nous nous sommes déjà parlé, quoique brièvement. Je n'oublie jamais une voix.

Elle alluma la lampe fixée près de la porte. M. Marbleton se tenait près de l'horloge, un pistolet à la main.

— Une tasse de thé pour vous – et Mlle Marbleton ? A-t-elle besoin d'un médecin ?

— Comment...

— Il y a une odeur de sang dans l'air. Et vous ne me paraissez pas blessé.

Stephen Marbleton soupira.

— Mlle Marbleton va bien. La balle n'a fait qu'effleurer son épaule. J'ai désinfecté la plaie avec votre délicieux whisky et appliqué un peu de pommade à l'acide borique avant de la bander.

Charlotte approuva d'un signe de tête – un médecin n'aurait guère pu faire davantage. Elle entra dans la chambre. Mlle Marbleton dormait sur le lit d'un sommeil paisible.

— Lui avez-vous aussi donné un peu du délicieux laudanum de Sherlock ?

Mme Watson avait veillé à se procurer l'assortiment habituel de teintures et de remèdes qui trônaient sur la table de chevet d'un convalescent.

— En effet. Merci.

Elle posa une main sur le front de la jeune femme. Pas de fièvre. Mais la blessure était très récente. Ils ne sauraient pas avant quelque temps si elle s'était infectée. Elle laissa Mlle Marbleton se reposer et, de retour dans le salon, mit la bouilloire à chauffer sur la lampe à alcool.

— Avez-vous dîné ? s'enquit-elle, disposant quelques madeleines sur une assiette.

— Oui, mais ces madeleines sont appétissantes. Accepterez-vous de les partager avec moi ?

La plupart des Anglais n'auraient pas identifié d'emblée ces petits gâteaux français en forme de coquillage. Mais Stephen Marbleton avait une pointe d'accent, qui dénotait moins une origine étrangère que des séjours prolongés dans d'autres pays.

— Ces madeleines sont pour moi. Il vous faudra être rapide et sans pitié pour avoir une chance d'en manger une.

Il lui sourit. Elle resta de marbre. Il était plus jeune qu'elle. Gaucher, à l'évidence. Il avait vécu récemment dans des pays chauds. Il aimait la fiction. Tirait un peu vanité de son apparence vestimentaire, sans que cela affecte toutefois le côté pratique de sa tenue.

— Est-ce que vous qui avez prévenu la police au sujet du cadavre à Hounslow ?

Il dodelina un peu du chef, mais pas en signe de dénégation.

— Voyons, Sherlock Holmes connaît forcément la réponse.

L'horloge sonna la demi-heure, puis reprit son tic-tac régulier.

— Merci de nous laisser rester ici. C'est très aimable à vous.

— Pourquoi avez-vous usurpé l'identité de M. Finch ? demanda Charlotte sans transition.

Avec un soupir, il vint s'asseoir en face d'elle et prit une madeleine.

— M. Finch détient quelque chose qui nous intéresse.

— Qui est ce « nous » ?

— Ma famille. Mes parents, ma sœur et moi.

— Votre mère est Mme Marbleton ?

— Oui.

— Et votre père ?

— M. Marbleton, bien sûr.

— Et qui est-il, par rapport à M. Moriarty ?

— Ce sont deux hommes différents, si tel est le sens de votre question.

Charlotte mordit délicatement dans sa madeleine.

— Je suppose donc que vous n'êtes pas responsables du décès de l'homme connu sous le nom de

Richard Hayward. Toutefois, vous n'avez pas appris sa mort par hasard.

— Nous avions placé la maison sous surveillance. Cet endroit n'avait pas une importance capitale. L'homme qui y vivait travaillait pour Moriarty depuis un moment, mais ce n'était qu'un sous-fifre, du genre qui ne pose jamais de questions sur ce qu'on lui demande de faire. Il n'en était pas moins une de nos rares pistes.

— Votre mère n'en sait pas davantage sur l'organisation de Moriarty ?

— Elle l'a quitté il y a des années.

— Et elle ne coopère pas avec lui dans une sorte de partenariat donnant-donnant ?

— Pas que je sache.

Elle l'observa un instant.

— Pas franchement rassurant, comme réponse.

— Je suis très bien informé sur la vie de ma mère. Moriarty nous traque depuis presque quinze ans. Nous ne pouvons nous permettre aucun secret. Toute ignorance, tout malentendu peut conduire notre famille au désastre. Que je ne sois pas au courant de quelque chose est plutôt rassurant, en réalité.

Ce garçon avait de la repartie. Charlotte n'était pas complètement tranquillisée, mais l'argument avait du poids. Elle versa l'eau chaude dans la théière.

— Comment M. Finch est-il entré en possession de cette chose qui a de la valeur pour vous ? Travaillait-il pour Moriarty ?

— C'était le cas, en effet.

Lorsque Charlotte avait appris que, finalement, Myron Finch était peut-être vivant, elle avait espéré qu'il n'avait pas de liens avec Moriarty. Quand bien même elle avait toujours su que cet espoir était vain.

— Depuis quand ? Et comment Moriarty et lui se sont-ils rencontrés ?

— J'ignore quand M. Finch a commencé à travailler pour lui. Je sais juste que Moriarty a une préférence pour les personnes marquées par une naissance illégitime. Ces gens ont tendance à être avides de réussite et impitoyables parce que la vie ne leur fait pas de cadeaux. Et s'ils viennent à disparaître, ils ne manquent pas à grand-monde.

— Donc, quand vous dites qu'il détient quelque chose qui vous intéresse, vous voulez plutôt dire Moriarty.

— Exact.

— De quoi s'agit-il ?

— Nous ne le savons pas précisément. Nous savons, en revanche, qu'il existe un dossier concernant des projets secrets devant être mis en œuvre l'année prochaine. Ce dossier a disparu en même temps que M. Finch et M. Jenkins, alias Richard Hayward. Moriarty est fou de rage.

— Comment êtes-vous au courant de tout cela ?

Il esquissa un sourire amer.

— Moins vous en saurez, mieux ce sera.

— D'accord. Ce M. Jenkins était-il un enfant naturel, lui aussi ?

— Tout à fait. M. Finch et lui fréquentaient le même pensionnat. Ensuite, ils ont résidé dans la même pension.

D'une certaine façon, Charlotte avait donc raison de penser qu'il était orphelin. Quelle épreuve pour de jeunes gens comme son frère et ce M. Jenkins de se sentir comme des déchets abandonnés sans état d'âme par ces pères bien nés qui n'avaient que faire d'eux dans leurs vies ! Comment s'étonner, dès lors, qu'un homme sans scrupules comme Moriarty ait pu gagner leur confiance et leur loyauté, tout au moins au début ?

— Pourquoi se sont-ils enfuis avec ce dossier secret ?

— Je n'ai pas d'informations fiables à ce sujet. Juste des hypothèses.

— Lesquelles ?

— Il est possible que ce dossier contienne des renseignements pouvant servir à un chantage. Moriarty paie bien, mais pas non plus au point de satisfaire les rêves de fortune qu'ont certains.

— Ces rêves doivent pourtant être tempérés par la peur de croiser sa route.

— Voilà pourquoi j'ai quelques doutes. Autre hypothèse, ils voulaient quitter l'organisation et pensaient que la possession de ce dossier garantirait leur sécurité.

— Pourquoi vous impliquer dans cette histoire ? Ne devriez-vous pas plutôt avoir comme objectif de rester le plus loin possible de cet homme ?

— Depuis quinze ans, nous sommes rarement restés plus de trois mois au même endroit, sans jamais nous sentir en sécurité... Nous voulons de quoi faire pression sur Moriarty, reprit-il après un silence. Quelque chose qui ferait changer la peur de camp, pour une fois. Quelque chose qui le contraindrait à nous laisser tranquilles.

— Qu'espériez-vous obtenir en vous faisant passer pour Myron Finch ?

— Comme nous ne parvenions pas à le trouver, nous espérions que ce serait lui qui viendrait à nous.

— En approchant sa famille ?

— Nous nous disions que quelques prises de contact peu discrètes contrarieraient peut-être assez votre père pour qu'il lui fasse savoir sa façon de penser par le biais de son avoué et qu'ainsi, M. Finch se rendrait compte qu'un imposteur avait pris sa place.

— Et ensuite ?

— Nous avons écrit par trois fois en son nom à votre père en indiquant systématiquement notre adresse. Nous espérions qu'une fois mis au courant, M. Finch viendrait nous trouver. Et alors nous lui proposerions un marché : le dossier contre sa sécurité.

— Sa sécurité ? Vous n'êtes même pas capables de garantir la vôtre.

— Après des années de traque, nous sommes encore en vie. Qui est le mieux placé pour l'aider à rester en un seul morceau ?

— À propos de rester en un seul morceau... qu'est-il arrivé à Mlle Marbleton ?

— Nous sommes retournés ce soir à mon appartement chez Mme Woods. Lors de votre visite nocturne, elle a pensé que c'était M. Finch et m'a prévenu par télégramme. En tentant de rentrer discrètement dans la pension, elle vous a vue parler avec la logeuse. Comme ce n'était que vous, elle a considéré que le danger était limité. En fait, notre principale préoccupation était de ne pas nous faire voir de Mme Woods. Nous n'avions pas du tout anticipé l'embuscade. Par chance, le Dr Vickery revenait d'une soirée. Le temps qu'il rentre dans son appartement, nous avons attendu dans l'escalier de service que la voie soit libre. À ce moment-là, nous avons vu notre porte s'ouvrir et se refermer. Nous pensions toujours que c'était vous ou M. Finch, mais au moins nous étions sur nos gardes. Bref, je vous passe les détails, nous avons réussi à semer nos poursuivants.

— En êtes-vous sûr ?

— C'est notre spécialité.

Elle l'espérait fortement, puisqu'ils se trouvaient dans un appartement appartenant à Mme Watson.

— Pourquoi êtes-vous venus ici, alors ?

— J'ai vu la lettre que ma mère vous a écrite peu avant le dénouement de l'affaire Sackville. Elle n'a pas son pareil pour juger les gens. Si elle vous fait confiance, moi aussi.

— Vous ne redoutiez pas que cet endroit soit surveillé ?

— Cette nuit, les hommes de main de Moriarty se concentrent sur les gares, car ils s'attendent que nous prenions la fuite.

— C'est ce que vous avez tenté de faire, je suppose. Et vous avez trouvé les gares sous surveillance.

— Précisément. Et puis, j'avais une question à vous poser.

— Allez-y.

— Vous, pourquoi cherchez-vous Myron Finch ?

— J'agis à la demande d'une cliente, une vieille amie de M. Finch qui avait l'habitude de le revoir à intervalles réguliers.

M. Marbleton haussa un sourcil intrigué.

— Qui est cette cliente ?

— Je n'ai pas le droit de vous dévoiler cette information.

— Et elle ignore que vous êtes une parente de M. Finch ?

— Je n'ai pas de certitude à cent pour cent. Mme Marbleton était-elle au courant de ce lien ?

— Elle a pris contact avec vous pour une affaire totalement différente.

— Vous ne répondez pas à ma question.

— Nous l'ignorions. Mais quand nous l'avons appris, nous avons acquis la certitude que vous ne cachiez pas Finch, au moins pas ici, puisque nous avons fouillé la maison de fond en comble. Et il aurait été inconscient de l'héberger chez Mme Watson alors que vous disposiez de cette grande maison vide ici.

Charlotte hocha la tête, vérifia le thé qui infusait dans la théière et lui servit une tasse.

— Vous avez une autre question, n'est-ce pas ?

Stephen Marbleton l'observa un instant en silence.

— Je suppose que oui. Votre sœur va-t-elle bien ?

— Combien de fois l'avez-vous rencontrée ?

Il ajouta du sucre à son thé.

— Trois.

— Plus qu'il n'était nécessaire.

Avait-il un peu rougi ?

— Peut-être. Va-t-elle bien ?

— La vie n'est pas facile pour Livia – elle ne l'a jamais été. C'est une femme qui a du discernement, mais qui est persuadée que son intelligence n'a aucune valeur.

— Vous avez dû ressentir la même chose vous aussi.

— Pas du tout. Je ne suis pas sensible aux opinions d'autrui, individuelles comme collectives. Livia, si. Elle a une conscience exacerbée de la personne qu'elle est censée être et du décalage qui existe entre celle-ci et ce qu'elle est vraiment. Elle est convaincue en permanence de n'avoir que des défauts.

Stephen Marbleton but une gorgée de thé. Il tenait sa tasse à deux mains, comme s'il avait froid.

— Pourquoi me dites-vous cela ?

— Pour que vous compreniez sa fragilité, si vous ne vous en êtes pas déjà rendu compte. Elle ne mourra pas d'un peu de badinage, mais elle en souffrira.

— Vous essayez de me détourner d'elle ?

— Non, mais il est de mon devoir d'attirer votre attention sur les conséquences probables de votre attitude, afin que vous agissiez en connaissance de cause.

Elle se leva.

— Vous devez être fatigué. Je vous laisse.

18

Samedi

Charlotte se leva tôt, prit un panier de victuailles à la cuisine et se rendit au 18 Upper Baker Street. Les Marbleton s'étaient envolés. Leur départ ne la surprit pas, mais elle fut impressionnée de constater qu'ils n'avaient pas laissé la moindre trace de leur passage, à l'exception d'un mot glissé sous l'oreiller de Sherlock.

Merci pour votre hospitalité. Nous espérons vous revoir dans des circonstances plus propices.

Le jour où Charlotte avait surpris la femme qui épiait la maison de Mme Watson à télégraphier une annonce avec un verset de la Bible, elle avait fait parvenir une demande au *Times* pour consulter les archives du journal. L'autorisation venait enfin de lui être accordée.

Elle s'attendait à un endroit très bruyant, mais les presses n'étaient pas en fonctionnement au moment de sa visite, et les bureaux du journal, bien qu'en proie à une agitation permanente, étaient beaucoup plus tranquilles qu'un salon mondain le soir d'une réception.

Un employé lui fit traverser la vaste salle de rédaction bien éclairée au centre de laquelle trônait une immense table de réunion en chêne. Le long des murs s'alignaient des bureaux équipés de tout le matériel nécessaire à l'écriture. Au fond de la pièce, un couloir menait à la salle des archives, qui renfermait toutes les éditions du *Times* depuis la création du journal. Après quelques instructions, l'employé la laissa à ses recherches.

Elle avait supposé que les annonces bibliques étaient publiées chaque semaine. En réalité, c'était trois fois par mois, toujours aux mêmes dates. Elle consulta les journaux des trois dernières années. Pas de versets de la Bible. Cependant, en y regardant de plus près, elle trouva un code hebdomadaire qui donnait en clair une suite de chiffres romains, suivie d'un nombre. *VIII, 260* ; *XI, 81* ; *XIV, 447*, etc.

Ils ne semblaient pas se rapporter à la Bible. Charlotte se rendit dans la pièce voisine, où une douzaine de correcteurs travaillaient, entourés de centaines de dictionnaires et d'encyclopédies. Elle trouva le huitième volume de l'*Encyclopedia Britannica* et l'ouvrit à la page 260. L'entrée était « Angleterre ».

Les autres codes correspondaient, eux aussi, à une entrée. Si telle était bien leur signification, à quoi rimait donc tout cela ?

Elle réfléchit un moment, puis se rendit à la maison de Portman Square et laissa un mot à lord Bancroft.

Quand, précisément, le télégramme en Vigenère que vous m'avez donné a-t-il été envoyé ? Merci d'avance pour votre réponse.

Fidèle au poste, Mme Burns s'affairait à peler des carottes à la soupe populaire. Mme Watson noua un tablier autour de sa taille et s'attaqua à une pile de courges.

— Nous avons d'autres ladies qui viennent parfois aider, mais elles sont difficiles. Elles ne veulent rien de trop sale, de trop lourd, de trop chaud. Vous n'êtes pas de ce genre-là, madame Watson, dit Mme Burns au bout d'une heure.

Mme Watson rit.

— C'est sans doute parce que je ne suis pas une lady. J'étais comédienne de music-hall. Même si j'épousais un duc, les vraies ladies me tourneraient le dos.

Mme Burns s'interrompit dans son travail.

— Vous ne vous moquez pas de moi, au moins ?

— Si je voulais me moquer de vous, madame Burns, je ferais étalage de ma respectabilité et non le contraire.

— Vous montiez vraiment sur scène pour chanter et danser ?

— C'est la pure vérité.

— Et des messieurs venaient se mettre à genoux devant la porte de votre loge dans l'espoir d'obtenir vos faveurs ?

Mme Watson rit de nouveau.

— À genoux, quand même pas. Mais oui, il y en avait quelques-uns qui demandaient à m'être présentés... ou plus.

— Ou plus ?

— Oh, vous savez bien.

Mme Burns haussa les sourcils d'un air ravi, loin d'être scandalisée.

— Vous deviez avoir l'embarras du choix.

— C'est un aspect du métier qu'il fallait savoir gérer, répondit Mme Watson avec modestie.

Mme Burns dodelina du chef et reprit son épluchage.

— Jamais je n'aurais imaginé rencontrer une comédienne à la soupe populaire.

— Je croise d'anciens collègues un peu partout, vous savez. À la librairie, à la gare et même une fois lors d'une randonnée dans les Pennines.

Mme Burns leva les yeux de son tas de carottes.

— Le théâtre m'a toujours intéressée. Oh, je n'ai jamais rêvé de monter sur scène – je n'aimerais pas avoir les regards de tous ces inconnus braqués sur moi. Mais ce serait une libération de travailler dans un endroit où les gens... Enfin, je ne sais pas comment le dire sans vous offenser, mais...

— Où personne ne serait très respectable à proprement parler, termina Mme Watson avec un sourire.

— Oui. Par conséquent, le respect doit se gagner, parce que tout le monde commence sur un pied d'égalité.

— Si vous cherchez une profession égalitaire, je ne suis pas sûre que le théâtre soit le bon choix. Bien souvent, la bousculade pour décrocher un rôle est aussi féroce que tout ce qu'on voit dans le grand monde en pleine saison. Mais cette vie me plaisait. Il y a une certaine magie à jouer sur scène, et il existe une grande camaraderie entre comédiens. Beaucoup de folie, aussi, et ce n'est pas toujours beau à voir.

Un peu comme dans la vraie vie.

Mme Burns ne répondit pas. Dans la cuisine, on n'entendait plus que le claquement des couteaux sur les planches à découper et le bouillonnement des marmites sur le feu.

— Si je m'intéresse au théâtre, finit-elle par reprendre, c'est à cause d'une personne que je connaissais. Il est de l'autre bord, comme on dit.

— Vous voulez dire qu'il ne s'intéresse pas aux femmes ?

— C'est cela. À un moment, il avait dans l'idée de rejoindre une troupe de théâtre. Il pensait qu'il y serait mieux accepté.

— Il n'a pas vraiment tort. La proportion de gens comme lui dans le monde du théâtre est supérieure à celle qu'on trouve dans la population générale, je dirais. Il s'y serait senti moins seul – et plus en sécurité. Pour autant, il n'aurait pas forcément été bien traité par tout le monde. Par exemple, les machinistes ne sont pas toujours tendres, vous savez.

— Aucun milieu n'est parfait, n'est-ce pas ?

— Non, je le crains, soupira Mme Watson, qui laissa passer quelques secondes. Et vous, madame Burns ? Je ne voudrais pas être indiscrète, mais vous êtes une belle femme. N'avez-vous jamais eu d'ennuis dans votre métier ?

La gouvernante haussa les épaules.

— Je ne crois pas que la beauté ait quelque chose à voir là-dedans. Si un homme a envie de glisser la main sous la jupe d'une femme, il sera peut-être plus tenté si la femme est jolie, mais il le fera de toute façon.

Bonne réponse, se dit Mme Watson, mais pas celle qu'elle attendait.

— Pas de problème avec votre maître, j'espère ?

— Non, le Dr Swanson est très correct. Il cause un peu trop à mon goût, sinon il n'y a rien à redire.

— Et s'il tombe amoureux de vous un jour et vous demande en mariage ?

Mme Burns pouffa.

— Quelle idée ! S'il s'y hasardait, je lui répondrais que je préfère m'occuper de lui contre rémunération que gratuitement.

— Il doit sûrement y avoir d'autres avantages à être l'épouse d'un médecin prospère. Vous pourriez rabattre son caquet à son agaçante fille, par exemple.

— C'est tentant, je l'avoue, mais pas assez. Je préfère ne pas voir sa tête du tout. Et puis, j'ai quelqu'un, lui glissa Mme Burns en se penchant vers elle. Elle s'appelle Gabrielle. Elle travaille pour une riche veuve dotée de trois filles qui veulent devenir comtesses. Un de ces jours, nous nous installerons ensemble dans le sud de la France.

— Oh, fit Mme Watson. Donc, le pauvre docteur n'a jamais eu la moindre chance.

Mme Burns pouffa de nouveau.

— S'il était duc, j'y réfléchirais peut-être à deux fois. Je connais des duchesses qui ont des liaisons. Mais un médecin attendra de moi que je sois très convenable. Ce que je suis, remarquez. Il n'y a jamais eu personne d'autre que Gabrielle dans ma vie, mais le vieux Dr Swanson aurait une attaque si je lui disais que je préfère coucher avec elle qu'avec lui.

— Ou il pourrait vous proposer un ménage à trois. On ne sait jamais.

Mme Burns en resta bouche bée, puis gloussa de plus belle. Les deux femmes rirent de bon cœur un moment, puis attaquèrent un panier de pommes de terre.

— Mmm, le mystère s'épaissit... ou s'éclaircit-il ? demanda Pénélope.

Tandis que sa tante faisait une sieste bien méritée, Mlle Holmes lui avait rapporté dans le détail ce que Mme Watson avait appris à la soupe populaire.

— Si Mme Burns n'a pas de vues sur le Dr Swanson, Mme Morris s'est-elle fait de fausses idées ?

— Elle ne s'est pas plainte de sa santé depuis sa première visite, souligna Mlle Holmes. À chaque rencontre par la suite, elle m'a paru en bonne forme et heureuse de l'être.

— Qu'envisagez-vous de faire ?

— Je vais retourner la voir et lui poser encore quelques questions.

Pénélope était contente que ce ne soit pas son problème. Elles parlèrent un peu des de Blois, qui avaient déjà envoyé deux cartes postales de leurs voyages. Puis elle décida qu'elles avaient échangé assez de menus propos.

— Avez-vous vraiment des soupçons au sujet de lord Ingram, mademoiselle Holmes ?

Le visage de la jeune femme demeura aussi serein que celui de la Madone.

— Pas particulièrement.

— Vous ne le suspectez pas d'avoir supprimé M. Finch, quand même ?

— Non. Mais comment puis-je être certaine qu'il n'a pas tout mis en œuvre pour en apprendre le plus possible ? Il peut y avoir beaucoup de secrets dans une famille. Lord Ingram est fin observateur. Peut-être lady Ingram est-elle parvenue à tout lui cacher jusqu'à cet été. Mais, vu l'agitation qu'a provoquée chez elle la disparition de M. Finch, il n'est pas extravagant de supposer qu'il se pose des questions. Il a pu charger quelqu'un de se renseigner.

— Vous parlez de l'homme qui s'est rendu dans le village de M. Finch ? Vous disiez que cette visite remontait à un mois. La disparition de M. Finch est plus récente.

— La version des faits de lady Ingram n'est pas fiable. Elle prétendait ignorer où le chercher. Or, elle en sait davantage qu'elle ne le dit. Sa visite à l'avoué de mon père en est la preuve. Et un mensonge peut en cacher d'autres.

Pénélope soupira.

— J'aimerais être sûre que lord Ingram n'est pas impliqué.

— Il ne l'est peut-être pas – pas activement, en tout cas. Mais si sa femme est mêlée à quelque chose, il le sera aussi, forcément.

L'inquiétude dut se peindre sur le visage de Pénélope, car Mlle Holmes, en âme charitable, passa à un autre sujet.

— Mademoiselle Redmayne, j'ai une question d'ordre médical. Pensez-vous pouvoir m'aider ?

Lord Ingram n'avait pas mis les pieds dans la chambre de son épouse depuis des années. Il y avait eu des changements – la nouvelle pendule sur le manteau de la cheminée, deux petits marines dont il n'avait pas souvenir. Mais, dans l'ensemble, la pièce lui fit une impression si familière qu'il s'attendit presque à croiser le regard de sa femme dans le miroir de la coiffeuse tandis qu'elle se brossait les cheveux, un sourire radieux aux lèvres.

Mais les sourires radieux remontaient aux débuts de leur union. La dernière fois qu'il était venu dans sa chambre, elle lui avait adressé un sourire, certes. Mais il était indifférent, presque forcé.

Il aurait souhaité lui faire l'amour, dans l'espoir que l'intimité physique comblerait la distance qui les séparait. Quoi qu'il fasse, il y avait toujours ce gouffre entre eux. En désespoir de cause, il avait fini par lui souhaiter une bonne nuit et se retirer, tant il se sentait indésirable.

La semaine suivante, son parrain était décédé, et il avait dit à son épouse qu'il héritait seulement d'une rente annuelle de cinq cents livres, au lieu de la fortune indiquée dans le testament. Elle était entrée dans une rage noire. Elle pensait qu'un jour il serait un homme très riche, avait-elle hurlé, et voilà qu'elle l'avait épousé pour rien ! Ses enfants avaient du sang juif pour rien !

Au début, étrangement, cette colère lui avait insufflé du courage – la colère, c'était tangible, réel. Tout valait mieux que cette distance polie qui le mettait au désespoir.

Il n'avait compris la terrible implication de ses paroles que plusieurs jours après.

Ils ne s'étaient plus jamais adressé la parole, sauf par nécessité.

Pourquoi venir dans sa chambre, alors ?

Comme si son cerveau se refusait à formuler la réponse, il passa à l'action. Un peu honteux, mais mû par une force inexplicable, il entreprit une fouille systématique de la pièce, avec une méticulosité qu'il réservait d'ordinaire aux suspects de haute trahison.

La chambre n'ayant livré aucun indice, il passa son bureau au peigne fin : lady Ingram utilisait parfois cette pièce en son absence. Hélas, le ruban de la machine à écrire ne pouvait garder une trace lisible du texte qui y avait été tapé. Il inspecta avec soin sa collection de livres. Ils étaient régulièrement époussetés, mais cette tâche ne faisait pas partie du ménage quotidien ; il était donc possible de voir si l'un ou l'autre volume avait été enlevé d'un rayonnage.

Le premier à attirer son attention – la poussière sur la tranche avait été essuyée – était un ouvrage sur le droit matrimonial.

Lord Ingram ne nourrissait pas d'intérêt particulier pour le droit. Cet ensemble de traités était un cadeau – il ne savait plus à quelle occasion ni par qui ils lui avaient été offerts. Les pages du livre n'étaient pas coupées, à l'exception du chapitre concernant la dissolution des mariages.

Était-ce donc ce que son épouse manigançait ? Se renseignait-elle en catimini sur les conditions d'une procédure de divorce ?

19

Lundi

— Mademoiselle Holmes, madame Hudson, quelle charmante surprise, s'exclama le Dr Swanson, qui se leva et vint chaleureusement leur serrer la main. Clarissa est au parc pour sa promenade matinale et ne sera pas de retour avant au moins une demi-heure. J'espère qu'en attendant, ma compagnie fera l'affaire.

Mlle Holmes lui sourit.

— Bien entendu.

— Mme Burns est à la maison aujourd'hui. Voulez-vous une tasse de son délicieux café ?

— Avec grand plaisir.

Ils bavardèrent de tout et de rien jusqu'à ce qu'une bonne apporte le café. Le Dr Swanson le servit avec cérémonie, et ses visiteuses se répandirent en compliments sur son arôme et sa saveur.

Mlle Holmes savoura le sien avec une généreuse dose de sucre et de crème. Puis elle posa sa tasse.

— Docteur Swanson, nous avons des excuses à vous présenter – et votre fille aussi. Nous n'avons pas été tout à fait honnêtes avec vous lors de notre précédente visite. Mme Morris ne nous a pas rencontrées dans son club de tricot. En réalité, nous avons fait sa connaissance récemment, lorsqu'elle est venue consulter mon frère, Sherlock Holmes, parce qu'elle craignait d'avoir été empoisonnée dans cette maison.

Si le médecin cilla au nom de Sherlock Holmes, le mot « empoisonnée » provoqua chez lui un mouvement de recul.

— Pauvre enfant, j'ignorais qu'elle était angoissée à ce point. C'est juste l'effet de Londres sur son organisme. L'air de la capitale est très toxique. La plupart des gens sont résistants, mais de temps en temps, certains développent une intolérance aux particules nocives qu'ils respirent.

— Ce n'est pas l'avis de Mme Morris. Elle est persuadée que Mme Burns veut se débarrasser d'elle pour avoir le champ libre et vous prendre dans ses filets.

— C'est complètement ridicule, voyons ! Mme Burns n'est pas du tout ce genre de femme. Bonté divine ! Comment vais-je réussir à lui faire entendre raison ?

Mlle Holmes se pencha en avant.

— Il n'y a qu'une solution : dire la vérité à Mme Morris.

Le Dr Swanson la fixa avec effarement.

— Je... je crains de...

— Vous savez parfaitement de quoi je parle, docteur Swanson. Votre fille croit que votre gouvernante a mis quelque chose dans les biscuits pour la rendre malade. Or, ce ne sont pas les biscuits qui l'ont rendue malade, mais le café qu'elle a bu. Et c'est vous qui y avez touché.

— Je n'ai mis aucun poison dans le café !

— Non, vous n'iriez pas jusque-là. Vous vouliez juste qu'elle se sente mal au point de quitter Londres. En l'état actuel de la situation, l'hostilité de votre fille envers Mme Burns risquait de conduire celle-ci à donner sa démission, et cela, vous n'auriez pu le supporter.

La pomme d'Adam du médecin monta et descendit.

— Mme Morris a déclaré avoir les fruits exotiques en horreur. Certaines personnes n'en apprécient pas le goût, voilà tout. Chez d'autres, en revanche, la plus infime quantité provoque une réaction violente. Mon frère a émis l'hypothèse que votre fille était allergique à une certaine variété de fruits tropicaux. Cependant, elle les évite comme la peste – elle ne mange même pas des fruits secs qui n'ont rien d'exotique. Dès lors, comment serait-il possible d'introduire un allergène dans sa nourriture ? Il était perplexe jusqu'à ce que je lui rappelle que dans le cellier – un endroit qui vous est familier, puisque vous aviez l'habitude de préparer vous-même votre café avant l'arrivée de Mme Burns –, j'avais vu de la ficelle en fibre de coco. Il ne vous aura pas été difficile d'en couper une petite quantité, et même de la moudre, puis de la mélanger aux grains fraîchement moulus le matin même par Mme Burns.

Le Dr Swanson crispa les mains sur les accoudoirs du fauteuil.

— Allez-vous le dire à Clarissa ?

— Nous ne devrions pas ?

— Non, je vous en supplie. Elle en serait anéantie. Je vous jure que je ne lui voulais pas de mal. Comme vous l'avez dit, j'espérais qu'elle quitterait Londres.

Mme Watson ne put se contenir plus longtemps.

— Vous l'avez vue souffrir le martyre. Et pourtant, vous avez recommencé. Quel genre de père êtes-vous donc ?

— Vous devez me comprendre. Après le décès de mon épouse, j'ai commencé à me voir comme un vieil homme. J'ai perdu le goût des choses. Je ne lisais plus le journal. Je devais me forcer à répondre à mon courrier, alors qu'avant j'étais toujours très assidu et ponctuel dans ma correspondance. Puis ma vieille gouvernante a pris sa retraite, et Mme Burns l'a remplacée. Et soudain, je me suis senti comme un jeune homme. J'avais de nouveau un avenir. Elle est belle et cultivée. Nous pourrions aller au théâtre, à des conférences. Nous pourrions voyager à travers le monde. J'ai vendu mon cabinet afin d'avoir plus de temps pour la courtiser, mais c'est une femme si convenable, si insaisissable... Et voilà qu'au moment où je commençais à trouver qu'elle s'ouvrait à moi, ma fille vient me rendre visite... et ne repart plus. La panique m'a gagné. Mme Burns est un ange. Et si l'un des commerçants qui viennent à la maison me la volait sous mon nez ? C'est alors que je me suis souvenu de l'allergie de Clarissa...

Il n'était plus qu'un vieillard au regard implorant.

Mme Watson serra les mâchoires.

— Docteur Swanson, il y a deux choses que vous devez savoir. Premièrement, vous ne réussirez jamais à conquérir Mme Burns. Son cœur est déjà pris, et elle a la ferme intention de passer le reste de sa vie aux côtés de cette personne dès la fin de leurs carrières de domestiques. Deuxièmement, votre fille ne retournera pas auprès de son époux. Sherlock Holmes avait des soupçons, aussi Mlle Holmes et moi-même sommes-nous allées à Devonport hier à sa demande. Nous avons appris que le capitaine Morris avait installé une autre femme dans son foyer. À l'évidence, Mme Morris a refusé cet arrangement.

— Quel mufle !

— Elle n'a pas beaucoup de chance avec les hommes de sa vie, commenta Mme Watson d'un ton acide.

Le Dr Swanson fit une grimace, mais jugea préférable de ne pas la contredire.

— Je m'occuperai d'elle. Je vous en conjure, ne lui dites rien.

— Nous avons choisi de nous taire. Vous avez raison, le choc l'anéantirait, et je ne suis pas sûre qu'elle puisse en supporter davantage en ce moment. Cependant, vous allez nous signer une déposition que nous conserverons dans un coffre à la Banque d'Angleterre. Et nous lui rendrons visite régulièrement, afin de nous assurer qu'elle va bien.

Le Dr Swanson, qui n'en menait pas large, obtempéra. Il attendit qu'elles se lèvent pour oser poser la question qui le taraudait.

— Que comptez-vous lui dire ?

— Vous pouvez lui expliquer que nous sommes passées et que nous vous avons donné les résultats de nos investigations, à savoir que le dernier sac de café en grains qu'on vous a livré a été stocké chez le grossiste près d'un lot de noix de coco. Vous nous avez confirmé qu'elle souffrait d'une sévère allergie à la noix de coco. Et voilà, le mystère est résolu.

— Je persiste à penser que nous aurions dû dire la vérité à Mme Morris, dit Mlle Holmes tandis qu'elles quittaient la maison du Dr Swanson.

Peut-être avait-elle raison. Mais Mme Watson ne pouvait tout bonnement pas supporter d'infliger cette torture à la pauvre femme. Elle n'avait nulle part où aller, hormis chez son père. À quoi bon la traumatiser en lui révélant qu'il l'avait trahie lui aussi ?

— Je vais aller frapper à la porte de service, annonça-t-elle.

Mlle Holmes hocha la tête sans insister.

— Et moi, je ferais mieux de me presser si je ne veux pas être en retard pour mon rendez-vous aux archives du *Times*.

Mme Watson la regarda s'en aller et soupira, fouillant sa mémoire : avaient-elles jamais pu aider leurs clients sans briser le cœur de quelqu'un, y compris le sien ? Il lui était arrivé d'avoir peur, mais cette peine était pire que tout.

« Vieille idiote, se réprimanda-t-elle en descendant l'escalier de service. C'est juste parce que tu n'es pas en danger en ce moment. »

En réalité, ce n'était pas tout à fait vrai. Mlle Holmes lui avait parlé des Marbleton, qui avaient trouvé refuge au 18 Upper Baker Street et confirmé le lien entre M. Finch et Moriarty. Il y avait du danger dans l'air ; elle l'avait juste oublié un instant.

Mme Burns en personne vint lui ouvrir.

— Madame Watson ? Que faites-vous donc ici ?

— Si vous m'offrez une tasse de votre excellent café, je vous raconterai tout, répondit celle-ci avec un sourire penaud.

Mme Burns écouta l'histoire avec une incrédulité grandissante, sans pourtant interrompre Mme Watson une seule fois.

— Voilà, vous savez tout. En théorie, cette affaire ne concerne que le père et la fille. Mais j'étais d'avis que vous deviez savoir.

Mme Burns resta silencieuse.

— Je trouve Mme Morris un peu idiote, mais elle ne méritait pas pareil traitement.

— Non, en effet.

— Quant au Dr Swanson, jamais je n'aurais imaginé qu'il avait cette brutalité en lui. J'en suis toute retournée.

— Je suis contente que vous ne trouviez pas son attitude romantique.

— Romantique ? Seigneur, non ! C'est de l'égoïsme pur et simple.

— Que comptez-vous faire ?

— Chercher une autre place.

— Vous m'en voyez désolée. Ce n'est pas ce que vous vouliez, je sais.

Mme Burns lui sourit.

— Ne vous faites pas de souci pour moi, madame Watson. Je sais me débrouiller.

Elle la reconduisit jusqu'à la porte.

— Merci beaucoup. Je vous suis très reconnaissante.

— Et moi, heureuse d'avoir pu vous rendre service, répondit Mme Watson en enfilant ses gants. Au fait, l'ami dont vous parliez l'autre jour, a-t-il finalement fait carrière dans le théâtre ?

— Le jeune Greville ? Non. Le mariage de sa sœur avec un lord fortuné a douché ses espoirs d'une vie de bohème.

Pour s'assurer que les annonces qu'elle avait repérées donnaient bel et bien les mots-clés de messages chiffrés de Moriarty, Charlotte devait vérifier s'ils fonctionnaient. Maintenant que lord Bancroft lui avait communiqué la date précise de l'envoi du télégramme en Vigenère, elle pouvait enfin effectuer le test.

Toutefois, il lui fallait d'abord identifier l'annonce de cette époque précise. Elle chercha pile à la date et avant. Après une longue et fastidieuse séance de déchiffrement des annonces codées publiées à l'époque, elle finit par en trouver une qui donnait, en clair, *C 2 5 7*, et une autre parue quinze jours plus tôt : *H 146 6 4*.

Elle étudia un moment les lettres et les chiffres, puis alla demander à l'un des correcteurs dans la pièce voisine s'ils avaient un exemplaire des œuvres de Shakespeare sous la main. Ils en avaient deux dans leur bibliothèque : une édition moderne et la même que celle de Livia, un fac-similé du *Premier Folio*.

Charlotte consulta le fac-similé. *Comédies*, page deux, ligne cinq, septième mot. *Terre*. Ce n'était pas le mot clé qu'elle-même avait trouvé. Elle essaya l'autre. *Histoires*, page cent quarante-six, ligne six, quatrième mot. *Sorcier*.

Faisait-elle fausse route ?

Elle partait du principe que les communications de Moriarty à ses hommes de main – et entre les hommes de main eux-mêmes – étaient pour la plupart codées. Cette pratique avait ses avantages, mais aussi son lot d'inconvénients. Utilisé trop souvent, un code devenait facilement déchiffrable par d'autres. Et quand il y avait des défections dans les rangs, le secret pouvait être éventé.

La parade consistait à opter pour un chiffre extrêmement sophistiqué, puis de changer souvent le mot clé indispensable à l'encodage. Une solution qui n'était pas non plus sans inconvénient : comment diffuser le nouveau mot clé de façon à ce que tous les membres de l'organisation en aient connaissance à peu près en même temps ?

Certes, le journal assurait la diffusion. Mais les destinataires avaient besoin d'une référence commune qui, en outre, ne serait pas trop difficile à se procurer : la Bible, l'*Encyclopedia Britannica* ou les *Comédies, histoires et tragédies de M. William Shakespeare*, ouvrage aussi connu sous le titre de *Premier Folio*.

En cas de défection, il suffisait de changer l'ouvrage de référence au sommet de la pyramide. Les annonces restaient toujours repérables dans le journal, mais sans le nouveau mot de passe, impossible d'en comprendre un traître mot.

Un système simple et efficace. Presque parfait, en réalité, aux yeux de Moriarty, à travers le double prisme de la paranoïa et du narcissisme.

Alors pourquoi ne fonctionnait-il pas ?

Soudain, elle se frappa le front, s'attirant le regard surpris et vaguement désapprobateur du correcteur le plus proche. Évidemment. Même un système élaboré avec la plus grande méticulosité n'était pas à l'abri d'une erreur humaine. Et s'il y avait eu une bourde de la part de l'exécutant chargé de publier le mot de passe dans la presse ? Un aléa quelconque avait très bien pu provoquer un retard dans la diffusion de cet élément fondamental.

Charlotte regagna la salle des archives et sortit les numéros du *Times* publiés après la transmission du texte en Vigenère. Elle trouva une annonce parue deux jours plus tard qu'elle s'empressa de décoder :
T 44 7 9.

La page quarante-quatre des *Tragédies* l'amena à *Titus Andronicus*. Elle glissa l'index jusqu'à la ligne sept. Le neuvième et dernier mot était… *vérité*.

Bonne pioche. Il était temps.

Au retour de Mlle Holmes, une heure après le déjeuner, Mme Watson bondit de son fauteuil et se hâta à sa rencontre.

— Figurez-vous que Mme Burns a travaillé chez lady Ingram – enfin, chez ses parents, pour être exacte, à l'époque où ils vivaient à Oxford.

· Mlle Holmes prit juste le temps d'enlever son chapeau.

— Je dois ressortir après le thé, lui annonça-t-elle. Pourriez-vous me raconter la suite pendant que nous nous entraînons à la canne de combat ?

Mme Watson n'en revenait pas. En temps normal, Pénélope et elle devaient lui rappeler de prendre le temps de s'entraîner.

— D'accord.

Elles montèrent se changer et se retrouvèrent au gymnase, où Mme Watson dirigea l'échauffement.

— N'hésitez pas à y aller plus fort, dit Mlle Holmes. Je vous en prie, dites-moi ce que vous avez appris par Mme Burns.

Mme Watson lui assena un coup de canne plus violent que d'ordinaire. Mlle Holmes vacilla sous le choc.

— Un peu d'énergie, que diable ! lui lança Mme Watson. Ne laissez pas une vieille femme vous dominer. Où en étais-je ? Ah oui. À l'époque, Mme Burns était au service de la cousine de la mère de lady Ingram. La cousine avait prévu un séjour de six mois à l'étranger avec ses sœurs, et elles ne voulaient emmener qu'une bonne. Mme Burns a donc été prêtée, en quelque sorte, à Mme Greville pour lui rendre service, puisque les Greville n'avaient pas pris leur propre personnel à Oxford – pas question qu'on sache qu'ils vivaient chichement non loin de chez eux au lieu de sillonner l'Europe.

Mlle Holmes para le coup du mieux qu'elle put et esquiva l'attaque suivante avec une agilité à laquelle elle n'avait pas habitué son professeur.

— Excellent ! Bougez-moi ces pieds !

— Je les bouge. C'est le reste qui ne suit pas assez vite.

— Voilà donc Mme Burns dans cette famille bizarre. Les garçons auraient dû aller à l'école, mais l'argent manquait. Le père, qui s'était improvisé précepteur, avait oublié la plupart de son latin et de son grec. Bref, a-t-elle dit, les enfants étaient pour ainsi dire incultes. Le plus jeune s'en moquait, mais pas l'aîné, qui en avait honte.

— Et leur sœur ?

— L'impression que garde Mme Burns de lady Ingram à cet âge, c'est celle d'une jeune personne en proie à une profonde frustration.

L'espace d'un instant d'hésitation, Mme Watson exposa presque son bras armé à la riposte de Mlle Holmes. La demoiselle était peut-être inexpérimentée, mais elle savait saisir une occasion quand elle se présentait. Mme Watson réussit de justesse à esquiver sa canne.

— Une frustration qui confinait parfois à la rage, paraît-il, ajouta-t-elle.

— Lady Ingram devait avoir seize ou dix-sept ans à l'époque.

— Dix-sept, je crois. C'était l'hiver de cette année-là.

Mlle Holmes s'élança sur le côté et se plaqua contre le mur pour éviter d'être acculée dans un coin.

— Lorsque j'ai appris que la première fiancée de mon père avait rompu pour une histoire d'enfant illégitime, je n'ai pas cherché plus loin : pour moi, c'était la cause de la rupture, même si la plupart des hommes n'ont jamais à répondre de ces « accidents ». Je n'ai compris que plus tard ce qui avait dû arriver : il avait mis enceinte une domestique pendant qu'il courtisait lady Amélia Drummond et elle n'avait pas supporté l'outrage. Comme sir Henry a épousé ma mère le jour prévu pour son mariage avec lady Amélia, M. Finch a au plus un an de plus qu'Henrietta, ma sœur aînée. Cet hiver-là, il devait donc être âgé d'environ vingt-trois ans.

Deux jeunes gens, pris au piège d'une situation dont ils n'étaient pas responsables.

— Pensez-vous que la frustration de lady Ingram s'explique par son dépit amoureux ? De même que le recrutement de M. Finch par Moriarty ?

— J'ignore quand M. Finch a décidé de lier son sort à celui de Moriarty. Stephen Marbleton m'a dit ne pas avoir cette information.

Mlle Holmes bondit sur la gauche, pas assez vite toutefois. La canne de Mme Watson s'abattit sur son bras. La douleur lui arracha une grimace.

— Une fois de plus, vous fatiguez, ma chère. Il faut développer votre endurance, et la seule solution, c'est de consacrer davantage de temps à l'entraînement.

La part d'espièglerie que Mme Watson cachait en elle lui donnait envie de faire un croche-pied à Mlle Holmes, histoire d'enfoncer le clou. Mais la compassion l'emporta : si elle voulait lui jouer ce tour, elle devrait d'abord ajouter quelques protections bien rembourrées pour amortir les chutes.

— Au fait, avez-vous remarqué ces dernières années une sorte de colère rentrée chez lady Ingram qu'on ne voyait pas avant ?

— Cette colère rentrée a toujours été présente, comme chez ma sœur Livia, à cette différence que lady Ingram est beaucoup plus habile à la dissimuler.

Levant la main, Mlle Holmes demanda un moment de répit. Elle s'adossa contre le mur, les épaules tombantes.

— À propos, madame Watson, auriez-vous par hasard une ombrelle lestée, ou quelque chose d'approchant ?

— Maître Gillespie est en visite chez un client et n'a pas prévu de repasser à l'étude aujourd'hui, bredouilla le jeune secrétaire de l'avoué, les joues rouges.

Au lieu de lui répondre qu'elle avait remarqué la canne de son patron, avec ses initiales gravées sur le pommeau, dans le porte-parapluies du vestibule, Charlotte lui décocha son plus beau sourire.

— Je n'ai pas besoin de voir maître Gillespie. Je suis sûre que vous-même, son fidèle bras droit, monsieur...

— Parsons.

— Monsieur Parsons. Je suis sûre que vous serez parfaitement à même de répondre à ma demande toute simple.

— Je crains que non, mademoiselle. Voyez-vous, je... j'ai eu la permission de fermer plus tôt aujourd'hui – dès maintenant, en fait, pour aller... chercher ma mère à la gare. Elle vient en visite dans la capitale et je ne veux pas qu'elle se retrouve seule à Waterloo Station.

En un instant, ses joues rouges avaient viré à l'écarlate. C'était fascinant comme le visage de certaines personnes les trahissait quand elles mentaient, même si d'autres indices – ils ne manquaient pas sur son bureau, en particulier la lettre à moitié tapée dans le rouleau de la machine à écrire – montraient sans doute possible que sa journée de travail était loin de toucher à sa fin.

— Il serait regrettable de la faire attendre, dit-elle poliment.

— En effet. Si vous revenez demain, disons à... 10 heures, je serai certainement en mesure de vous être utile.

Elle lui sourit de nouveau.

— Je n'y manquerai pas. Merci.

Dès qu'elle avait eu la certitude d'avoir percé à jour le système de communication de l'organisation dirigée par Moriarty, Charlotte avait demandé un entretien à lord Bancroft. Ils étaient à présent assis dans l'extravagant salon de la maison de Portman Square.

Elle lui résuma rapidement ses recherches aux archives du *Times*.

— Je pense être dans le vrai, mais je n'ai jusqu'à présent qu'un message chiffré vieux de dix ans pour corroborer mes déductions. Si vous avez en votre possession des messages codés plus récents que vous attribuez à Moriarty, j'aimerais les consulter afin de m'assurer que je tiens une piste solide.

Lord Bancroft soupira.

— Mademoiselle Holmes, je dois vous avouer mon dépit. En recevant votre message, j'espérais que vous me donneriez enfin la réponse que j'attends depuis si longtemps. Vous savez, la demande en mariage.

— Ah.

— Eh oui. Cela fait deux semaines. Et nous nous connaissons depuis plus de dix ans. Vous ne pouvez avoir la moindre incertitude sur mon caractère, mes finances ou ma sincérité.

— Non, en effet.

Sur le papier, ils formaient le couple parfait : ils ne manquaient pas de points communs, à commencer par leur côté non-conformiste et la nature froide de leur tempérament.

— Maintenant que vous comprenez ma réaction initiale à votre visite, passons à votre requête, dit-il en se calant dans son fauteuil. Je crains que vous ne preniez le problème à l'envers, mademoiselle Holmes. Si vous avez découvert le modus operandi de Moriarty, il vous incombe de m'en informer. Je demanderai ensuite à mes services de vérifier la validité de votre découverte.

Ce n'était pas la réponse que Charlotte espérait. Il l'informait, sans la moindre subtilité, que si elle n'était pas prête à l'épouser, elle risquait de devoir faire une croix sur l'accès à ses sources.

— M'informerez-vous des résultats ? Et quand ?

— Ces renseignements sont réservés aux seuls agents de la Couronne. Toutefois, je pourrais envisager une exception.

Elle savait exactement quelle en était la condition. Elle inclina la tête sur le côté avec défi.

— Je vous en prie, précisez votre pensée.

— Je fournirai les informations demandées contre votre promesse formelle de devenir sous peu lady Bancroft.

S'il avait eu une idée des théories qui commençaient à germer dans sa tête, il n'aurait pas été aussi enclin à jouer avec des informations vitales. Malheureusement, il était plus que prématuré de lui révéler ses hypothèses.

En fait, il était même impératif qu'il continue à les ignorer.

Pouvait-elle pour autant céder à son caprice ? La situation imposait-elle vraiment qu'elle s'engage à contrecœur dans un mariage – *un mariage !* – avec pour seule contrepartie les renseignements qui lui faisaient défaut ?

C'était là que leur union idéale sur le papier commençait à se lézarder. Charlotte n'était pas tendre de nature. Mais si le sang qui coulait dans ses veines était froid, celui de lord Bancroft était plus gelé que les glaces de l'Arctique. Et elle ne doutait pas une seconde qu'il exigerait d'elle de tenir parole, même si elle considérait que la promesse lui avait été extorquée sous la contrainte.

L'alternative était simple. D'un côté, des décennies aux côtés d'un homme qu'elle n'aurait pas choisi – cette seule pensée lui donnait l'impression d'avoir la poitrine écrasée par une presse hydraulique. Et de l'autre ? Quelque chose de bien pire peut-être...

Elle le regarda droit dans les yeux.

— C'est d'accord.

Parfois, on devait payer ses dettes – et les siennes étaient considérables.

Lord Bancroft s'autorisa un petit sourire de triomphe. Il était surpris, sans nul doute. Mais aussi très, très satisfait.

— Toutefois, notre accord tiendra uniquement à la condition expresse que les renseignements donnés se révéleront utiles.

— Et comment le saurais-je ?

— Ne craignez rien, vous le saurez, assura-t-elle avant de lui rendre son sourire, car elle aussi avait parfois un iceberg ou deux qui coulaient dans ses veines. Et puisque vous exigez tant de moi, je vais aussi devoir vous emprunter un homme qui a votre entière confiance.

Le télégramme intercepté que lord Bancroft transmit à Charlotte – ou plutôt une copie qu'elle compara trois fois à l'original afin de s'assurer qu'il n'y avait aucune erreur de transcription – était daté de deux jours avant la découverte du cadavre dans la maison d'Hounslow.

En d'autres termes, elle n'avait pas besoin de retourner aux archives du *Times*, ni même de s'imposer une nouvelle séance de déchiffrement des petites annonces : grâce à l'enquête menée pour le compte de lady Ingram, elle les avait déjà toutes décodées et notées dans son carnet.

Les annonces qui utilisaient l'*Encyclopedia Britannica* ou le *Premier Folio* désignaient sans ambiguïté un seul mot parmi ces pages. Avec les citations de la Bible, elle ne savait pas trop comment procéder. Les versets eux-mêmes n'étant pas chiffrés, la logique aurait voulu, au vu du caractère impénétrable de l'organisation de Moriarty, que les mots clés ne soient pas visibles tels quels dans le texte publié.

Mais si ces citations servaient d'indicateurs, que désignaient-elles ?

Plusieurs trébucheront ; ils tomberont et se briseront ; ils seront enlacés et pris.

Ésaïe, 8:15.

Charlotte essaya le premier et le dernier mot du chapitre, puis le premier et le dernier mot du Livre d'Ésaïe sans obtenir le moindre code.

Le titre ne livra rien non plus.

Elle se massa les tempes. Évidemment, elle s'y prenait à l'envers en partant du principe qu'il s'agissait d'un chiffre de Vigenère. Les ouvrages de référence pour les mots clés avaient changé au moins deux fois en dix ans. Pourquoi n'en aurait-il pas été de même avec le code utilisé ?

Puisque les indices menant aux mots clés étaient désormais moins opaques, ne serait-il pas logique de penser que le code lui-même avait évolué vers une forme plus complexe ?

Un carré de Playfair, peut-être ? Sans la connaissance du mot clé, ce chiffre était pour ainsi dire impossible à percer. Or, des mots clés, elle en avait quelques-uns à sa disposition. Des candidats, en tout cas, si son raisonnement se révélait correct. Elle dessina une grille de cinq cases sur cinq, divisa les lettres du message codé en paires et se mit au travail.

Lorsqu'elle eut établi, tard dans la nuit, que le mot « Ésaïe » servait effectivement de mot clé pour cette période de dix jours, elle posa la tête sur son bureau, épuisée.

Puis elle se redressa avec un soupir, consulta son carnet, prit une liasse de papier vierge et se mit à écrire.

20

Livia ne cessait de s'étonner elle-même.

Le vendredi précédent, son euphorie de ne pas avoir eu de pensées incestueuses, tout involontaires qu'elles aient été, avait fini par retomber. Elle avait alors craint que sa prolifique production de pages n'ait été que le résultat de l'abîme émotionnel dans lequel elle s'était trouvée précipitée. Qu'en retrouvant son état normal, elle ne soit incapable d'écrire un mot de plus.

Mais non. La suite de l'histoire continuait à couler avec fluidité sous sa plume. L'assassin avait envoyé une vieille femme réclamer l'objet sentimental perdu sur la scène de crime. Cette dernière avait réussi à échapper à Sherlock Holmes. Et maintenant, un inspecteur de Scotland Yard venait informer le détective que la police avait arrêté quelqu'un sur la base de simples présomptions – à l'évidence, il y avait erreur sur la personne.

Elle posa son stylo et décontracta ses doigts. De temps en temps, elle songeait avec envie à la machine à écrire de Charlotte. Mais, de toute façon, elle ne lui servirait pas à grand-chose, songeait-elle aussitôt. L'engin était excessivement bruyant. Et le moment de la journée où elle préférait écrire, c'était tôt le matin, avant que ses parents se lèvent.

Une bonne entra dans la petite salle à manger, apportant le premier courrier. Livia passa les lettres en revue d'un vague coup d'œil ; elle n'attendait rien. Une enveloppe épaisse attira aussitôt son attention : elle portait son nom, tapé proprement à la machine. *Mademoiselle Olivia Holmes.*

Elle l'ouvrit en hâte et découvrit à l'intérieur non pas une lettre, mais un grand marque-page illustré à la main, représentant une jeune femme en robe blanche lisant sur un banc dans un parc.

Charlotte arriva à l'étude de maître Gillespie à l'heure indiquée par le secrétaire. Parsons, le teint toujours aussi rubicond, insista pour la faire entrer dans le bureau de l'avoué.

— Inutile de déranger maître Gillespie, objecta-t-elle à voix basse. J'ai juste besoin d'une réponse rapide que pourra vous livrer l'agenda professionnel que vous tenez.

— Maître Gillespie m'a donné comme instruction de vous faire entrer.

Charlotte referma les deux mains sur la poignée de son ombrelle.

— Vraiment ? Si maître Gillespie tient tant à me voir, faites-lui donc savoir qu'il peut venir.

— Vous restez ici ?

— Bien sûr. Vous ne m'avez pas encore donné la réponse à la question qui m'intéresse.

Après une hésitation, Parsons fila jusqu'au bureau de son patron sans cesser de glisser des regards furtifs en direction de Charlotte. Lorsqu'il revint, il n'était pas seul. Maître Gillespie l'accompagnait, ainsi que le père de Charlotte, flanqué de Mott, le valet.

— Fini les inepties, Charlotte ! mugit sir Henry. Vous rentrez avec moi sur-le-champ !

— Bonjour, père, comment allez-vous ? Bonjour à vous aussi, maître, Mott.

Charlotte raffermit sa prise sur l'ombrelle. Elle ne pouvait être sûre à cent pour cent de la loyauté du valet. Cependant, même s'il observait une prudente neutralité dans cette affaire, elle se retrouvait quand même face à trois hommes adultes. L'ombrelle lestée de Mme Watson ne ferait pas le poids si elle devait défendre sa liberté.

— Désolée, père, je suis très occupée aujourd'hui. Je me vois contrainte de décliner l'invitation.

— Charlotte, gronda sir Henry entre ses dents.

— Oui, père ?

— Dois-je vous expliquer en détail ce qui vous attend si vous ne venez pas de votre plein gré ?

— J'aimerais vous écouter, mais je risque d'avoir du mal à croire un homme qui a la réputation de prendre des libertés avec la vérité.

Maître Gillespie et son secrétaire lancèrent un regard horrifié à sir Henry, mais elle n'aurait su dire s'ils étaient choqués par l'accusation ou seulement parce que ladite accusation avait été formulée à voix haute. Mott, de son côté, donnait l'impression de faire un effort pour réprimer un rire nerveux.

Son père devint presque aussi rouge que Parsons.

— Venez avec nous ou vous serez emmenée de force.

— Je ne crois pas, non.

Elle sortit de son sac à main un pistolet Remington et arma le chien – elle n'était pas du genre à se fier à une malheureuse ombrelle pour sa sécurité.

Sir Henry écarquilla les yeux, tandis que maître Gillespie et Parsons reculaient d'un pas avec un bel ensemble digne d'une chorégraphie.

— Vous oseriez tirer sur votre père ?

— D'abord sur maître Gillespie – pas d'inquiétude, juste dans le pied. Ensuite seulement, je vous tirerai dessus. Dans le pied aussi. Après cela, je ne crois pas que quiconque aura envie de m'emmener où que ce soit contre ma volonté. C'est vous qui m'avez appris le maniement des armes, père, ajouta-t-elle avec un petit sourire. Vous savez que je vise à la perfection.

On frappa à la porte. Les quatre hommes échangèrent des regards hésitants. Lorsque les coups se firent plus insistants, ils demeurèrent tétanisés.

La porte s'ouvrit, et lord Ingram entra. Il jaugea la situation d'un regard.

— Eh bien, Holmes, essayez-vous de prendre ces hommes en otages ?

— Pas précisément. Bonjour à vous aussi, milord.

— Est-ce vous qui l'entretenez ? tonitrua sir Henry d'une voix sévère.

Lord Ingram afficha une surprise innocente.

— Monsieur, je suis un homme marié. À la différence de certains époux de ma connaissance, je n'ai jamais rompu mes vœux. En outre, Mlle Holmes se débrouille admirablement toute seule, à ce que je sais.

— Je n'en crois pas un mot.

— Ah bon ? Je n'ai pourtant pas pour habitude de mentir, contrairement à certains dans cette pièce.

Maître Gillespie et Parsons déglutirent à l'unisson. Mott fut pris d'une brusque quinte de toux. Accusé par deux fois en moins de cinq minutes d'être un menteur invétéré, sir Henry semblait avoir du mal à encaisser le coup.

— Alors que faites-vous ici ? finit-il par demander.

— Je suis venu à la requête de mon frère. Il a demandé Mlle Holmes en mariage et préférerait fortement qu'elle reste à Londres afin qu'elle puisse lui donner sa réponse.

— Lord Bancroft veut l'épouser ?

— Oui.

Sir Henry se tourna vers Charlotte avec l'air d'un homme qui a désespérément envie d'étrangler quelqu'un.

— Alors pourquoi n'avez-vous pas encore dit oui, espèce d'idiote ?

— Pour la même raison que j'ai refusé sa main la première fois. L'idée d'épouser lord Bancroft ne m'enchante pas.

— Mais vous pourriez ainsi...

— Quoi donc ? Vous rendre plus heureux ? *Vous*, qui vous moquez comme d'une guigne de *mes* désirs ?

— Est-ce là tout le respect que vous avez pour ceux qui vous ont élevée ? s'étrangla sir Henry.

— En fait, j'en ai un peu plus que vous ne l'imaginez. J'ai l'intention de vous accorder, à vous et à mère, une rente annuelle de cent livres.

— Jamais vous ne pourrez compenser le malheur que vous nous avez causé !

Charlotte haussa les sourcils.

— J'en conclus que vous refusez les cent livres, alors.

— Je... je n'ai pas dit cela.

— Vous les voulez, oui ou non ?

— Euh... oui.

— Excellent. Mais n'imaginez pas que je vous donne cet argent par simple bonté d'âme. Je veux quelque chose en retour.

Sir Henry s'essuya le front d'un revers de main.

— Quoi donc ? Que voulez-vous ?

— Vous verrez bien. Inutile de vous faire du souci. Ce n'est rien qui vous manquera, répondit-elle avant d'afficher un large sourire. Bon, messieurs, ce n'est pas que je m'ennuie, mais je suis venue poser une question à M. Parsons et j'aimerais qu'il examine ma requête. Comme je l'ai dit, j'ai une journée bien remplie devant moi et pas un instant à perdre.

— Merci, milord, dit Charlotte à lord Ingram, quand il l'eut aidée à monter dans le cab.

Il secoua la tête en riant avec incrédulité.

— Il m'est déjà arrivé d'avoir envie de flanquer mon poing dans la figure de votre père, mais de là à lui tirer dessus...

— Juste dans le pied, précisa-t-elle. Et je ne l'aurais fait que s'il avait refusé d'entendre raison.

— Et le pauvre avoué ?

— Le pauvre avoué était prêt à se rendre coupable de complicité d'enlèvement.

Elle soupira. La complicité de maître Gillespie ne la surprenait guère, mais toute cette affaire lui faisait encore froid dans le dos.

— Le problème est qu'il s'imaginait agir pour la bonne cause. À ses yeux, il en allait de son devoir envers mon père de condamner une femme à vivre en recluse pour le restant de ses jours.

Lord Ingram se pencha vers elle et posa la main sur la sienne.

— Je ne vous aurais pas laissée croupir à la campagne sans réagir.

Le contact entre leurs mains gantées, qui ne dura pourtant qu'une seconde, fit à Charlotte l'effet d'une secousse électrique qui se propagea jusqu'à son épaule.

— Je sais. Je ne suis que trop heureuse de vous avoir comme ami.

Le resterait-il après avoir appris ce qu'elle avait à lui dire ?

Le silence habituel menaça de s'imposer de nouveau. Un autre jour, elle aurait laissé faire. Aujourd'hui, c'était différent. Elle lui demanda des nouvelles de ses enfants, s'enquit des sites archéologiques sur lesquels il prévoyait de retourner, maintenant que la saison touchait à sa fin. Elle s'intéressa même au bal qu'il s'apprêtait à donner en l'honneur de l'anniversaire de son épouse. Puis, à son tour, elle lui raconta ses récentes enquêtes, ainsi que les tentatives de Mme Watson pour faire d'elle la meilleure escrimeuse de Londres, ce qui lui arracha un éclat de rire.

Le cab approchait du 18 Upper Baker Street.

— Je suis contente que Bancroft vous ait chargé de venir aujourd'hui. J'ai à vous parler. Voudriez-vous monter prendre un thé ?

Il l'observa d'un air méfiant.

— Bien sûr, se contenta-t-il de répondre.

Ils s'installèrent dans le salon de Sherlock. Elle prépara le thé et une assiette de succulents macarons, le dernier triomphe en date de Mme Gascoigne.

Le moment de vérité était arrivé.

— L'autre jour, je vous ai demandé pardon. Vous allez bientôt comprendre pourquoi.

Lord Ingram remuait son thé sans le boire. Il posa la tasse, renonçant à faire semblant d'avoir envie de le boire.

— Je préférerais presque ne pas entendre ce que vous avez à me dire.

Il n'avait pas le choix. Et elle non plus.

— Il y a un peu plus de deux semaines, lady Ingram est venue trouver Sherlock Holmes. Elle était dans tous ses états. Elle nous a appris qu'elle avait aimé quelqu'un avant votre mariage et que, depuis, ils avaient comme arrangement de se croiser une fois l'an devant l'Albert Memorial, le dimanche avant l'anniversaire de l'homme.

Le visage de lord Ingram se vida de toute expression.

— Cette année, l'homme n'est pas venu au rendez-vous. Lady Ingram était désemparée, car elle n'avait aucun moyen de le retrouver. Après avoir lu l'article sur Sherlock Holmes dans le journal, elle a décidé de s'adresser à lui. Quand j'ai appris que la personne qu'elle recherchait n'était autre que mon demi-frère illégitime, il a bien fallu que je poursuive mes investigations pour tenter de savoir ce qu'il lui était arrivé.

Il ne la quittait pas des yeux.

— Saviez-vous qui elle était avant d'accepter sa clientèle ?

Elle soupira.

— Oui.

— Je m'en serais douté, dit-il d'une voix basse, presque inaudible.

Incroyable comme des mots prononcés si doucement pouvaient trahir tant de condamnation.

— Continuez, dit-il.

À compter de ce moment, il l'écouta sans l'interrompre durant l'heure qui suivit.

Lorsqu'il reprit la parole, après un silence qui s'éternisa au moins deux fois plus longtemps que la guerre de Cent Ans, ce fut juste pour dire :

— Je n'aurais jamais imaginé vous dire cela un jour, Charlotte Holmes, ni même le penser, mais si vous saviez comme je regrette de vous avoir rencontrée.

Charlotte n'avait pas menti sur l'emploi du temps chargé qui l'attendait. Après le départ de lord Ingram, elle prit le train pour Oxford et se rendit à l'ancien pensionnat de M. Finch, un établissement qui, sans avoir de renommée nationale, n'en possédait pas moins un certain prestige local.

Depuis sa conversation avec Mme Glossop la semaine précédente, elle avait pris contact avec l'école. Comme prétexte, elle avait inventé une histoire de fondation caritative féminine. Les fils de plusieurs éminentes adhérentes étaient d'anciens élèves et avaient appartenu à l'équipe de cricket. En guise de surprise, la fondation souhaitait publier un article sur les exploits de l'équipe dans son bulletin. Comme elle était chargée de la rédaction, pouvait-elle venir voir les photographies que l'établissement avait dans ses archives ?

La réponse avait été un « oui, bien sûr » ravi.

Et maintenant, Charlotte avait sous les yeux plus d'une centaine de garçons en uniforme qui fixaient l'objectif avec solennité. Le cliché remontait à quinze ans.

— Voici Jones, dit la directrice avec tristesse, désignant du doigt l'un d'entre eux. Je me souviens très bien de lui. Archibald Jones. Un des meilleurs batteurs de toute l'histoire de l'école. Quel dommage que son père n'ait pas voulu qu'il poursuive ses études. Il aurait certainement brillé dans une équipe universitaire.

Charlotte s'affairait à déchiffrer les noms inscrits en tout petits caractères au bas de la photographie. Voilà. *M.H. Finch*. Quatrième rang, neuvième à partir de la gauche. Mais, avant qu'elle ait eu le temps de le localiser, la directrice lui tendit un autre cliché avec autorité.

— Voici une autre photographie de Jones, l'année où il était capitaine de l'équipe de cricket.

Parmi les onze garçons sagement alignés pour la photo, un visage attira aussitôt l'attention de Charlotte. Il n'y avait pas de noms imprimés au bas. Elle retourna le cliché et les découvrit écrits au crayon au dos.

Debout, de gauche à droite, T.J. Pearson, M.C. Curthoys, O.A. Murray, G.G. Barber, M.H. Finch.
La boule dans son estomac disparut comme par enchantement.

Apparemment, son frère était bel et bien en vie.

Lady Ingram quitta la maison de couture en boitillant. L'essayage final avait été interminable. Les petites mains s'étaient acharnées sur elle comme si elles la confondaient avec un mannequin, et elle avait maintenant l'impression d'avoir des milliers d'aiguilles plantées dans le creux des reins.

Elle ne se souciait guère de la mode et détestait dépenser des sommes folles en frivolités. Malheureusement, on attendait d'elle qu'elle étrenne une robe neuve au bal de son anniversaire. Bref, elle était obligée de gaspiller son temps et son argent pour de stupides mondanités, alors qu'elle aurait préféré...

Une enveloppe était posée sur la banquette. Elle glissa un regard à son cocher. Les yeux baissés avec respect, il attendait qu'elle monte, ce qu'elle fit avec une grimace. La douleur au bas de son dos fut si fulgurante qu'au lieu de s'asseoir, elle se laissa presque choir sur la banquette.

Son second accouchement avait été à la fois plus rapide et plus facile que le premier. Elle pensait se remettre complètement en un rien de temps, mais les maux de dos ne l'avaient jamais quittée. Elle avait consulté presque une douzaine de médecins, et aucun n'avait été capable de faire quelque chose pour elle, à part lui prescrire du laudanum et de la morphine – comme si elle était du genre à avoir la faiblesse de se laisser tenter.

Lady Ingram n'accorda pas un regard à l'enveloppe jusqu'à ce que la berline s'éloigne du trottoir. Et elle prit soin de baisser les stores des portières.

L'enveloppe n'était pas scellée et ne portait pas de nom de destinataire. En l'ouvrant, elle découvrit une feuille tapée à la machine.

Était-il possible...

Elle pressa la lettre sur son cœur. Après tout ce temps, il reprenait enfin contact avec elle. Elle sortit un crayon de son sac et entreprit de déchiffrer le message codé tandis que la voiture cahotait sur les pavés.

Son visage s'illumina d'un sourire que lui seul était capable de lui inspirer : il voulait la voir le soir du bal de son anniversaire. De toute façon, elle n'avait que faire de cette corvée.

Le revoir, voilà tout ce qui lui importait.

21

Jeudi

À 1 heure du matin, durant une interprétation endiablée de *Du und du* de Strauss, lady Ingram s'éclipsa de la maison bondée par la porte de service. À ce moment précis, un coupé s'avança dans l'allée derrière la maison. Il n'arborait ni blason ni autre signe de reconnaissance, à part un dessin d'oiseau glissé derrière la vitre.

Pas n'importe quel oiseau. Un pinson[1].

Le cœur battant, elle monta dans la voiture, espérant le trouver à l'intérieur, mais il n'y avait qu'une enveloppe sur la banquette, marquée d'un nombre, et une clé à l'intérieur.

Le coupé l'emmena jusqu'à un hôtel qui accueillait des gentlemen et leurs épouses désireux de passer la saison à Londres sans s'embêter à louer une maison. Il proposait de grandes suites dont l'entrée donnait sur la rue, afin que les clients puissent aller et venir comme dans une résidence privée.

La voiture s'arrêta juste devant le numéro indiqué sur l'enveloppe.

Animée d'un fol espoir qui lui fit oublier ses maux de dos, elle gravit au pas de course les quelques

---

1. *Finch* signifie « pinson » en anglais. (*N.d.T.*)

marches du petit perron et glissa en hâte la clé dans la serrure.

À l'intérieur, toutes les lumières étaient allumées, mais il n'y avait personne. Seule dans le salon, une main calée sur le manteau de la cheminée, elle jeta un regard perplexe à la ronde.

À cet instant, la porte d'entrée s'ouvrit. Son cœur fit un bond, et elle pivota avec fougue vers l'homme qui franchit le seuil.

Son sourire se figea lorsqu'elle reconnut son mari.

— Que faites-vous ici ? s'étonna-t-elle.

Comme elle, il était encore en tenue de soirée. L'expression de son visage fit courir des frissons glacés sur sa nuque. Jamais elle ne lui avait vu pareil regard. Non pas froid ou accusateur. Seulement... vide.

— Je suis venu vous faire mes adieux.

— Vos adieux ? répéta-t-elle d'une voix qu'elle ne pouvait empêcher de grimper dans les aigus. Partez-vous quelque part ?

— Pas moi. Vous. J'ai apporté vos bijoux.

Il posa une bourse en velours sur la console près de la porte.

À travers le brouillard de la stupéfaction, la cruelle vérité s'imposa peu à peu. Il savait tout. C'était fini.

— Comment avez-vous compris ?

— Vous n'avez pas été aussi prudente que vous l'auriez dû, répondit-il d'une voix distante. Vous vous imaginiez que jamais je ne vous soupçonnerais.

— Depuis combien de temps avez-vous des soupçons ?

— Quelle importance ? Je sais, c'est tout ce qui compte. Au moins trois personnes sont mortes à cause de vous.

Elle s'entendit rire.

— Elles sont mortes parce qu'elles ont choisi de vivre dangereusement. Et ceux qui vivent ainsi ne rentrent pas toujours à la maison.

Il s'assit avec raideur, comme si son dos le faisait souffrir, lui aussi.

— Plusieurs fois, quand j'étais à l'étranger, j'ai bien cru ne pas rentrer. Espériez-vous ne pas me voir revenir à la maison ?

— Peu importe maintenant.

Le regard de son mari se voila.

— Vous avez raison. C'est sans importance. Il ne vous reste plus qu'à partir.

Partir ? La connaissait-il donc si peu ? Elle sortit de son sac le pistolet qu'elle avait apporté.

— Si je pars, vous ne me laisserez plus jamais voir mes enfants. Je préfère vous tuer et endosser le rôle de la veuve éplorée.

Il ne parut ni surpris ni décontenancé à la vue de l'arme à feu braquée sur lui.

— Personne n'y croira. Sachez aussi qu'à la première détonation, vous serez immédiatement arrêtée. J'ai posté des hommes dans la rue et à la grille principale de l'hôtel. Il n'y a pas d'autre issue. Vous me tuez, et nos enfants perdront leurs deux parents.

Elle se mordit la lèvre.

— Sans parler de Bancroft qui est en route. Si vous tombez entre ses mains, il n'y aura pas de procès public pour vous – et vous regretterez de ne pas y avoir droit. À votre place, je ne perdrais pas un instant.

La main qui tenait le pistolet se mit à trembler. Était-ce vraiment la fin ? Tous ces efforts, tous ces renoncements, pour en arriver là ?

— Je vous méprise depuis si longtemps. Tout le monde sait à quoi s'en tenir avec un mariage de convenance. Mais pas vous. Non, vous, il vous fallait le grand amour, ni plus ni moins. Eh bien, au bout d'un moment, j'en ai eu par-dessus la tête de vos grands airs outragés et de vos reproches voilés toujours si polis. Ce n'est même plus du mépris. Je vous exècre de toute mon âme et j'espère que vous brûlerez en enfer !

— La voiture dehors est à votre disposition, répondit-il d'un ton égal. Si j'étais vous, je n'essaierais pas de rentrer enlever les enfants. Ils sont déjà en lieu sûr.

Son doigt se crispa sur la détente. Elle sentait le métal céder peu à peu sous la pression.

Il ne bougea pas un muscle.

— Pensez à Bancroft. C'est votre seule chance de fuir. S'il vous met la main dessus, je ne pourrai plus intercéder en votre faveur.

Son bras entier fut agité de tremblements. Quelle délectation ce serait, pourtant, de regarder une balle fracasser ce crâne d'abruti.

Elle laissa échapper un cri de frustration.

Il persistait à la fixer sans un mot.

Elle fourra le pistolet dans son sac, attrapa la bourse en velours et sortit en courant. Pas question de tomber entre les mains de Bancroft. Là, ce serait vraiment la fin. Tant qu'elle conservait sa liberté, il ne s'agissait que d'un revers temporaire.

Une défaite mineure avant la grande victoire à venir.

Lord Ingram desserra lentement les doigts du revolver qu'il cachait dans sa poche.

Lui aussi tremblait.

Les enfants avaient quitté la maison, il n'avait pas menti. Mais il n'y avait pas d'hommes dehors, prêts à intervenir. Et il n'informerait pas Bancroft de la fuite de lady Ingram avant vingt-quatre heures.

Il le devait à la mère de ses enfants.

22

Vendredi

Assise à sa coiffeuse, Charlotte relevait encore ses cheveux à grand renfort d'épingles quand on sonna à la porte d'entrée.

Elle s'était levée une heure plus tôt qu'à son habitude en prévision de la visite de lord Bancroft. Elle avait, semblait-il, sous-estimé son impatience.

— S'il vous plaît, faites-le attendre à Upper Baker Street, demanda-t-elle à M. Mears, venu annoncer le visiteur. Dites-lui que j'arrive d'ici un quart d'heure.

Lorsqu'elle entra dans le salon, lord Bancroft fumait une cigarette, debout devant une fenêtre ouverte.

— J'ignorais que, de nos jours, il était permis de fumer dans le salon d'une dame, dit-elle.

— Toutes mes excuses, répondit-il sans grand remords, tout en jetant l'objet du délit par la fenêtre avant de la refermer. Un thé ? Votre majordome a insisté pour en préparer.

— Très bonne initiative. Je vois aussi qu'il a eu la bonne idée d'apporter des muffins. Il ne sera pas dit que je me serai levée à une heure indue pour mourir de faim ensuite.

Lord Bancroft se passa les doigts dans les cheveux, et pour la première fois, Charlotte vit une pointe de ressemblance entre les deux frères.

— Maintenant que vous avez votre thé et des muffins, pourriez-vous enfin m'expliquer ce qui se passe, je vous prie ?

— Que vous a raconté lord Ingram ?

— Juste que vous expliqueriez tout.

— Il a dû vous en dire un peu plus.

Lord Bancroft s'assit et vida la tasse qu'il n'avait acceptée que sur l'insistance de Mears. Le petit doigt de Charlotte lui souffla qu'il aurait préféré un whisky bien tassé.

— Pour l'instant, je ne vous apprendrais rien que vous ne sachiez déjà. Récemment, nous avons perdu de bons agents, deux hommes et une femme. Il semblait y avoir un traître dans nos rangs, mais impossible de l'identifier avec certitude. Ce matin à l'aube, mon frère a tambouriné à ma porte et m'a appris que le traître se trouvait en réalité dans son propre foyer. Et que sa femme avait disparu la nuit du bal, plus de vingt-quatre heures plus tôt.

— C'est tout ce qu'il a dit ?

— Pas un mot de plus. Ensuite, il est parti. Où, je n'en ai pas la moindre idée.

Retrouver ses enfants, bien sûr.

Lord Bancroft attendait à l'évidence qu'elle prenne la parole. Charlotte comprit qu'elle ne pourrait finir tranquillement la deuxième moitié de son muffin tant qu'elle ne lui aurait pas tout révélé. Après tout, il avait patienté assez longtemps, songea-t-elle.

— Il y a quelque temps, commença-t-elle, un article plutôt condescendant sur Sherlock Holmes est paru dans la presse, insinuant que désormais il consacrait son temps à de futiles enquêtes d'ordre domestique. En fait, c'était le jour de votre demande en mariage.

— Je vois.

— Dans l'heure qui a suivi votre départ, une lettre est arrivée à cette adresse par coursier. J'ai reconnu l'enveloppe et les caractères de la machine à écrire de lord Ingram. Comme ce ne pouvait être lui qui demandait un rendez-vous à Sherlock Holmes, c'était forcément sa femme.

— Et vous avez accepté de la recevoir ?

— Oui. Enfin, Mlle Redmayne. Lady Ingram nous a servi l'histoire déchirante d'une malheureuse jeune fille de bonne famille – elle, en l'occurrence – séparée de force de son bien-aimé plusieurs années plus tôt par des parents désargentés et cupides qui entendaient la marier à un lord fortuné et en tirer parti. Et voilà que ledit bien-aimé avait disparu. Elle a déclaré qu'il s'appelait Myron Finch, était un enfant illégitime, aujourd'hui comptable de profession. Je connais un homme qui correspond à cette description : mon demi-frère, que je n'ai cependant jamais rencontré. J'avais même son adresse, grâce à une lettre qu'il avait écrite à mon père plus tôt dans la saison.

» L'affaire paraissait bouclée d'avance : il me suffisait de me rendre chez lui, et je saurais s'il avait réellement disparu ou s'il s'était lassé de croiser lady Ingram une fois l'an en public devant l'Albert Memorial, comme convenu entre eux depuis le mariage de lady Ingram. Dès le début, toutefois, je trouvais que quelque chose clochait dans cette histoire. Je m'interrogeais sur ce qu'elle ne nous disait pas. Et quand ma sœur m'a appris qu'elle avait vu le fameux M. Finch et lady Ingram à portée de vue l'un de l'autre et qu'ils n'avaient pas semblé se reconnaître, j'ai commencé à subodorer que l'histoire que nous avait racontée lady Ingram était une pure fiction. Mes soupçons se sont vite reportés sur ce M. Finch, qui s'est révélé être un imposteur : il était donc logique que lady Ingram ne l'ait pas reconnu et que celui-ci ne se soit pas rendu à leur rendez-vous annuel.

» Depuis le début, je n'avais pas tout à fait confiance en lady Ingram. Elle ne me semblait pas le genre de femme capable de passion amoureuse. Je sentais toujours une contradiction entre cette histoire d'amour contrariée et ce que je connaissais de son caractère. Ensuite, il y avait la question du choix de l'enquêteur : elle ne s'est pas adressée à un autre détective privé, mais est venue tout droit voir Sherlock Holmes, qui avait collaboré avec l'inspecteur Treadles, une proche connaissance de son époux. Comment pouvais-je être sûre qu'elle ignorait la véritable identité de Sherlock et que Myron Finch était mon demi-frère ? Si elle était au courant, cela signifiait qu'elle m'avait choisie justement pour ce lien. Et si elle connaissait ce lien, elle en savait forcément beaucoup plus sur Myron Finch qu'elle ne voulait bien l'admettre. Mais ce n'était pas parce qu'elle se montrait peu communicative qu'elle avait pour autant des arrière-pensées. Elle pouvait très bien se sentir incapable d'affronter le regard des autres si on découvrait tous ses efforts pour retrouver un homme qui n'était pas son mari.

» Toutefois, mes réserves au sujet de lady Ingram ont été mises de côté, le temps que nous tentions de comprendre pourquoi M. Marbleton se faisait passer pour M. Finch. Enfin, jusqu'à ce que j'apprenne par l'avoué de mon père que lady Ingram était venue le voir. Dès lors, il est devenu clair qu'elle connaissait le lien de Myron Finch avec ma famille – et sans doute beaucoup plus. Mais ce n'est qu'au moment où les Marbleton ont trouvé refuge ici après une embuscade chez Mme Woods que mes soupçons concernant lady Ingram ont pris corps. Lord Ingram m'avait informée que la maison de Mme Watson était surveillée. Je pensais que c'était le fait de Moriarty, qui espérait que nos allées et venues le mèneraient à son épouse, laquelle ne cessait d'échapper à ses griffes. Mais là, j'ai commencé à me demander s'il ne s'agissait pas plutôt d'une complice de lady Ingram qui nous filait dans l'espoir que je la conduirais tout droit à M. Finch.

» Après les précautions du début, cependant, nous avons fini par baisser notre garde, peut-être parce que la surveillance s'était faite plus discrète. Il n'est pas impossible qu'elle ait repris une fois notre méfiance endormie et que j'aie conduit involontairement lady Ingram à l'adresse de M. Marbleton. Vous vous rappelez l'hypothèse que j'étais venue vous exposer à son sujet : que le vrai Myron Finch était le mort d'Hounslow et que Stephen Marbleton avait usurpé son identité afin de se rapprocher des Holmes, peut-être au courant d'informations cruciales à leur insu. J'avais associé les Marbleton à Moriarty à cause des codes qu'ils utilisaient eux aussi pour communiquer. Ma théorie est tombée à l'eau quand lady Ingram a affirmé que le mort n'était pas M. Finch. Toutefois, Stephen Marbleton a confirmé certaines de mes suppositions : M. Finch avait bel et bien travaillé pour Moriarty, tout comme la victime d'Hounslow. Ensemble, ils avaient tourné le dos à l'organisation en emportant quelque chose d'important pour leur ancien chef. C'était un sacré pari de considérer que lady Ingram traquait M. Finch pour Moriarty. Toutefois, elle occupait une place stratégique idéale. C'était, de loin, son meilleur atout. Une femme d'une intelligence supérieure, lassée du grand monde et en froid avec son mari qui est non seulement votre frère, mais votre allié le plus précieux.

Comme pour mieux digérer ce déferlement de révélations, lord Bancroft vida d'un trait une autre tasse de thé.

Lord Ingram était un homme secret et méticuleux. Or, malgré leur brouille, sa femme et lui vivaient toujours sous le même toit. Le journal qu'il tenait était intégralement rédigé en langage codé, certes, et jamais un nom n'y était cité, seulement des pseudonymes. Eh bien… les codes étaient faits pour être décryptés, plus encore ceux d'un usage fréquent. Et, lors de ses absences, il écrivait souvent à ses enfants. Les enveloppes donnaient forcément de précieux indices à son épouse sur les lieux de ses missions.

Il se croyait à l'abri. En réalité, le loup était dans la bergerie.

Charlotte remua son thé.

— Je suis retournée voir l'avoué de mon père et j'ai appris que lady Ingram était venue le voir trois semaines avant de prendre contact avec Sherlock Holmes. À peu près au même moment, un homme est allé poser des questions sur M. Finch dans le village où celui-ci a vécu enfant. Je suis encline à penser que lady Ingram a transmis l'information à Moriarty, qui a chargé un de ses sbires d'aller se renseigner. Mais ce ne sont que des présomptions – tout comme la date d'origine de la rumeur sur l'amour de jeunesse contrarié, sans doute très récente. Comment le prouver ? Cependant, il existait un moyen pour établir si elle travaillait pour Moriarty : si c'était bien le cas, elle saurait décoder un message venant de lui. J'ai parlé à lord Ingram. Comme vous l'imaginez, il était terriblement furieux contre moi, de mes cachotteries du début à ma suggestion finale : m'aider par tous les moyens à découvrir si sa propre épouse avait fait allégeance à un ennemi juré de la Couronne.

Comment s'étonner de sa réticence ? La dernière fois qu'il avait mis sa femme à l'épreuve, c'était pour apprendre qu'elle l'avait épousé uniquement pour sa fortune.

Charlotte prit un autre muffin.

— Le reste, vous le savez.

— Et il ne vous est pas venu à l'idée de me donner cette information lors de notre dernière rencontre, mademoiselle Holmes ? demanda lord Bancroft avec un petit sourire pincé.

Elle plongea son regard droit dans le sien.

— J'ai une immense dette envers lord Ingram. Il n'aurait pas apprécié ce que vous auriez fait à la mère de ses enfants.

— La mère de ses enfants est désormais une menace pour nous tous.

— Il en aura tenu compte, j'en suis persuadée.

Lord Bancroft se leva et alla se servir une généreuse dose du meilleur whisky de Sherlock Holmes.

— Je ne sais pas encore tout, reprit-il. Par exemple, j'ignore où se trouve M. Finch en ce moment.

Charlotte sirota une gorgée de thé avec distinction.

— Je n'en ai pas la moindre idée non plus.

Selon lord Ingram, elle était la menteuse la plus douée qu'il avait jamais rencontrée. Un talent comme on n'en voyait qu'un par génération, avait-il coutume de dire. Peut-être toutes les entorses à la vérité qu'elle avait disséminées n'avaient-elles servi que de prélude à cet instant.

— Ce que je peux vous dire, cependant, c'est qu'à mon avis, Moriarty a déjà récupéré son dossier manquant. Vous vous rappelez le visage du mort d'Hounslow, ce mélange de douleur et d'incrédulité ?

L'expression d'un homme que l'on a promis d'épargner s'il rendait ce qu'il avait dérobé – et qui a fini par se faire étrangler quand même. Et puis, la dernière fois que j'ai vu lady Ingram, elle n'était plus si pressée de retrouver M. Finch, ce qui laisse à penser que l'étau s'est desserré. M. Finch reste peut-être une cible, mais maintenant que Moriarty a récupéré son précieux dossier, il n'y a plus d'urgence à débusquer et à punir le traître.

Des mensonges, bien sûr. Lady Ingram avait su s'y prendre pour voir le dos de la photo du mort, où étaient inscrits le lieu et la date du meurtre. Elle avait reconnu l'homme et compris que, consciemment ou involontairement, Charlotte avait fait le lien entre M. Finch et Moriarty. Telle était l'explication de cette brusque volte-face. Quant à l'expression du mort, elle pouvait tout aussi bien être celle d'un homme qui avait dit la vérité – que le dossier était entre les mains de son ami – et qui avait été éliminé quand même.

Lord Bancroft l'étudia longuement en silence. Charlotte soutint son regard, priant pour que son air à la fois imperturbable et innocent le convainque.

— Parfois, un homme doit se résoudre à des sacrifices pour son pays, finit-il par dire. Mon frère a fait sa part. Je peux difficilement faire moins.

Elle haussa les sourcils, l'incitant à préciser sa pensée.

— Selon les clauses de notre arrangement, si je réitérais ma demande en mariage aujourd'hui, vous seriez obligée de répondre par l'affirmative. Or, vous êtes une femme trop précieuse pour gâcher vos talents dans le rôle d'une épouse. Je ne voudrais pas que lady Bancroft ait à se préoccuper des questions qui m'attendent. Mais vous, mademoiselle Holmes, oui. J'ai besoin de vous à ce poste. Vous pouvez considérer ma demande comme caduque.

Sur ces mots, il prit congé. Dès qu'elle se retrouva seule, Charlotte poussa un long soupir de soulagement. Ouf, sauvée d'un mariage avec lord Bancroft, incapable de concevoir un monde où son épouse le sauverait d'un traître dans leurs rangs.

À moins qu'il n'ait battu en retraite parce qu'il s'était rendu compte qu'elle n'avait pas le moindre scrupule à lui mentir effrontément en le regardant droit dans les yeux...

L'affaire Richard Hayward avait été classée par ses supérieurs depuis maintenant plus de douze heures, et l'inspecteur Treadles ne savait toujours pas ce qu'il en pensait.

D'un côté, il en voulait à ses supérieurs. De l'autre, il n'avait plus à se demander s'il était un fourbe doublé d'un lâche, capable de mentir pour se faire bien voir de sa hiérarchie.

Une question continuait à le tarauder, toutefois : cette décision portait-elle la signature de Sherlock Holmes, d'une façon ou d'une autre ? Il n'avait vu Mlle Holmes qu'une fois, à Hounslow. Il n'avait pas non plus de nouvelles de lord Ingram. Cependant, pour une raison qui lui échappait, durant toute cette fastidieuse enquête, il n'avait pu chasser un doute tenace de son esprit : tandis qu'il furetait sans succès, nez à terre, ne menaient-ils pas leurs propres investigations à un niveau bien supérieur ?

Il mit un moment à se rendre compte que sa femme n'était plus à côté de lui dans le lit conjugal. Avant, ils avaient l'habitude de dormir blottis l'un contre l'autre, tels deux chatons dans un panier. Mais, depuis quelques jours, il lui tournait le dos, prétextant un nez bouché qui l'empêchait de respirer s'il allongeait de l'autre côté.

Il s'assit dans le lit à l'instant où elle entrait dans la chambre, déjà habillée, son chapeau sur la tête, la mine sombre.

— Barnaby est décédé cette nuit. Je vais voir Eleanor. Ensuite, je passerai m'acheter une tenue pour les obsèques.

— Cela veut-il dire... Est-ce que... les usines Cousins...

— Oui, l'entreprise me reviendra. Mais je ne peux penser aux affaires pour l'instant. Il y a trop à faire.

Elle se pencha et l'embrassa sur la joue.

— Bonne journée, inspecteur. Je vous verrai ce soir.

Il resta pétrifié dans le lit un long moment, puis se prit le visage entre les mains. Voilà, elle avait ce qu'elle avait toujours désiré. Jamais il ne s'était senti aussi petit. Et aussi seul.

Lord Ingram ne fut nullement surpris de voir Charlotte Holmes remonter l'allée qui menait à son cottage sur la côte du Devon. Les enfants, qui jouaient dans le jardin, l'accueillirent avec entrain. Elle leur tapota la tête d'une main plutôt maladroite et parut soulagée quand ils prirent les bonbons qu'elle leur tendait, avant de déguerpir pour aller s'en régaler dans une de leurs cachettes secrètes.

— Je crains de n'avoir que des toasts beurrés à vous offrir avec votre thé, lui dit-il.

— À une époque pas si lointaine, un toast beurré aurait été pour moi le comble du luxe, si j'avais pu m'en offrir un, répondit-elle d'un ton guilleret. J'apprécie toujours un toast beurré.

Il s'excusa pour aller parler à la gardienne. À son retour, Charlotte se tenait au fond du jardin.

Les mains sur la balustrade, elle admirait le panorama des Hangman Cliffs, les plus hautes falaises d'Angleterre.

— Quelle vue magnifique.

— C'est vrai.

Elle lui glissa un regard.

— Comment vont les enfants ?

— Ils ont l'air d'aller bien. Pour l'instant.

— Que leur avez-vous dit ?

— Que leur mère était tombée malade et que les médecins avaient recommandé qu'elle soit admise immédiatement dans un sanatorium en Suisse.

— Ont-ils demandé s'ils pourraient aller la voir ?

— Oui. Mais, jusqu'à présent, ils ont accepté l'idée que ce n'était pas souhaitable pour leur propre sécurité – les risques d'infection, etc.

Elle hocha la tête.

Les vagues qui se brisaient au pied des falaises n'étaient à cette hauteur qu'un doux murmure, ponctué par les chants des goélands qui tournoyaient au-dessus de leurs têtes. Une brise légère portait à ses narines des senteurs de sel, d'herbe fraîche et de fleurs sauvages. Au loin, de l'autre côté de la petite baie, des troupeaux de moutons paissaient sur les prairies du promontoire, minuscules comme des boules de ouate.

Charlotte le regarda de nouveau.

— Et vous, comment allez-vous ?

Il fit une moue dubitative.

— Je ne sais pas trop. À certains moments, je suis heureux que toute cette comédie ait pris fin. D'autres fois, je regrette de ne pas avoir pu rester dans l'ignorance pour toujours. Puis je pense à ce que doit être sa vie en cet instant...

Il ferma les yeux, comme pour chasser le tumulte dans son âme. La culpabilité.

— Moi, j'ai encore mes enfants, mes amis, tous les conforts de l'existence. Je n'ai rien perdu, à part mes ultimes illusions à son sujet. De son côté, elle a dû tout abandonner pour conserver sa liberté. Et quelle liberté peut-on imaginer, au service d'un homme comme Moriarty ?

— Une femme qui n'a rien à perdre peut se révéler dangereuse.

— Je suis sur mes gardes. C'est une quasi-certitude qu'elle voudra récupérer les enfants.

Charlotte lui prit la main et la serra dans la sienne. Lorsqu'elle voulut la lâcher, il la retint.

— Vous comprenez ce que je voulais dire, n'est-ce pas, quand j'ai dit que je regrettais de vous avoir rencontrée ?

— Je crois. J'étais la messagère de la pire nouvelle de votre vie. Celle qui vous a appris que vos enfants allaient perdre leur mère.

Elle était trop gentille pour ajouter que c'était elle aussi qui lui avait ouvert les yeux sur l'infâme trahison de son épouse, coupable de la mort de trois collègues estimés. Elle aussi qui lui avait fait comprendre qu'en l'épousant, il avait commis une erreur bien plus grave qu'il ne l'aurait jamais imaginé.

— Je vous présente mes excuses, dit-il.

— Excuses acceptées.

Il lui lâcha la main – la gardienne arrivait avec le thé et les toasts.

— Merci de m'avoir écoutée alors que vous n'aviez pas envie d'entendre un seul mot, ajouta Charlotte.

Quand elle avait quelque chose à dire, il l'écoutait toujours. Il n'eut pas besoin de le préciser ; elle le savait déjà.

Le thé fut servi à l'ombre tachetée de soleil d'un grand alisier blanc. La vieille table de pique-nique avait été recouverte d'une nappe à carreaux sur laquelle étaient disposés le service en faïence tout simple, aux courbes joufflues, et un bouquet de fleurs sauvages pourpre, blanches et rose pâle dans un vase.

Il aurait aimé profiter de la beauté bucolique de cette scène. Il aurait aimé pouvoir se réveiller le lendemain matin avec pour unique souci la froide hostilité latente dans sa vie de couple.

Il servit Holmes.

— Auriez-vous vraiment dit oui à Bancroft ? demanda-t-il, préférant penser à autre chose qu'aux ruines de son existence.

— C'était un pari risqué, j'en conviens. J'ai misé sur mes chances de débarrasser votre frère d'un grand péril dans son organisation, auquel cas il me serait redevable et ne pourrait en aucune manière m'imposer son marché ridicule.

Sa voix était calme et posée, mais il devinait en elle le soulagement d'un alpiniste sauvé du gouffre par sa corde et qui n'en revient toujours pas d'être encore en vie.

— De toute façon, le sujet est clos. Bancroft a retiré sa demande.

C'était elle qui lui apprenait la nouvelle.

— Vraiment ? Pourquoi ?

— Apparemment, je suis trop précieuse pour gâcher mes talents dans le rôle d'une épouse – je le cite. Et moi qui pensais avoir une opinion atroce du mariage ! Maintenant, à moi de vous poser une question, reprit-elle en choisissant une tranche de pain grillé. Est-ce vous qui avez conseillé à votre frère de demander ma main une seconde fois ?

— Tout le contraire. J'ai essayé de l'en dissuader, assura-t-il en souriant à ce souvenir. Quand Bancroft m'a annoncé qu'il songeait à retenter sa chance, je lui ai conseillé de vous courtiser sans vous demander en mariage.

— Pourquoi donc ? s'étonna-t-elle, tout en étalant une belle couche de confiture sur son pain.

— Avec vous, toute demande en mariage sera invariablement vouée à l'échec. Le jour où vous aurez décidé de vous marier, vous taperez sur l'épaule de l'heureux élu et ferez la demande vous-même.

La cuillère resta comme suspendue au-dessus du pot de confiture.

— Je comprends un peu mieux pourquoi les gens s'agacent d'être percés à jour avec tant de précision.

Soulevée par la brise, une mèche qui s'était libérée de sa coiffure vint caresser ses lèvres. Elle la repoussa d'un geste charmant.

— Mais je suis heureuse que quelqu'un me connaisse aussi bien.

Il haussa un sourcil faussement perplexe.

— Quelqu'un ?

Charlotte tourna son regard vers la mer scintillante, d'un bleu presque aussi vif que le ciel, puis elle le plongea dans le sien.

— Bon, d'accord. Je suis heureuse que *vous* me connaissiez aussi bien.

Livia était intarissable sur l'avancée de ses travaux d'écriture.

— Sherlock Holmes – enfin, *mon* Sherlock Holmes – s'est mis à vivre par lui-même. Je ne pense pas qu'il mange. Il ne dort pas non plus. Il est plutôt du genre hautain, qui se donne de grands airs. Et j'ai beau essayer de me retenir, je ne me lasse pas de lui faire dire aux gens qu'ils sont idiots.

— Je connais quelqu'un qui adorerait dire à des tas de gens qu'ils sont idiots, commenta Charlotte.

— Moi ? s'exclama Livia. Mon Dieu, je crois que tu as raison.

À la lueur des lanternes de la berline, Charlotte sourit.

— Et tu n'aimes pas non plus beaucoup manger ni dormir.

C'était le dernier jour de Livia à Londres. Elle avait réussi à se débrouiller pour avoir la permission de ses parents d'assister à une conférence. La conférence, elle s'en moquait. L'objectif était d'y retrouver sa sœur bien-aimée pour lui dire au revoir.

Elles avaient passé la soirée dans un salon de thé qui restait ouvert tard, jusqu'à ce qu'il ne soit plus crédible de prétendre que la conférence n'était pas encore terminée. Et maintenant, Mott les reconduisait à la maison. Malgré sa joie, Livia était trop pudique et craintive pour oser parler à sa sœur du beau marque-page envoyé par celui qui n'était pas leur frère.

— Es-tu certaine qu'il n'est pas dangereux pour toi de t'approcher autant de la maison ? préféra-t-elle demander.

— Ah oui, c'est vrai, je ne t'ai pas encore parlé de ma rencontre avec père à l'étude de maître Gillespie.

Livia écouta le récit de Charlotte, partagée entre ébahissement et hilarité.

— Tout cet entraînement à la canne de combat pour finir par te servir d'un pistolet !

— Il faut savoir s'adapter.

— Et qu'essaies-tu d'obtenir de père exactement, avec tes cent livres annuelles ?

— Toi, bien sûr, répondit Charlotte avec affection. Et Bernardine.

Sans crier gare, les larmes inondèrent les yeux de Livia. Elle serra Charlotte dans ses bras avec effusion.

— Désolée, je sais que les étreintes trop longues te rendent nerveuse, mais tu vas tellement me manquer. J'espère de tout mon cœur que ton plan réussira – et ça me fait peur d'en avoir si envie !

Charlotte la réconforta de quelques tapes dans le dos.

— Tout se passera bien. Nous trouverons une solution.

Livia se força à la lâcher. La voiture s'arrêta devant la maison des Holmes. Elle essuya les larmes au coin de ses yeux et prit les mains de sa sœur dans les siennes.

— Je te crois. Nous trouverons un moyen, j'en suis certaine.

Charlotte avait dit à Livia que Mott la ramènerait ensuite chez elle. Cependant, le valet conduisit la berline tout droit aux écuries, ouvrit la lourde porte, alluma les lampes et fit entrer l'attelage.

Exactement comme elle lui en avait donné l'instruction dans le mot qu'elle lui avait glissé dans le creux de la main lorsqu'il l'avait aidée à monter en voiture.

Une fois la porte refermée et verrouillée, Mott ôta ses gants et ouvrit la portière.

— Mademoiselle Charlotte.

Elle prit la main qu'il lui tendait et descendit. Puis elle l'étudia comme si elle le voyait pour la première fois.

— Bonsoir, grand frère.